Juni 03

ammann

Ralph Ellison

Flying Home und andere Geschichten

Herausgegeben und mit einer Einleitung versehen von John F. Callahan

Aus dem Amerikanischen übersetzt von Manfred Allié und Gabriele Kempf-Allié

Ammann Verlag

Die Originalausgabe »Flying Home and Other Stories«, herausgegeben und mit einer Einleitung versehen von John F. Callahan, erschien 1996 bei Random House, New York.

Erste Auflage

Satz: Dörlemann Satz, Lemförde
Druck: Clausen & Bosse, Leck
ISBN 3-250-10374-8

EINLEITUNG

I.

»Man wußte nie, wohin die Reise ging«, sagt Ralph Ellisons unsichtbarer Mann, als er über die Wechselfälle seines Schicksals nachsinnt. »Man machte sich auf die Suche nach Rothäuten, doch wenn man sie fand, gehörten sie zu einem ganz anderen Stamm und lebten in einer strahlend neuen Welt.« Genauso erging es Ellison mit der Entdekkung, daß er zum Schriftsteller geboren war. Und so erging es auch dieser Sammlung von Erzählungen.

»Ich kam per Zufall zur Schriftstellerei«, gestand Ellison in einem Interview, das der Romancier Richard G. Stern im Jahr 1961 mit ihm führte. Anfangs in Oklahoma, seit der Zeit, als er acht Jahre alt war und seine Mutter ihm ein altes Kornett schenkte, war die Musik sein Leben. Auf der High School verdiente er sich mit Rasenmähen seinen Trompetenunterricht bei dem Dirigenten Ludwig Hebestreit, der so sehr von seinem Fleiß und seiner Begabung beeindruckt war, daß er ihm gleich auch noch das Orchestrieren beibrachte. Die unveröffentlichten »Autobiographischen Notizen« Ellisons, vor dem Erscheinen des Romans *Der unsichtbare Mann* entstanden, erzählen, wie er, nachdem er »zwei Jahre lang für acht Dollar die Woche als Fahrstuhlführer gearbeitet und vergeblich versucht hatte, mir das Geld für ein Studium zusammenzusparen«, 1933 ein Stipendium für das Tuskegee Institute erhielt, wo er bei dem berühmten William L. Dawson, der mit seinem Tuskegee-Chor die Radio City Music Hall eröffnet hatte, sinfonische Kompositionslehre und Trompete studieren wollte. Da er kein Geld für die Fahrkarte hatte, reiste er auf einem halben Dutzend Güterzüge von Oklahoma City nach Alabama.

Im Sommer 1936 kam er nach New York. Die Hoffnung, daß er sich dort das Geld für sein letztes Studienjahr verdienen könnte, erfüllte sich nicht, doch im folgenden Jahr lernte er Richard Wright kennen und freundete sich mit ihm an. Wright, der sein erstes Buch *Onkel Toms Kinder* abgeschlossen, aber noch keinen Verleger dafür gefunden hatte, ermunterte Ellison, für die im Herbst 1937 erscheinende Ausgabe der Zeitschrift *New Challenge*, deren Mitherausgeber er war, einen Roman zu besprechen. Ellison ließ sich überreden. »Meine Rezension wurde angenommen und gedruckt«, erinnert er sich, »und ich hatte Blut geleckt.« Doch eine Rezension macht noch keinen Autor, und sie macht auch aus einem Musiker noch lange keinen Schriftsteller. Wieder gab Wright den Anstoß, und wieder kam Ellison seiner eigentlichen Bestimmung einen Schritt näher. »Nachdem er die Rezension gelesen hatte«, erinnert sich Ellison, »schlug Wright mir vor, ich solle es doch einmal mit einer Kurzgeschichte versuchen, und ich ließ mich darauf ein« – wiederum für *New Challenge*. »Ich versuchte, aus meinen Erinnerungen an die Güterzugfahrten etwas zu machen. Die Geschichte gefiel ihm immerhin so gut, daß er sie annahm, und sie brachte es bis zur Fahnenkorrektur, ehe sie dann doch auf der Strecke blieb, weil es für die geplante Nummer schon zuviel Material gab. Kurz danach ging die Zeitschrift ein.« Die Geschichte war »Hymie's Bull« (»Hymies Bulle«), und oben auf der ersten Seite der Reinschrift malte Ellison mit schwarzer Tinte einen dicken Rahmen um die Jahreszahl 1937. Wo genau er seine offenbar erste Geschichte geschrieben hat, bleibt unklar. Vielleicht hat er schon in New York damit begonnen, wo er nach einem kurzen Ausflug in die Bildhauerei auch weiterhin versuchte, sich als Musiker durchzuschlagen. Ellisons New Yorker Leben im Sommer 1937 war recht chaotisch. Wie viele seiner Zeitgenossen mit künstlerischen Ambitionen, die in den dreißiger Jahren den Kinderschuhen entwuchsen, engagierte auch er sich für das republikanische Spanien und unterstützte die Kampagne zur Freilassung der Angeklagten im Scottsboro-Fall – neun junge Schwarze, die auf eine falsche Aussage hin der gemeinschaftlichen Vergewaltigung zweier weißer Frauen in einem Güterzug in Alabama beschuldigt und zum Tode verurteilt worden waren.

Im selben Jahr stürzte Ellisons Mutter, Mrs. Ida Bell, die ein Jahr zuvor von Oklahoma City nach Dayton, Ohio, gezogen war, von einer Veranda. Man erkannte ihre Krankheit nicht – Knochentuberkulose in der Hüfte – und behandelte sie auf Arthritis. Mitte Oktober traf Ellison in Ohio ein, mit einer einzigen unvollendeten Kurzgeschichte im Gepäck, und ahnte nicht, daß er vor einem entscheidenden Wendepunkt in seinem Leben stand. Eigentlich hatte er nur so lange bleiben wollen, bis es seiner Mutter wieder besserging, doch es sollte anders kommen. Die Erfahrungen der nächsten Monate sollten ihm die innere Orientierung wieder nehmen, die er in den letzten vier Jahren in Tuskegee und New York gefunden hatte.

In einem in Dayton geschriebenen Brief mit der Anrede »Ihr Lieben« vom 17. Oktober 1937, der vermutlich an Verwandte oder Freunde in Oklahoma City gerichtet war, berichtet er, was er wenige Tage zuvor im Krankenhaus von Cincinnati vorgefunden hatte. Dorthin hatte man seine Mutter gebracht, als sich ihr Zustand plötzlich dramatisch verschlechterte. »Ich traf am Freitag um 5 Uhr 45 in Cinn. ein und fand meine Mutter im Sterben. Es ging ihr so schlecht, daß sie mich nicht mehr erkannte. Um genau 11 Uhr des folgenden Tages ist sie von uns gegangen. Sie hatte solche Schmerzen, daß sie niemanden mehr erkannte. Es ist das Schlimmste, was mir je widerfahren ist, und ich habe keine Worte für diese Leere.« Zehn Tage später schrieb er an Richard Wright, daß für ihn mit dem Tod seiner Mutter die Kindheit zu Ende gegangen sei. Als er nach New York gekommen war, hatte er das als Anfang eines neuen Lebens gesehen, doch der Verlust der Mutter war »das Unwiderruflichste, was mir je widerfahren ist«. Die Krankheit und der unerwartete Tod der Mutter wurden ihm zum schmerzlichen Katalysator, denn, wie Ellison später im Essayband *Shadow and Act* berichtet, »damals habe ich wirklich Ernst gemacht mit dem Schreiben, und das war der Durchbruch«.

»Man muß erst die Heimat verlassen, um eine Heimat zu finden«, schrieb Ellison Jahre später auf den Rand einer Seite des Romans, an dem er arbeitete. Und damals, im Oktober 1937, als er, innerlich leer, in Dayton, Ohio, gestrandet war, stieg er genau wie der unsichtbare Mann seines späteren Romans hinab in den Abgrund des eigenen Ichs und stellte sich der Finsternis; und als er wieder emporstieg, war er entschlossen, sich durch Schreiben von Schmerz und Verlust zu befreien. »Die Geographie war mein Schicksal«, sagte Ellison gern, wenn er über seine Geburt und Kindheit in Oklahoma sprach, und dieser Satz gilt in ganz besonderem Maße für jene Zeit in Dayton. Schon bald trat ein Mann in sein Leben, den der Himmel ihm geschickt hatte: Rechtsanwalt Stokes. William O. Stokes, einer der ersten schwarzen Anwälte in Dayton, ein Mann, dessen jüngster Sohn in Ellisons Alter war, nahm den verwaisten Fremden unter seine Fittiche. Als er sah, daß Ellison in einem Restaurant Zuflucht suchte und dort seine billigen Spiralblöcke vollschrieb, gab Stokes dem jungen Mann einen Schlüssel zu seiner Kanzlei. Und so machte Ellison, wie er 1985 in einem Brief an seine alte Freundin Mamie Rhone berichtet, »einige meiner ersten literarischen Gehversuche auf Stokes' Schreibmaschine und Stokes' Briefpapier«. (Tatsächlich tippte er die Manuskripte einiger früher, unveröffentlichter Geschichten auf Papier mit dem Briefkopf des Montgomery County Republican Executive Committee, Colored Section, einer Organisation, deren vierköpfigem Vorstand auch Rechtsanwalt W. O. Stokes angehörte.)

Stokes wurde auch noch in anderer, elementarerer Hinsicht Ellisons Gönner und Wohltäter. »Als mein Bruder Herbert und ich kein Dach über dem Kopf hatten, ließ Rechtsanwalt Stokes uns in seinem Büro übernachten, und wir durften seine Toilette und seine Badewanne benutzen.« Trotz Wirtschaftskrise und dem Aufstieg Franklin D. Roosevelts blieb Stokes ein überzeugter Republikaner alter Schule und diskutierte mit seinem jungen Schützling über Politik. Ellison, der sich damals selbst als jungen Radikalen bezeichnete, klagte am 27. Oktober 1937 in einem Brief an Richard Wright in New York, in seinem »Exil« in Dayton gebe es »weder den *Daily [Worker]* noch die *[New] Masses*«; und am 8. November schrieb er: »Alles, was ich hier habe, sind die *New Republic* und das Radio.« In einem 1985 geschriebenen Brief an Mamie Rhone erinnert sich Ellison an diese »so ungleiche und so lehrreiche Freundschaft« mit Rechtsanwalt Stokes und gesteht, daß dessen »Hilfe und Ermunterung« ihm über eine Zeit hinweggeholfen habe, »in der alles hoffnungslos schien«.

Die Freundschaft und Unterstützung, mit der Stokes Ellison in der Zeit der Trauer nach dem Tod seiner Mutter zur Seite stand, muß in ihm Erinnerungen an Mr. J. D. (Jefferson Davis) Randolph, den Kustos der State Law Library in Oklahoma City, wachgerufen haben, einen Autodidakten auf dem Gebiet des Rechts, der Ralph nach dem Tod seines Vaters Lewis wie einen Verwandten aufgenommen hatte. Wie seinerzeit in Randolph fand der junge Ellison nach dem Verlust der Mutter in Stokes einen engen Freund. Im Grunde wies Stokes ihm den Weg zurück. Er gewährte ihm Unterkunft in seiner Kanzlei, brachte ihn auf andere Gedanken und ermunterte ihn, sich zu seiner schriftstellerischen Berufung zu bekennen – der entscheidende Schritt ins Erwachsenenleben. Und so ist es auch nicht verwunderlich, wenn Ellison an Wright schrieb, daß ihm die Straßen von Dayton »genau wie die von Oklahoma City« vorkamen, »genau wie zu Hause«. Doch anders als damals in Oklahoma City war es in Dayton nicht leicht, Arbeit zu finden. Er lebte von der Hand in den Mund und verbrachte, wie er Wright berichtete, den größten Teil seiner Zeit im Wald, wo er »wildwachsende Birnen« pflückte und Walnüsse und »schmackhafte Graunüsse« sammelte. Aus Ernest Hemingways Büchern und von seinem Stiefvater in der tiefen Provinz Oklahomas hatte er genug über die Jagd gelernt, daß er sich in der kalten, verschneiten Gegend von Dayton von Kaninchen, Wachteln und Fasanen ernähren konnte. In seinem beinahe zwanzig Jahre später geschriebenen Essay »February« erinnert sich Ellison daran, wie er einen Apfel auf der Erde entdeckte, »umhüllt von Blättern und Gras, geschützt unter einer Decke aus Schnee«. Er erinnert sich an die stille, anrührende Schönheit einer erlegten Wachtel und an das jähe überwältigende Glücksgefühl, als er die kahlen Felder der Trauer, über die er nach dem Tod der Mutter gewandert war, endlich hinter sich ließ und »in eine neue Lebensphase eintrat«. Wie der Reisende im Buch eines anderen Absolventen des Tuskegee-Instituts, Albert Murrays *South to a Very Old Place,* war auch Ellison von New

York nach Westen gefahren, an einen uralten Ort, und hatte Oklahoma in Ohio gefunden.

Am 8. November schloß Ellison seinen Brief an Richard Wright mit den Worten: »Proletarier aller Länder, schreibt euch frei!!!« Und das meinte er ganz ernst. Was er verschwieg – und was die Manuskripte seiner frühen unveröffentlichten Geschichten beweisen –, das ist, daß Ralph Ellison damals nach Feierabend im Büro von Rechtsanwalt Stokes längst dabei war, sich frei zu schreiben. In den sieben Monaten in Dayton, vom Oktober 1937 bis zum April 1938, verfaßte er Entwürfe oder Teilentwürfe zu einer Reihe von Geschichten, zwei oder drei Prosaskizzen sowie über hundert Seiten eines Romans, den er einfach *Slick* nannte – ein Werk, das er später aufgab, das jedoch als umfangreiches Fragment erhalten ist. In dieser neuen Welt drangen Erinnerungen an sein früheres Leben in Ohio durch das Gefühl von Verlust und Trauer hindurch an die Oberfläche, und der Schmerz eröffnete Ellison den Zugang zum Land der literarischen Phantasie.

2.

Wie Odysseus lernte auch Ellison das kennen, was er in seinem Essay »Tell It Like It Is, Baby« die »Einsamkeit der Verwaisten« nannte. Auf der Suche nach dem Weg zurück erkannte er, daß er die wahre Landkarte seiner Heimat in sich trug. New York war die Zukunft, von der er träumte, Oklahoma das Land der Erinnerungen und Dayton jener merkwürdig vertraute Ort, wo er am Scheideweg seines Lebens stand. Jahre später schrieb er im Vorwort zu *Shadow and Act*, daß er sich in seinem tiefsten Innern noch immer als Musiker gefühlt habe. Doch in den sieben Monaten in Dayton löste er den gordischen Knoten seiner »komplizierten, halbbewußten Selbsttäuschung, bei der die rechte Hand [des Musikers] sich weigerte wahrzuhaben, wohin die linke Hand [des Schriftstellers] strebte«. Musiker und Schriftsteller blieben jedoch eng verbunden, so daß Ellisons künstlerische Identität aus dem fruchtbaren, gleichberechtigten Zusammenspiel beider Hände, der musikalischen wie der literarischen, erwachsen konnte. Der junge Mann, der schon mit gerade sechsundzwanzig Jahren davon geträumt hatte, eine Sinfonie zu schreiben, schloß sich dem Stamm der Schriftsteller an und verfaßte am Ende seinen *Unsichtbaren Mann*, ein Buch, das der sinfonischen Form ebenso wie den Rhythmen und Breaks des Jazz verpflichtet ist.

Obwohl ein Erstling, war *Der unsichtbare Mann* doch zugleich ein künstlerischer Höhepunkt, denn in Dayton und danach in New York hatte Ellison sein Handwerk gründlich erlernt. Früher, als ambitionierter junger Musiker am Tuskegee-Institut, hatte er sich manchen Tadel eingehandelt. In dem Essay »The Little Man at Chehaw Station« (ein kleiner Bahnhof nicht weit von Tuskegee) erinnert er sich an ein öffentliches Vorspielen, bei dem er »eine gewisse Virtuosität der Lippen und Finger an die Stelle der bewußten künstlerischen Gestaltung der Emotionen« gesetzt und dafür die vernichtende Kritik seiner Lehrer geerntet hatte. Trostreicher und nützlicher war der Tadel der selbst von Ferruccio Busoni und Sergej Prokofjew geschätzten Konzertpianistin Hazel Harrison, mit der er gut bekannt war. Von Hazel Harrison lernte er, wie man als Künstler eine Beziehung zu seinem Publikum aufbaut: »Man muß *immer* sein Bestes geben, auch wenn man nur im Wartesaal des Bahnhofs von Chehaw spielt, denn in diesem Land versteckt sich immer ein kleiner Mann hinter dem Ofen, [und] der kennt die *Musik* und die *Tradition* und weiß, was man *technisch können* muß für das, was man gerade spielt.« Diese Worte beeindruckten Ellison tief. Von nun an arbeitete er hart und diszipliniert und war fest entschlossen, stets so zu spielen oder zu schreiben, als blicke ihm der kleine Mann aus dem Wartesaal von Chehaw über die Schulter.

In einem undatierten Text versucht Ellison, seiner Vorliebe für jene »bewußte künstlerische Gestaltung der Emotionen« auf den Grund zu gehen, die er seinerzeit beim Trompetespielen am Tuskegee-Institut hatte vermissen lassen. Er denkt daran zurück, wie beeindruckt er von drei Romanen des neunzehnten Jahrhunderts war – von Emily Brontës *Sturmhöhe,* Thomas Hardys *Juda der Unberühmte* und Dostojewskijs *Verbrechen und Strafe* –, als er zu Anfang seiner Studienzeit die Literatur für sich entdeckte. »Merkwürdigerweise«, fährt er, schon mit der Stimme des Schriftstellers, fort, »führte die Begegnung mit diesen Werken, die einen so tiefen Eindruck auf mich machten, nicht dazu, daß ich selbst zu schreiben begann.« Erst ein Gedicht, T.S. Eliots *Das wüste Land,* das Ellison 1935 in Tuskegee entdeckte, ließ ihn mit dem Gedanken spielen, daß seine eigentliche Berufung vielleicht die Literatur und nicht die Musik war. Die Liebe zur Musik blieb stets gegenwärtig, doch nun lauschte Ellison mit dem Ohr Louis Armstrongs »zweihundert Improvisationen über das Thema von ›Chinatown‹«, während das Auge zugleich Eliots fragmentarische Dichtung studierte. Und er stellte fest, daß beide, der Jazzmusiker wie der Dichter, die volkstümliche wie die klassische Tradition so souverän beherrschten, daß sie in der Lage waren – um mit dem *Unsichtbaren Mann* zu sprechen –, »in die Ritzen zu schlüpfen und sich umzusehen« und dann in einem unverwechselbar eigenen Stil zu improvisieren.

In Ellisons Erinnerungen finden wir keine Antwort auf die Frage, wie es kam, daß ein ehrgeiziger Komponist und Trompeter sich schließlich von der Musik ab- und der Literatur zuwandte. Doch genau das tat er, auch wenn er noch immer von den Sinfonien sprach, die er komponieren wollte. Nach der Lektüre des *Wüsten Lands* widmete er sich *Axels Schloß*, Edmund Wilsons 1931 erschienener Studie über die Moderne mit ihrem kräftigen Schuß Sowjetmarxismus. Er studierte anschließend die Quellen, die Eliot in seinen Anmerkungen zitiert, und die Werke sämtlicher modernen Dichter und Kritiker, derer er habhaft werden konnte. Das Tuskegee-Institut hatte eine gut bestückte Bibliothek, und Ellison war zeitlebens stolz und froh, daß er Eliot und Joyce, Pound und Yeats, Joseph Conrad, Gertrude Stein, Ernest Hemingway und andere schon während seines Studiums entdeckt und gelesen hatte.

Im gleichen Bericht über das Erwachen seiner schriftstellerischen Neigungen schreibt Ellison auch darüber, welche Offenbarung für ihn die Prosa Hemingways war – darüber, wie »sie mich gefangennahm, so daß ich die Welt mit anderen Augen sah, wie durch eine neue Iris, die Schauplätze und Handlung mit neuem Leben erfüllte«. Später, als er Geschichten wie »Flying Home« und noch später den *Unsichtbaren Mann* schrieb, kam Ellison zu dem Schluß, daß die amerikanische Sprache und seine eigene afroamerikanische Tradition ihm vielseitigere, flexiblere und eklektischere Ausdrucksmöglichkeiten boten als Hemingways oft lakonische Art. Doch als junger Mann, der in den dreißiger Jahren das Schreiben erlernen wollte, »entdeckte ich in Hemingways Werk die gleiche Doppelbödigkeit, die mich an der Lyrik so fasziniert hatte, diese Fähigkeit, viel mehr zwischen den Zeilen auszudrücken, als ausdrücklich gesagt wurde«. Diese Technik, so erkannte Ellison, warf einige Probleme auf, Probleme, die direkt mit seiner Stellung als schwarzer Amerikaner zusammenhingen. »Denn ich begriff«, schreibt er im Vorwort zu *Shadow and Act*, daß »die größte Schwierigkeit für einen schwarzen Schriftsteller darin bestand, zu beschreiben, was er wirklich fühlte, und dem Leser nicht nur das aufzutischen, was Schwarze angeblich fühlten oder fühlen sollten.«

Je mehr er lernte, desto mehr paßte Ellison Hemingways Credo seinen eigenen Bedürfnissen an. Sein Hauptaugenmerk galt nicht der von Hemingway beschriebenen Schwierigkeit »zu wissen, was man wirklich fühlt«; er war sich vielmehr der impliziten (und expliziten) Gefahren bewußt, denen er als Angehöriger der schwarzen Minderheit in den Vereinigten Staaten ausgesetzt war, und es ging ihm weniger um die Schwierigkeit zu wissen, was er fühlte – das wußte er ganz genau –, als um die rhetorische Aufgabe, diese Gefühle zum Ausdruck zu bringen. (Hier offenbart sich Ellisons wahre Meisterschaft: Vom ersten Satz des *Unsichtbaren Manns* – »Ich bin ein Unsichtbarer« – bis zur abschließenden Frage – »Könnte es nicht sein, daß ich, nur auf anderer Welle, auch für euch spreche?« – erzählt der Protagonist, *wie* er sich fühlt, und er tut das in einer Folge von Jazz-Breaks, die vom Baßmotiv der Unsichtbarkeit ausgehen und stets zu ihm zurückkehren.) Dachte Ellison womöglich an die Breaks, die Synkopen, den Swing des Jazz, als er in seiner Betrachtung darüber, wie er zur Schriftstellerei kam, schrieb, daß Hemingways Prosa »sich nicht geradlinig entwickelte wie die Prosa, die ich sonst kannte« und daß sie »kürzer und kreisend im Rhythmus« war?

Ellison notiert, daß Hemingway »große Gefühle mit äußerst sparsamen, scheinbar banalen, unspektakulären Mitteln darstellen konnte«. Die Unerschrockenheit, mit der Hemingway die »Probleme der Konvention« anging, entsprach ebenso Ellisons künstlerischem Selbstverständnis wie der Rhythmus und der »lakonische Stil seiner Prosa«. So kam es, daß er sich »einige Jahre später, als ich anfing zu schreiben, Hemingway zum Vorbild nahm«. In seiner Collegezeit hatte er Hemingways Erzählungen beim Friseur in der Zeitschrift *Esquire* gelesen und seine Romane in der Bibliothek des Tuskegee-Instituts. In einem 1984 geschriebenen Brief an John Roche berichtet Ellison, daß er später, im Winter 1937/38, als er fieberhaft zu schreiben begann, Tag für Tag »eine gute Meile vom Negerviertel ins Stadtzentrum von Dayton« ging und sich dort die *New York Times* besorgte, um »Hemingways Berichte aus dem Spanischen Bürgerkrieg zu lesen, bei denen ich nicht nur den Inhalt, sondern auch den Stil studierte«.

Für den jungen Ellison war Stil der Inbegriff von Kunst und Persönlichkeit. Seine Kindheit verbrachte er in einem Staat, der sich mit atemberaubender Geschwindigkeit von einem Grenzstaat im Wilden Westen zum Oklahoma der berüchtigten Tulsa-Unruhen von 1921 und der populistischen rassistischen Parolen des ewigen Kandidaten und schließlichen Gouverneurs »Alfalfa Bill« Murray wandelte, und so sehnte sich Ellison, wie er später in *Shadow and Act* schrieb, danach, »alles, was auch nur den mindesten Wert besaß, für die Schwarzen zu beanspruchen – es uns zu eigen zu machen, es zu besitzen und es nach unserem eigenen Bild und dem unserer Gruppe neu zu erschaffen«. Wie viele seiner schwarzen Kindheitsfreunde aus Oklahoma malte auch er sich ein Leben als Renaissancemensch aus, nicht zuletzt unter dem Eindruck der Eleganz von Männern, die kaum jemand mit so hochfliegenden Idealen in Verbindung gebracht hätte. »Glücksspieler und Gelehrte, Jazzmusiker und Wissenschaftler, schwarze Cowboys und Soldaten aus dem Spanisch-amerikanischen Krieg und dem Ersten Weltkrieg, Filmstars und Stuntmen, Gestalten der italienischen Renaissance und aus der Literatur – der klassischen wie der populären – statteten wir in unserer Vorstellung mit dem Charakter eines örtlichen Schwarzbrenners, der Redegewalt eines Negerpredigers, der Kraft und Eleganz eines heimischen Sportlers, der Tatkraft eines Geschäftsmannes und Arztes, der eleganten Kleidung und den formvollendeten

Manieren eines schwarzen Oberkellners oder Hotelpagen aus.« Aus diesen Elementen schufen sich Ellison und seine Freunde ihre Vorbilder. Und obwohl solche Gestalten in seinen frühen Erzählungen nicht direkt in Erscheinung treten, sind die Versuche, sich die Welt anzuverwandeln und die Wirklichkeit nach dem eigenen Bild neu zu schaffen, in Ellisons Prosa stets gegenwärtig.

3.

Nach Erscheinen des *Unsichtbare Manns* widmete Ellison sich fast ausschließlich seinem zweiten Roman, und nach dem großartigen, überraschenden Erfolg des Erstlings kam Ellisons Perfektionismus, der ihn alles, was er schrieb, immer und immer wieder überarbeiten ließ, bis er mit dem Ergebnis seiner Arbeit auch nur halbwegs zufrieden war, immer stärker zum Tragen. Doch gerade im letzten Jahr seines Lebens beschäftigten ihn auch die Kurzgeschichten noch mehrere Male.

Bei unserem letzten Zusammentreffen in seiner Wohnung – es war an einem kalten, sonnigen Februarnachmittag des Jahres 1994, zehn Tage vor seinem achtzigsten Geburtstag – sprach Ellison von seinem Roman – »die verdammten Übergänge machen mir immer noch schwer zu schaffen, aber ich habe meinen Spaß damit« –, und dann erzählte er mir, daß er seine Kurzgeschichten veröffentlichen wollte. (Einige Monate zuvor hatte ich die bereits veröffentlichten Erzählungen zusammengetragen und ihm in einem Ringhefter zugeschickt.) Jetzt machte er Andeutungen, daß das noch nicht alle seien, und scherzte über die Unmassen von Papieren in dem Raum – den Mrs. Ellison immer als »Kammer« bezeichnete – am Ende des langen, mit Büchern vollgestopften Flurs ihrer Wohnung. Doch schon bald wandte er seine Aufmerksamkeit dem Fenster und einer einsamen Möwe auf den schaumgekrönten Wellen des Hudson River zu. Und ich vergaß seine Bemerkung über die Geschichten, bis sie mir zwei Jahre später, ebenfalls an einem windigen Februarnachmittag, wieder in den Sinn kam, als ich auf der Suche nach einer bestimmten Passage des Romanmanuskripts wieder dort war.

»Unter dem Eßzimmertisch steht noch ein Karton, John«, sagte Mrs. Ellison. »Vielleicht sollten Sie da mal nachsehen.« Ich durchstöberte die Kiste und entdeckte ganz unten, vergraben unter alten Zeitschriften, Zeitungsausschnitten und zweiten Ausdrucken des Romanmanuskripts, eine braune Kunstledermappe mit der Aufschrift RALPH W. ELLISON in goldgeprägten Lettern. Darin steckte ein prallvoller Aktendeckel mit dem Etikett »Frühe Erzählungen«. Das Papier, auf dem die Manuskripte getippt waren, war vom Alter ganz vergilbt und stellenweise schon etwas brüchig; hie und da gab es Streichungen und Verbesserungen in Ralphs Handschrift.

Mir wurde klar, daß diese Geschichten noch niemals veröffentlicht, niemals auch nur erwähnt worden waren – es waren Erzählungen, von denen niemand etwas wußte. Zu meinem Erstaunen stellte ich fest, daß selbst Mrs. Ellison nichts von ihrer Existenz wußte, und auch in der Folgezeit ist mir, bis auf ein oder zwei Ausnahmen, nirgendwo in Ellisons Papieren ein Hinweis auf diese Geschichten begegnet. Jedenfalls lieferte mir dieser Fund sowohl den Anlaß als auch das Material für den vorliegenden Band. Den ursprünglichen Plan, Ellisons bereits veröffentlichte Erzählungen herauszugeben, hatte ich zu jenem Zeitpunkt längst aufgegeben, denn bei acht der in Frage kommenden Texte – »And Hickman Arrives« (1960), »The Roof, the Steeple and the People« (1960), »It Always Breaks Out« (1963), »Juneteenth« (1965), »Night Talk« (1969), »A Song of Innocence«

(1970), »Cadillac Flambé« (1973) und »Backwacking: A Plea to the Senator« (1977) – handelt es sich um Passagen aus dem unvollendeten Roman, und dessen Veröffentlichung wollte ich nicht vorgreifen. Die Erzählungen »Did You Ever Dream Lucky?« (1954) und »Out of the Hospital and Under the Bar« (1963), bei denen Ellisons unvergeßliche Frauengestalt Mary Rambo als volkstümliche Erzählerin und Protagonistin im Mittelpunkt steht, sind Nebenprodukte oder ursprünglich sogar Teile des *Unsichtbaren Manns.* »Slick Gonna Learn« (1939) und – wenn auch vielleicht nur indirekt – »The Birthmark« (1940) stammen aus dem Romanprojekt *Slick*, das Ellison in Dayton begonnen und wenig später aufgegeben hatte.

Erst die Entdeckung von über einem Dutzend früher Geschichten eröffnete mir die Möglichkeit, einen Auswahlband mit Ellisons besten veröffentlichten und unveröffentlichten eigenständigen Erzählungen herauszugeben. Aus der ersten Gruppe habe ich die drei Buster-und-Riley-Geschichten »Mister Toussan« (1941), »Afternoon« (»Nachmittag«, 1940) und »That I Had the Wings« (»O daß ich Schwingen hätte«, 1943) sowie – als späteren Nachtrag dazu – die Erzählung »A Coupla Scalped Indians« (»Zwei skalpierte Indianer«, 1956) aufgenommen. (In einem Konvolut mit Notizen von 1954 oder 1955 bezeichnete Ellison »A Coupla Scalped Indians« noch als Buster-und-Riley-Geschichte, aber vor der Veröffentlichung im Jahr 1956 ersetzte er Riley durch einen namenlosen Erzähler, weil er mit dem Gedanken spielte, die Erzählung in den geplanten Oklahoma-Kapiteln seines jüngst begonnenen zweiten Romans zu verwenden. Schließlich entschied er sich jedoch dagegen, und so bildet »A Coupla Scalped Indians« eine Art Coda zu den früheren Buster-und-Riley-Geschichten.) Drei weitere Erzählungen, »In a Strange Country« (»In einem fremden Land«), »King of the Bingo Game«

(»Der König des Bingospiels«) und »Flying Home« entstanden und erschienen 1944, während Ellisons Zeit bei der Handelsmarine – nur ein Jahr, bevor er den magischen ersten Satz des *Unsichtbaren Mann* zu Papier brachte.

Bei den sechs Geschichten, die zu Ellisons Lebzeiten unveröffentlicht blieben – »A Party Down at the Square« (»Ein Feuerwerk in der Stadt«, bei Ellison ohne Titel), »Boy on a Train« (»Der Junge im Zug«), »Hymie's Bull« (»Hymies Bulle«), »I Did Not Learn Their Names« (»Ich weiß nicht einmal ihre Namen«), »A Hard Time Keeping Up« (»Da soll noch einer mitkommen«, ebenfalls ohne Titel) und »The Black Ball« (»Der schwarze Ball«) –, ist die Entstehungszeit nicht so leicht zu ermitteln. Mit Ausnahme von »Hymie's Bull« hat Ellison diese Erzählungen nicht datiert. Vier von ihnen fanden sich in dem Aktendeckel mit dem zerfledderten Etikett »Frühe Erzählungen«. (Dabei war auf der ersten Seite der Endfassung von »I Did Not Learn Their Names« mit schwarzer Tinte Ellisons Adresse des Jahres 1940 vermerkt: 25 Hamilton Terrace, New York City. Vergleicht man die Schreibmaschinentypen, so kann man zu dem Schluß kommen, daß die Endfassungen dieser Geschichten, mit Ausnahme von »Hymies Bulle«, in New York getippt wurden.) Außerdem enthielt die Mappe »Frühe Erzählungen« zwei fragmentarische Prosaskizzen mit den Titeln »Bartender« und »One Man's Woman« sowie eine vielfach überarbeitete, teils melodramatische, teils lakonische Erzählung mit den Titelvarianten »One Who Was Waiting«, »Goodnight Irene« und »Irene, Goodnight«. Die Manuskripte von »Da soll noch einer mitkommen« und »Der schwarze Ball« entdeckte ich an anderer Stelle zwischen Ellisons Papieren. Der Briefkopf des verwendeten Papiers legt die Vermutung nahe, daß er die Entwürfe für diese beiden Erzählungen – wenn auch vielleicht noch nicht die revidierten Endfassungen – während der Monate fieberhaften

Schreibens zwischen Ende 1937 und April 1938 in Dayton zu Papier brachte. Danach kehrte er nach New York zurück und verdiente sich seinen Lebensunterhalt mit Schreiben beim New York Writers Project, einem Arbeitsbeschaffungsprogramm der WPA (Works Progress Administration); diese Arbeit gab er erst 1942 auf, als Angelo Herndon ihn als Herausgeber des *Negro Quarterly* anstellte.

Nicht aufgenommen wurde die Erzählung »A Storm of Blizzard Proportions«, die – genau wie »In einem fremden Land« – in Wales spielt und 1944 entstand, als Ellison im Dienste der Handelsmarine den Nordatlantik befuhr und unter anderem im Hafen von Swansea anlegte. In diesem Jahr schrieb Ellison zwei Entwürfe dieser Geschichte und legte sie dann offenbar beiseite, zusammengeheftet mit dem langen, ebenso lobenden wie kritischen Brief eines Freundes, der ebenfalls das Datum 1944 trägt. »A Storm of Blizzard Proportions« enthält eine Reihe von assoziativen Gedankenfolgen im Stil von Joyce und Hemingway, in deren Mittelpunkt zunächst der Boxer Jack Johnson steht und die dann um autobiographische Assoziationen kreisen, die die Landschaft von Wales bei dem Protagonisten (genau wie beim Autor selbst) weckt, denn er fühlt sich erinnert an die Landschaft Ohios, die er nach dem Tod seiner Mutter lieben gelernt hat. Der Entschluß, diese Geschichte nicht aufzunehmen, ist mir um so schwerer gefallen, als sie Ellison selbst immerhin so wichtig war, daß er sie, als er mehr als zehn Jahre vor seinem Tod mit dem Gedanken spielte, einen Band mit Erzählungen herauszubringen, in einer Liste möglicher Texte aufführte. Ich habe sie trotzdem weggelassen, denn auch wenn sie faszinierend ist und erkennen läßt, welchen literarischen Einflüssen Ellison unterlag, fügen sich die einzelnen Teile der Geschichte doch nicht in überzeugender Weise zu einem homogenen Ganzen.

Als Herausgeber von Ellisons Kurzgeschichten sah ich

mich unversehens konfrontiert mit einer Neuauflage der Auseinandersetzung zwischen Edmund Wilson und der Modern Language Association über das Wesen postumer Veröffentlichungen. Der vorliegende Band ist ausdrücklich als Leseausgabe gedacht, nicht als kommentierte oder kritische Edition für wissenschaftliche Zwecke. Bei den Änderungen, die ich an veröffentlichten und unveröffentlichten Texten vorgenommen habe, handelt es sich überwiegend um stillschweigende Korrekturen von Schreibfehlern und dergleichen. Ausnahmen von dieser Regel sind durch Klammern im Text gekennzeichnet. So habe ich bei der Geschichte »Der schwarze Ball« Ellisons Anmerkung mit der Beschreibung des kleinen Jungen in den eigentlichen Text aufgenommen und im ersten Absatz von »Hymies Bulle« einen in der Endfassung offenbar versehentlich ausgelassenen Satz nach einem früheren Entwurf rekonstruiert. Schließlich habe ich zwei Erzählungen, die bei Ellison keinen Titel haben, mit Titeln versehen, die dem Text der jeweiligen Geschichte entnommen sind.

Mit der vorliegenden Sammlung begleiten wir Ellison auf dem Weg zu *seinem* amerikanischen Thema. Technik, Stil, Gegenstand und Milieuschilderungen der dreizehn Erzählungen dokumentieren sowohl das vielversprechende Talent und Entwicklungspotential des jungen Autors in den späten dreißiger Jahren als auch seinen allmählichen Aufstieg zur künstlerischen Reife Mitte der vierziger, als er, ohne sich dessen bewußt zu sein, bereits den Keim zu seinem Roman *Der unsichtbare Mann* in sich trug. Die Reihenfolge, die ich gewählt habe, orientiert sich an imaginären Stationen im Leben eines Schwarzen, so wie Ellison sie selbst durchlief, von der Kindheit und Jugend in den zwanziger und frühen dreißiger Jahren bis hin zum Erwachsensein in den späten dreißiger und frühen vierziger Jahren. Die Geschichten zeigen unterschiedliche Gesichter. Manchmal durchbrechen Toleranz und ein vorsichtiger Anflug von Solidarität die Rassenschranken, während anderswo unbeschreibliche Akte der Grausamkeit und Gewalt das Gesicht von Ellisons Amerika verzerren. Die scheinbare Normalität des Rassismus in den zwanziger Jahren findet ebenso ihren Niederschlag in den Erzählungen wie die Erschütterungen der Wirtschaftskrise und die Möglichkeiten und Anfeindungen, die der Zweite Weltkrieg für die schwarzen Amerikaner mit sich brachte. In allen Geschichten experimentiert Ellison mit Erzähltechniken und Erzählperspektiven und mit der Wechselwirkung von Geographie und Biographie. Der Leser wird Zeuge der ständigen Veränderungen, die sich in dem runden Vierteljahrhundert zwischen 1920 und 1945 im Leben der Schwarzen vollzogen. Doch die wirklichkeitsgetreue Schilderung seiner Zeit ermöglicht es Ellison zugleich auch, zeitlose Erfahrungen sichtbar zu machen. Oftmals handelt es sich dabei – wie in »Flying Home« – um die archetypische Erfahrung eines jungen Mannes, der aus Verlust und Verzweiflung »zurück in die Welt der Menschen« findet.

4.

In einer undatierten, handschriftlichen Fußnote auf einer Seite seines unvollendet gebliebenen Romans schrieb Ellison »Band mit Erzählungen« und daneben die Bemerkung »Geschichte über Lynchen und Flugzeug. Fanny heraussuchen lassen«. Dies war der einzige Hinweis auf die titellose Geschichte, die ich »Ein Feuerwerk in der Stadt« genannt habe. Trotzdem ist die Erzählung ein wahres Meisterwerk, nicht zuletzt weil sie – wie Ellison einmal im Zusammenhang mit Hemingways Technik und Wirkungsweise sagte – »ganz eigene Fragen der Konvention aufwarf«. Indem er einen weißen Jungen aus Cincinnati, der bei seinem Onkel in Alabama zu Besuch ist, über einen Fall von brutaler Lynchjustiz berichten läßt, setzt sich Ellison über das hinweg, was er in dem Essay »Twentieth-Century Fiction and the Black Mask of Humanity« (1946) als »sprachliche Rassentrennung« bezeichnet, und durchbricht die klare Trennlinie zwischen Schwarz und Weiß, die damals die amerikanische Literatur kennzeichnete. Wie das schwarze Opfer ist auch Ellisons weißer Erzähler namenlos – zweifellos weil er anonym bleiben will. Doch alles, was man sieht, hört, riecht, fühlt und empfindet, als der schwarze Mann verbrennt, wird allein aus dem Blickwinkel des Jungen wiedergegeben, mit seinen Worten und Empfindungen.

Der Autor Ellison schlüpft in die Ritzen und sieht sich um in der Haut seines jungen weißen Erzählers. Ihre besondere Wirkung verdankt die Geschichte der Tatsache, daß sich der Autor völlig hinter den beängstigend nüchternen und ungenierten Bericht der nächtlichen Vorfälle zurückzieht. Der Junge spricht in einem so unbefangenen Berichterstatterton, daß man schon wieder den Eindruck gewinnt, er wähle seine Worte ganz bewußt. Der letzte Satz des Berichts ist Ausdruck seiner Hochachtung für den Ermordeten und leugnet sie doch im gleichen Augenblick. »Das war mein erstes Feuerwerk und mein letztes. Mein Gott, war der Nigger zäh. Das war ein Nigger, dieser Nigger aus Bacote!« Die dreimalige Wiederholung des Wortes *Nigger* leugnet, bekennt und widerruft doch wieder das Mysterium der Gleichheit aller menschlichen Erfahrung.

Ellison appelliert hier in subtiler Weise an das »Verantwortungsgefühl des einzelnen für die Demokratie«, von dem er in seinem Essay »Brave Words for a Startling Occasion« spricht und das er in der amerikanischen Literatur vermißte, seit die moderne Literatur in den zwanziger Jahren der klassischen Literatur des neunzehnten Jahrhunderts den Rang abgelaufen hatte. In der Geschichte »Ein Feuerwerk in der Stadt« beschreibt er einen Fall von Lynchjustiz aus der Perspektive eines Betrachters ohne jedes moralische Verantwortungsgefühl. Durch diese Technik zwingt er dem Leser die Erfahrung einer menschlichen Extremsituation auf, vermittelt durch einen Fremden, der ausschließlich in seiner Beobachterrolle verharren und um keinen Preis Position beziehen will. Mit Ausnahme des schwarzen Opfers sind alle Akteure und Zuschauer Weiße aus der näheren und weiteren Umgebung, und sie alle spüren die Erregung, den Kitzel der langsamen, grauenhaften Qualen des »Niggers aus Bacote«. Der Erzähler verliert kein Wort darüber, welchen Verbrechens oder Vergehens der Schwarze bezichtigt wird – wahrscheinlich weiß er es selber nicht. Es ist faszinierend, daß Ellison fast fünfzig Jahre später in dem Essay »An Extravagance of Laughter« Sätze über die rituelle Funktion des Lynchens schreibt, die sich wie ein unmittelbarer Kommentar zu seiner frühen Erzählung lesen: »Und so sind sie taub für die Schmerzensschreie, unempfindlich für den Anblick und Gestank brennenden Fleisches, und nichts trübt das Hochgefühl ihrer grotesken Selbstgerechtigkeit.« Genau so ist es: Im einen Augenblick sind die Zuschauer noch entsetzt über den verschmorenden Körper einer Frau, die an einer abgerissenen Hochspannungsleitung einen Stromschlag erleidet, nachdem der Pilot im Chaos eines heftigen Wirbelsturms den Feuerkreis des Scheiterhaufens mit den Signalfeuern des nahegelegenen Flughafens verwechselt hat. Doch das Entsetzen der Masse ist nur von kurzer Dauer; schon bald wenden sie sich wieder dem eigentlichen Geschehen zu, so als ob bestenfalls das Ende der Welt sie davon abhalten könne, ihr schwarzes Opfer bei lebendigem Leibe zu verbrennen.

Mit keinem Wort geht der Erzähler auf den Kontrast zwischen der menschlichen Verirrung des Lynchens und den entfesselten Naturgewalten ein. Seine moralische Position besteht darin, daß er nicht Position bezieht, so als ob nur ein unbeteiligter Beobachter einen exakten Bericht liefern könne. Die Deutung der Vorgänge bleibt Ellisons Lesern selbst überlassen. So erfährt man von der Anwesenheit des Sheriffs erst in dem Augenblick, in dem der Erzähler sagt: »Der Sheriff und seine Männer brüllten Kommandos und trieben die Leute zurück, mit ihren blitzenden Gewehren« – fort von den lebensgefährlichen Hochspannungsleitungen, hin zu dem Schwarzen, der noch immer gefesselt auf seiner brennenden Plattform steht. Es muß gar nicht ausdrücklich gesagt werden, daß der Sheriff seine Amtsgewalt in den Dienst der illegalen Lynchjustiz stellt; die emotionale Wirkung entsteht allein durch das, was Hemingway als »Abfolge von Bewegungen und Fakten« bezeichnet hat. Während die Handlung unaufhaltsam dem Höhepunkt der rituellen Gewalt zustrebt, wird die kühle Distanz des Erzählers immer beunruhigender, denn er hat weder zu dem »Nigger« noch zu seinem eigenen Gewissen den mindesten Bezug. Sein Empfindungsvermögen beschränkt sich auf bloße angelernte Wahrnehmungsmuster, seine Reaktionen sind so platt und eindimensional, daß dem Leser nur um so deutlicher bewußt wird, was *wirklich* vorgeht. Doch auf dem Höhepunkt der Qualen gibt sogar der junge Weiße indirekt zu, daß der Schmerz des Schwarzen nicht spurlos an ihm vorbeigeht. »Den Anblick werde ich nie vergessen. Wenn ich von jetzt an Spießbraten esse, werde ich jedesmal an den Nigger denken. Sein Rücken sah aus wie bei einem Spanferkel. Ich konnte die Rippen genau sehen, konnte sehen, wo sie am Rückgrat ansetzen und sich nach unten und vorne wölben. Das war vielleicht ein Anblick, der Rücken von diesem Nigger.« Aber die *vielsagendste* Reaktion des Jungen kommt von innen heraus, als er sich zu seiner Schande übergeben muß. »Ich fühlte mich elend, und ich war müde und schwach und fror.« Aus den Reaktionen seines Körpers spricht eine unbewußte Ablehnung der Werte, die er gelernt hat nicht in Frage zu stellen. Nach diesem Abend, so berichtet der Erzähler, »[dauerte] der Sturm ... noch drei Tage«, und in einer Art verbalem Reflex weist er mehrfach in ambivalenter Form auf die Zähigkeit des Ermordeten hin. Hinter dem Erzähler steht der Autor Ellison, der dem Leser durch diesen Kunstgriff das Gefühl vermittelt, daß die Erinnerung an die entfesselten natürlichen – und menschlichen – Gewalten nicht spurlos verschwinden wird.

Die Geschichte »Ein Feuerwerk in der Stadt« ist anders als alle anderen. Dadurch, daß sie aus dem Blickwinkel und mit den Worten eines weißen Jungen erzählt wird, liefert sie einen eindrucksvollen Hintergrund für Ellisons Auseinandersetzung mit Leben und Charakter der Afroamerikaner in den nachfolgenden Erzählungen. Zwischen »Ein Feuerwerk in der Stadt« und »Flying Home« – wo der alte Schwarze Jefferson scherzt: »angeblich war ich an einem Unwetter schuld und daran, daß hier unten im Macon County ein paar Leute gelyncht wurden« – beschreiben die Geschichten Stationen einer imaginären afroamerikanischen Biographie von Kindheit und Jugend bis zum Erwachsensein. Im Gegensatz zu »Ein Feuerwerk in der Stadt«, wo Fakten und Sinneseindrücke drohen, das Bewußtsein gänzlich zu überwältigen, ist in den anderen Geschichten gerade das »wache Bewußtsein« der Charaktere von entscheidender Bedeutung. Der junge weiße Erzähler in »Ein Feuerwerk in der Stadt« kommt zurecht, ohne daß er den Dingen auf den Grund geht; je oberflächlicher seine Reaktionen sind, in dieser Stadt in Alabama, desto leichter hat er es. Doch das gilt nicht für Ellisons übrige Erzähler und Charaktere. Als schwarze Amerikaner sind sie darauf angewiesen zu wissen, *was* genau vorgeht und *wie* man damit leben kann.

In »Boy on a Train« (»Der Junge im Zug«) reist der Protagonist James, der vor kurzem seinen Vater verloren hat, mit seiner Mutter und seinem kleinen Bruder von Oklahoma City nach McAlester, wo die Mutter eine Stellung als Hausangestellte antreten will. (Auch Ellison unternahm eine solche Reise mit seiner Mutter und seinem jüngeren Bruder Herbert und lebte ein Jahr lang in McAlester.) Dabei bildet die Familie den zentralen Bezugspunkt der Geschichte, denn der Protagonist betrachtet die Realität unter dem Gesichtspunkt der Frage, wie sie sich auf seine unmittelbare Umgebung auswirkt. Er ist hin- und hergerissen zwischen kindlichem Erleben auf der einen Seite und der in ihn gesetzten Erwartung, daß er sich trotz seines jugendlichen Alters wie ein Mann verhalten wird. Mit kindlichem Blick nimmt er wahr, daß Schwarze von den Weißen mit anderen Augen angesehen werden, fragt sich, warum das so ist, und sucht, da er keine Erklärung findet, Zuflucht vor möglichen Gefahren in erhöhter Vorsicht und Wachsamkeit. Seine Wißbegierde treibt ihn dazu, den Unterschied zwischen dem äußeren Schein (und angeblichen Wesen) der Dinge und der Wirklichkeit zu ergründen. So bemerkt er den Unterschied zwischen der Welt, die draußen vor dem Abteilfenster vorüberzieht, und konventionellen Abbildern dieser Welt: Er entdeckt eine Kuh, und die »sah aus wie die Kuh aus dem Bilderbuch, nur daß ihr keine Schmetterlinge um den Kopf flatterten«.

In den drei frühen Buster-und-Riley-Geschichten gibt Ellison dem Eindruck seiner Jugendzeit Gestalt, daß – wie er sich in *Shadow and Act* erinnert – »die Tatsache, daß unserer Freiheit gewisse Beschränkungen auferlegt waren, nicht unser Gefühl der Verpflichtung schmälerte. Wir mußten nicht nur unsere Rolle lernen, wir mußten auch auf die Bühne – nicht einfach nur so, daß es gerade reichte, sondern mit einem Schwung, der alles gab, mit einem, dürfen wir sagen (ohne daß wir die seltsame, fragwürdige Vorstellung der *négritude* heraufbeschwören wollen), schwarzamerikanischen Stil?« Die beiden Jungen treten in den »vielen verschiedenen Rollen« auf, von denen Ellison spricht; sie wollen dem schützenden, doch einengenden Nest ihrer Familie entfliehen in die große weite Welt der Freiheit.

In »Mister Toussan« improvisieren Buster und Riley eine Version der historischen Abenteuer des Toussaint L'Ouverture als Lügengeschichte *(tall tale)* und nach dem Schema des Ruf-Antwort-Gesanges *(call and response)*, und die in ihrer Handlung symbolisch vollzogene Tat macht ihnen dann Mut, sich die Kirschen zu stehlen, die der Weiße Rogan ihnen nicht gönnt. Ähnlich ist es in »Nachmittag«, wo die Jungen an Langeweile und unter den Spannungen mit ihren Eltern leiden, in deren Hintergrund Rassenkonflikte stehen. Rileys Vater droht ihm damit, ihn zu »räuchern«, eine Strafe aus der Sklavenzeit, und Buster ärgert sich über die Reizbarkeit seiner Mutter um so mehr, weil er weiß, daß es immer dann kommt, »wenn irgendwas zwischen ihr und den Weißen nicht in Ordnung« ist. Als in »O daß ich Schwingen hätte« Riley von seiner frommen alten Tante Kate die anzüglichen Riffs über Gott und die Rassentrennung verboten bekommt, wenden sich die Jungen in ihrem Ehrgeiz und Tatendrang den Grenzen der Natur zu. Doch als ihr Versuch, zwei jungen Küken das Fliegen beizubringen, mit dem Tod der Küken endet, kommt Tante Kate wie der Racheengel über sie, und Buster und Riley fliegen in Zukunft doch lieber wieder mit Worten.

»Zwei skalpierte Indianer« erzählt in einem Stil, der die Erfahrung unmittelbar und zugleich retrospektiv darstellt, von einem Initiationsritus. Als die beiden Jungen auf ihrem Weg aus dem Wald zum Rummelplatz das »böse Mundwerk« der Trompete hören, improvisiert Buster einen Text für das, was er aus der Improvisation des Trompeters heraushört:

Er sagt:

Also ihr wollt es nicht spielen, aha?
Ihr könnt es nicht spielen, aha?
Stampft ruhig mit den Füßen und klatscht in die Hände,
Denn ich werd' es spielen bis zum bitteren Ende …

Mann, wenn die Weißen eine Ahnung hätten, was der Kerl da auf der Trompete spielt, würden sie ihm glatt den Hals umdrehen.

Doch nicht Buster, sondern der Erzähler – wie dieser vor kurzem »skalpiert« (beschnitten) – ist es, der unwillentlich, als er in die verrufene Hütte der alten Tante Mackie gerät, eine Erfahrung macht, für die andere ihm »den Hals umdrehen« würden. Benommen geht der junge Mann hervor aus dieser dunklen, einsamen Begegnung mit der uralten Frau – geheimnisvoll und magisch wie der Mond –, deren nackter Körper so gar nicht zu dem runzligen, haarigen Gesicht paßt, dem Körper, der Schönheit und Jugend und die magische Anziehungskraft der Sexualität verheißt. »Alles ist wirklich«, haucht er verzückt. Allein in der Nacht, die geschärften Sinne im Einklang mit der Natur, nimmt die erwachte Sensibilität des Erzählers plötzlich Stimmungen wahr, die ihm das Mysterium und die Möglichkeiten des Lebens und der Welt eröffnen.

»Hymies Bulle« und die daran eng anknüpfende Erzählung »Ich weiß nicht einmal ihre Namen« handeln von Mißtrauen und Gewalt und sind dabei überraschend gefühlsbetont. In beiden Geschichten verarbeitet Ellison seine Erfahrungen als Tramp auf den Güterzügen der frühen dreißiger Jahre. So steht im Mittelpunkt von »Hymies Bulle« ein namenloser junger Mann, der allein umherzieht, wie viele seiner Altersgenossen ohne ein bestimmtes Ziel; in »Ich weiß nicht einmal ihre Namen« ist ein weiterer namenloser junger Mann mit dem Güterzug unterwegs, diesmal jedoch zu einem Ziel – einem College in Alabama, genau wie Ellison selbst im Sommer des Jahres 1933. Bei beiden Geschichten beginnt die Erzählung in der ersten Person Plural, so als ob durch das Trampen mit den Güterzügen eine Art brüderliche Gemeinschaft der Armen und Ausgestoßenen entstanden sei, ähnlich der Besatzung eines Schiffes. In »Hymies Bulle« bleibt das *Wir* von Anfang bis Ende vorherrschend und wird nur gelegentlich durchbrochen, wenn Ellisons Erzähler sich direkt an die Zuhörer wendet oder wenn er in der Ichform von dem grundlosen Angriff des Polizisten auf Hymie berichtet und davon, wie Hymie seinen Angreifer mit einem Messer tötet. Ellisons Erzähler beschreibt Hymie wie einen Matador, sein gezücktes Messer ist die plötzlich entrollte Muleta des Stierkämpfers. »Hymies Bulle« ist auch eine Fluchtgeschichte, denn als der junge schwarze Erzähler und seine Reisegenossen auf dem Güterbahnhof von Montgomery von zwei wutschnaubenden Polizisten aus Alabama in Empfang genommen werden, die nichts anderes im Sinn haben, als ihren toten Kollegen zu rächen, da erwartet sie eine Tracht Prügel, das Gefängnis oder Schlimmeres. Die jungen Tramps sind »verdammt glücklich«, als sie oben auf dem Güterwagen sitzen, der sie weit weg vom Ort des Geschehens bringt und weit weg von dem nahegelegenen Scottsboro, wo einige Jahre zuvor eine Reihe von Farbigen auf falsche Anschuldigungen hin zum Tode verurteilt worden war.

Der Anfang von »Ich weiß nicht einmal ihre Namen« klingt, als wolle der mittlerweile erfahrenere Erzähler aus »Hymies Bulle« eine weitere Geschichte erzählen. Diesmal bezieht sich das *Wir* auf den Erzähler und seinen Kumpel Morrie und wird schon bald zum *Ich*, als er berichtet, wie dieser Morrie, ein Weißer mit einer Beinprothese, ihn davor bewahrt hat, zwischen zwei Eisenbahnwaggons zu stürzen.

Genau wie »Hymies Bulle« ist auch »Ich weiß nicht einmal ihre Namen« geprägt von den synkopierten Rhythmen der Güterzüge, mit denen der Erzähler reist: Manchmal fließt die Erzählung glatt und zügig dahin, dann wieder gerät sie ins Stocken, wie die ruckhaften Bewegungen der Waggons, die über unebene Stellen holpern, jäh zum Stehen kommen, so daß Kupplungen ineinandergreifen und sich lösen und sich dann wieder in Bewegung setzen und bald im Schnekkentempo, bald mit rasender Geschwindigkeit auf ein Ziel zustreben, das irgend- und doch zugleich nirgendwo liegt. Wie später der unsichtbare Mann, gibt der Erzähler viel von seiner Person preis, ja er gewährt Einblicke in seine geheimsten Gedanken. »Ich habe mich damals wirklich bemüht, nicht zu hassen«, gesteht er und fährt fort mit einem wohlausgewogenen Kommentar auf alle Rassenvorurteile. »Ich hatte immer noch meine Auseinandersetzungen mit den Tramps – und Morrie stand mir bei. Aber ich hatte gelernt, niemanden anzugreifen, der nicht mich persönlich angriff; niemanden, der einfach nur mit seinem Benehmen das zum Ausdruck brachte, was andere ihm beigebracht hatten.« Der junge Mann zeichnet ein lebendiges Bild der Landschaft, von Colorado über Kansas bis hin nach Oklahoma. Vielleicht griff Ellison dabei auf die Erinnerung an eine Fahrt nach Denver zurück, die er einst mit seiner High-School-Band unternommen hatte. Die beiden alten Leute, denen der Erzähler in einem Güterwagen begegnet, sind rührend umeinander besorgt und behandeln ihn sehr freundlich, ja sie übertreiben es schon fast mit ihrer Freundlichkeit. Der Erzähler bleibt anonym wie in »Hymies Bulle« und gibt seinen Namen nicht preis. Aber er weiß um die Komplexität von Wissen und Sprache; er erzählt, wie er während seines Gefängnisaufenthalts in Decatur, Alabama, von den Vorfällen in Scottsboro erfahren hat – und dennoch: »In den Tagen im Gefängnis, da habe ich oft an die beiden Alten gedacht, und ich war traurig, daß ich nicht einmal ihre Namen wußte.« Was er über sie erfahren hat, ist natürlich weit mehr wert als ihre Namen. Wieder einmal sehen wir hier, wie sehr Ellison und seine Charaktere nach demokratischer Gleichheit hungern; wie Mark Twains Floß und Melvilles Walfänger eröffnen die Güterzüge Möglichkeiten zur Verständigung, gerade im Angesicht von Gewalt, Gefahr und Rassenhaß.

»Da soll noch einer mitkommen«, »Der schwarze Ball« und »Der König des Bingospiels« handeln von jungen Schwarzen, die erste Gehversuche in der »großen Welt« unternehmen und das Leben als ein Spiel des Zufalls erleben, bei dem die Gewinnchancen gering sind und das Ergebnis bestenfalls offen, schlimmstenfalls von vornherein abgekartet, selbst wenn man den Jackpot gewinnt. Wie die schneebedeckten Straßenbahnschienen in »Da soll noch einer mitkommen« ist die trennende Linie zwischen den Rassen immer da. Sichtbar oder unsichtbar bleibt sie stets präsent, sowohl für die beiden Speisewagenkellner, die in einer nicht näher bezeichneten Stadt unweit der Mason-und-Dixon-Linie Station machen, als auch für den Hausmeister und Laufburschen eines Apartmenthauses in »Der schwarze Ball«. Wie bei anderen frühen unveröffentlichten Geschichten bleibt der Erzähler in »Da soll noch einer mitkommen« namenlos. Nur an einer einzigen Stelle erwähnt sein Freund Joe, den seine Empörung über die Rassentrennung oftmals an den Rand eines Wutausbruchs bringt, flüchtig den Namen »Al«. Die Geschichte schildert eindrucksvoll, wie zwei Männer durch den Schnee zur besten Pension im Schwarzenviertel der Stadt stapfen. Sie wollen keinen Streit, rechnen aber ständig damit. Doch als sich das, was auf den ersten Blick wie ein häßlicher rassistischer Akt mit sexuellen Untertönen aussieht, als freundschaftliche Wette zwischen dem Gangster Ike und seinem schwarzen Bekannten, dem

Sportler Charlie, entpuppt, können Joe und Al sich auch auf diese neue Situation einstellen und herzhaft lachen. Als eine Art Erwiderung auf Hemingway verkehrt Ellison die durch und durch lakonisch geschilderte Gefahr und Verzweiflung der Erzählung »Die Killer« ins Gegenteil.

Spiele und gezinkte Karten sind treffende Metaphern für die Regeln der Rassentrennung in »Der schwarze Ball«, der vielleicht kunstvollsten und am sorgfältigsten ausgearbeiteten unter den unveröffentlichten Geschichten. Für John, den Erzähler, dreht sich alles um seinen kleinen Sohn, den er zärtlich liebt. Er ist sich bewußt, daß der Junge früher oder später unweigerlich Bekanntschaft mit den grausamen Regeln des »alten Spiels« machen wird, ja daß er bereits erste Erfahrungen damit gesammelt hat. Die Geschichte, die im Südwesten spielt und deren Manuskript wie das anderer unveröffentlichter Erzählungen auf Papier getippt ist, das auf der Rückseite den Briefkopf des Montgomery County Republican Executive Committee trägt, ist nicht zuletzt geprägt von der Sensibilität des Erzählers für die feinen Unterschiede zwischen dem Süden und dem Südwesten der Vereinigten Staaten. »Weiß er denn nicht, daß wir hier keine Angst vor seinesgleichen haben?« überlegt John in einer Art Reflexreaktion auf die Begegnung mit dem Fremden, den er für den typischen weißen Südstaatler hält, doch wenig später findet er heraus, daß die Verbrennungen an den Händen des Mannes von einer Benzinfackel stammen; die Verbrennungen wurden ihm beigebracht, weil er die Unschuld eines schwarzen Freundes, der in Alabama ungerechtfertigt der Vergewaltigung einer Weißen beschuldigt wurde, bezeugt hatte und sich weigerte, seine Aussage zu widerrufen. Als er die Geschichte hört und die Hände des Mannes sieht, spürt John, wie sein Mißtrauen schwindet. Hier wie an anderer Stelle in den frühen Geschichten sind Ellisons afroamerikanische Charaktere stets bereit, ihre Feindseligkeit gegenüber den Weißen zu begraben, ihr Mißtrauen zu überwinden und sich vielleicht sogar aktiv für die Schaffung einer brüderlichen Gemeinschaft einzusetzen, in diesem Falle für eine Gewerkschaft, die versucht, schwarze und weiße Hausangestellte gemeinsam zu organisieren. Johns Erinnerung an die verbrannten Hände des weißen Gewerkschafters, die Drohung seines Vorgesetzten, ihn auf die schwarze Liste zu setzen, und die klugen Kinderfragen seines kleinen Sohnes bringen ihn zu der Erkenntnis: »Wer weiß, vielleicht hatte der alte Ball ja doch noch eine andere Farbe als weiß.«

»Der König des Bingospiels« ist die in der dritten Person erzählte Geschichte eines unerfahrenen Schwarzen, der aus dem Süden nach Harlem gekommen ist. Als er beim Bingospiel gewinnt, erwirbt er das Recht, das Glücksrad zu drehen, und damit die Chance, den Jackpot zu gewinnen. Obwohl er das Geld dringend für die medizinische Behandlung seiner kranken Frau benötigt, wird das Drehen des Glücksrades für ihn zur Energiequelle, zum alleinigen Lebensinhalt, zu einer Art Gott. Der König des Bingospiels erfährt die dämonische Kraft, die Leon Forrest in »Luminosity from the Lower Frequencies« mit Ellisons streitbarer Phantasie in Verbindung bringt. Er fühlt sich so befreit durch den Akt des Knopfdrückens, daß er erst loslassen kann, als Sicherheitsbeamte ihm den Schalter mit Gewalt entreißen und er just in dem Augenblick von einem Schlagstock niedergestreckt wird, in dem er sieht, wie das Rad zwischen den beiden Nullen stehenbleibt und ihn so zum Gewinner des Jackpots macht. Die Nullen sind sein Schicksal: Bei diesem Spiel geht der Gewinner leer aus, abgesehen von einer Tracht Prügel hinter dem Vorhang und zweifellos weiteren Mißhandlungen im Gefängnis oder in der Gosse, ehe er wieder auf freien Fuß kommt. »Der König des Bingospiels« nimmt die Motive von Vergänglichkeit, Gewalt, Chaos und die surreale Stimmung vorweg, die den gesamten Roman *Der Unsichtbare Mann* durchziehen.

Mit ihrer Beschäftigung mit dem Rätsel der Identität weist auch die Erzählung »In einem fremden Land« voraus auf den *Unsichtbaren Mann.* In dieser Geschichte ist »die Antwort auf die komplexe Frage der Identität eine musikalische«, wie Robert O'Meally in seinem Buch *The Craft of Ralph Ellison* es formuliert, und »die Musik ist Ellisons Metapher für Demokratie und Liebe«. In seiner schmerzhaften inneren Zerrissenheit muß der Protagonist Parker erkennen, daß *er* in den Augen der Waliser, die sich des Fremden annehmen, nachdem seine amerikanischen Landsleute ihm ein blaues Auge geschlagen haben, der wahre Amerikaner ist. Sie erkennen, wie Ellison viele Jahre später schrieb, daß »die Neger etwas unbestreitbar Amerikanisches« haben. Und es fällt Parker nicht leicht, sich, als er das begreift, auch entsprechend zu verhalten. Als der walisische Chor die amerikanische Nationalhymne schmettert, da hört er mit einem Male, »als ob sie ihn verraten wolle, den Gesang seiner eigenen Stimme – wie ein Radio, das man plötzlich lauter dreht«. In seinem Unterbewußten ist das »fremde Land« nicht Wales, sondern es ist Amerika, und wie viele Amerikaner entdeckt auch Parker sein Amerikanertum erst in der Fremde. Parker, der von den ersten weißen Landsleuten, denen er in Wales begegnet ist, angegriffen wurde, hat ein gespaltenes Verhältnis zu seinem Land, denn es ist für ihn sowohl »das schreckliche Reich seiner schlimmsten Alpträume« als auch das Land, dessen Ideale er in den gemischten Jam Sessions seiner Heimat am eigenen Leib erfahren hat. »In der Jam Session, da sind wir Jamokraten, Sir!« denkt er bei sich. Auf die Frage »WIE FÜHLST DU DICH OHNE ILLUSIONEN?« wird der unsichtbare Mann antworten: »Voller Schmerzen und leer.« Und in der früheren Erzählung fordert Parker ein Amerika »ohne Illusionen«. Sein Ringen um Identität weist voraus auf Ellisons eigene Sehnsucht, die er im 1981 geschriebenen Nachwort zum dreißigsten Jahrestag der Erstausgabe von *Der Unsichtbare Mann* zum Ausdruck brachte – den Wunsch, »einen Erzähler [zu] erschaffen, der sowohl denken als auch handeln konnte«, und dessen »Fähigkeit zur Selbstfindung« ihm als »Grundlage seiner unbeholfenen Suche nach Freiheit« dienen konnte. Wie andere Erzähler und Charaktere in diesen Geschichten ist Parker ein direkter Vorläufer des Unsichtbaren, »ein Blues-gefärbter Über-Wunden-Lachender ..., der sich in seine Anklage über die *condition humaine* mit einschloß« und dadurch besser in der Lage war, die Welt in ihrer ganzen Vielfalt zu sehen und zu begreifen.

Die Erzählungen »Ein Feuerwerk in der Stadt« und »Flying Home« bilden den Rahmen der Sammlung. »Flying Home« nimmt das Thema der Unsichtbarkeit, das Rätsel des Großvaters und die Technik der Soli und Breaks vorweg, die Ellison im *Unsichtbaren Mann* so virtuos einsetzte. In der Erzählung »Flying Home« sieht sich Ellisons Protagonist aus den Nordstaaten just in dem Augenblick, als er, mit einem Seitenblick auf Joyces Stephen Dedalus, glaubt, er habe die Schranken überwunden, die ihm durch Rasse, Sprache und Geographie gesetzt sind, durch einen dummen Zufall gezwungen, der fremden »alten Heimat« des Südens ins Auge zu sehen. Todd, einer der »schwarzen Adler« aus der Neger-Flugstaffel von Tuskegee, ist ein literarischer Nachfahr des Ikarus: Als er der Sonne zu nahe kommt, stürzt er im ländlichen Alabama zu Boden. Anders als sein mythisches Vorbild wird er dort von dem alten Jefferson gerettet, dessen Erzählungen und Taten Todd vor Augen führen, wo er ist und wer er ist, bis er schließlich ins Leben zurückkehren kann, indem er sich von dem alten schwarzen Landarbeiter und dessen Sohn den Weg aus einem labyrinthischen Tal in Alabama zeigen läßt. Das Lachen, das Todd anfangs als demütigend empfindet, bricht auf dem Höhepunkt der Geschichte aus ihm hervor, und der alte Jefferson macht sich das allgemeine Chaos zunutze und rettet ihn aus der Gefahr.

In dem 1981 geschriebenen Nachwort zum *Unsichtbaren Mann* bezeichnet Ellison seinen Piloten als einen »Mann zweier Welten«, der sich »in beiden mißverstanden [fühlte] und ... darum in keiner heimisch [war]«. Mit Blick auf den späteren Roman schließt er mit den Worten: »Ich war mir über seine Beziehung zu dem unsichtbaren Mann überhaupt nicht im klaren, doch augenscheinlich besaß er manche der Symptome.« Und – so hätte Ellison noch hinzufügen können – er hatte teil an dem berechtigten, brüderlich demokratischen Optimismus des Romans. »Ein neues Einvernehmen bestand zwischen ihm und dem Jungen und dem alten Mann«, und dieses versetzt Todd in die Lage, einen Bussard – einen jener gefürchteten »Bastarde«, mit denen er sich identifiziert hatte und die ihm bei seinem Übungsflug zum Verhängnis geworden waren – in ein Symbol des Fliegens und der Freiheit zu verwandeln. Am Ende der Geschichte sieht er »den dunklen Vogel in die Sonne fliegen, wo er strahlte wie ein Vogel aus flammendem Gold«, ein Bild, das – vielleicht inspiriert von Lionel Hamptons temporeicher Jazznummer »Flying Home« – prophetisch vorausweist auf Ellisons triumphalen Höhenflug in seinem *Unsichtbaren Mann*.

5.

Insgesamt gesehen lassen die Erzählungen erkennen, wie wenig sich Ellisons Amerikabild in den fünfundfünfzig Jahren seiner schriftstellerischen Tätigkeit verändert hat. In der Geschichte »Der schwarze Ball« stellt der kleine Junge seinem Vater eine Frage, die schon andere vor ihm gestellt haben und die auch jene, die nach ihm kommen, stellen werden, und zwar auf beiden Seiten. »Braun ist viel schöner als Weiß, stimmt's, Daddy?« »Manche Leute glauben das«, antwortet der Vater vorsichtig. »Aber noch besser ist es, wenn man Amerikaner ist.« Diese Antwort ist ein Beleg für Ellisons Glauben an eine gemeinsame – nicht gleiche, aber gemeinsame – demokratische Identität. Man könnte diese Überzeugung als Ellisons Glaubensbekenntnis ansehen. Wie der Erzähler dieser frühen Geschichte bekennt auch er sich zu Amerika und den Idealen, für die es steht, auch wenn er sich bewußt ist, daß in diesem Land Ideal und Wirklichkeit weit auseinanderklaffen. Für Ellison ist die Idee Amerikas eng verknüpft mit den Möglichkeiten der Literatur. Beide waren, wie er es in der Widmung eines Buches für einen Freund ausdrückte, für ihn etwas, das »man immer sucht und niemals findet« und das »doch immer da« ist. Eins steht fest: Durch die Kurzgeschichten fand Ellison zum Roman – zum *Unsichtbaren Mann* mit seiner bedrohlichen, bedeutungsschweren, brüderlichen »anderen Welle« der Demokratie und darüber hinaus zum unerforschten Terrain seines unvollendet gebliebenen zweiten Romans.

John F. Callahan
Washington, D. C.
November 1996

EIN FEUERWERK IN DER STADT

Ich weiß nicht, wie alles angefangen hat. Ein paar Männer kamen bei Onkel Ed vorbei und sagten, unten in der Stadt gebe es ein Feuerwerk. Mein Onkel rief, ich solle mitkommen, und ich rannte neben ihnen her durch die Nacht und den Regen, und dann waren wir auch schon auf dem Platz. Als wir ankamen, war alles ruhig, die Leute standen nur da und starrten grimmig den Nigger an. Ein paar von den Männern hatten Gewehre, und einer stieß dem Nigger den Lauf seiner Schrotflinte in den Hintern und knurrte, am liebsten würde er abdrücken; aber dann tat er es doch nicht. Es war direkt vor dem Gericht, und die alte Turmuhr schlug zwölf. Der Regen war eiskalt und gefror noch in der Luft. Allen war kalt, und der Nigger schlang immer die Arme um sich, so kalt war ihm.

Dann drängte sich einer von den Jungs durch den Kreis und riß dem Nigger das Hemd runter, und da stand er nun im Feuerschein und bibberte, mit seiner schwarzen Gänsehaut, und sah uns mit ängstlicher Miene an und steckte die Hände in die Hosentaschen. Die Leute fingen an zu brüllen, sich zu beeilen und den Nigger fertigmachen. Jemand rief: »Nimm die Hände aus den Taschen, Nigger; wir sorgen schon dafür, daß dir warm wird.« Aber der Nigger hörte ihn nicht und ließ seine Hände, wo sie waren.

Mann, der Regen war vielleicht kalt. Ich mußte die Hände glatt in die Taschen stecken, so kalt waren sie. Das Feuer war noch ziemlich klein, und sie legten ein paar Holzscheite um das Podest, auf das sie den Nigger gebracht hatten, und gossen Benzin darüber, und jetzt war es so hell, daß man den ganzen Platz sehen konnte. Es war schon spät, und die Straßenlaternen waren längst aus. Es war so hell, daß das Bronzedenkmal von dem General, das da auf dem Platz steht, irgendwie lebendig wurde. Die Schatten zuckten auf seinem schimmliggrünen Gesicht, und es sah aus, als ob er dem Nigger unten zulächeln würde.

Sie gossen noch mehr Benzin ins Feuer, und der Platz wurde noch heller, wie Lampen, wenn sie angeschaltet werden, oder die Sonne, die rot untergeht. Rundum standen jede Menge Pferdefuhrwerke und Autos. Aber nicht wie samstags – die Nigger waren nicht da. Nicht ein einziger Nigger außer diesem hier aus Bacote, und den hatten sie hinten an Jed Wilsons Wagen gefesselt hergebracht. Samstags sind immer genauso viele Nigger da wie Weiße.

Alle brüllten wie verrückt, weil sie jetzt drauf und dran waren, den Nigger anzuzünden, und ich war ganz hinten und sah mich auf dem Platz um und versuchte, die Autos zu zählen. Die Schatten der Leute flackerten auf den Bäumen in der Mitte des Platzes. Ich sah, wie ein paar Vögel, die von dem Lärm aufgewacht waren, von den Bäumen aufflogen. Die glaubten wahrscheinlich, es ist schon Morgen. Da wo der Regen hinkam und gefror, fingen die Pflastersteine an zu glänzen. Ich zählte vierzig Autos, dann verlor ich die Übersicht. Es mußten auch Leute aus Phenix City rübergekommen sein, sonst wären nicht so viele Autos zwischen den Fuhrwerken gewesen.

Mein Gott, das war vielleicht eine Nacht. Da war der Teufel los. Als der Lärm nachließ, hörte ich von da, wo ich stand, ganz hinten, die Stimme des Niggers und drängte mich nach vorn. Der Nigger blutete aus der Nase und aus den Ohren, und ich sah das dunkelrote Blut über die schwarze Haut laufen. Er trat ständig von einem Fuß auf den anderen, wie ein Huhn auf einer heißen Herdplatte. Ich sah hinunter zu dem Podest, auf das sie ihn gestellt hatten; sie hatten einen Feuerring ganz eng um seine Füße gelegt. Es muß ziemlich heiß gewesen sein, denn die Flammen kamen fast bis an seine großen schwarzen Zehen. Jemand brüllte, der Nigger solle das Beten nicht vergessen, aber der Nigger sagte jetzt gar nichts mehr. Er stöhnte nur noch mit geschlossenen Augen und hob abwechselnd die Füße, erst den einen und dann den anderen.

Ich sah, wie die Flammen immer näher an die Füße des Niggers herankamen. Das Holz brannte jetzt richtig gut. Der Regen hatte aufgehört, und der Wind nahm zu und fachte das Feuer kräftig an. Ich sah mich um: Da müssen an die fünfunddreißig Frauen in der Menge gewesen sein, und ich konnte ihre Stimmen genau hören, laut und schrill zwischen denen der Männer. Und dann passierte es. Mit einem Mal hörten alle den Lärm. Es klang wie ein Wirbelsturm, einer von denen, die vom Golf heraufkommen, und alle sahen nach oben, weil sie wissen wollten, was da los war. Einige machten überraschte und ängstliche Gesichter, nur der Nigger nicht. Der hörte den Lärm nicht einmal. Er hob nicht einmal den Kopf. Und dann kam das Dröhnen näher, war direkt über unseren Köpfen, der Wind wurde immer stärker, und es war, als ob der Lärm uns umkreiste.

Und dann sah ich sie am Himmel. Durch Wolken und Nebel konnte ich die roten und grünen Lichter an den Tragflächen erkennen. Es dauerte nur eine Sekunde; dann verschwand sie in den niedrigen Wolken. Ich hielt Ausschau nach dem Leuchtfeuer über den Häusern, das Leuchtfeuer, das zu dem Flugplatz vierzig Meilen von hier gehört, aber es drehte sich nicht. Sonst konnte man nachts immer sehen, wie es über den Himmel läuft, aber es war nicht da. Und dann tauchte die Maschine plötzlich wieder auf, wie ein großer Vogel, der im Nebel die Orientierung verloren hat. Ich suchte die roten und grünen Lichter, aber sie waren nicht mehr zu sehen. Sie flog jetzt noch dichter über die Dächer als zuvor. Der Wind war stärker, und Blätter wirbelten und warfen merkwürdige Schatten auf den Boden, und Äste fielen krachend herunter.

Das war vielleicht ein Sturm. Der Pilot muß geglaubt haben, er wäre über der Landebahn. Vielleicht dachte er, wir hätten das Feuer auf dem Platz für ihn angezündet, damit er wußte, wo er landen konnte. Mann, das hat den Leuten vielleicht einen Schrecken eingejagt. Ich bin auch erschrocken. Sie fingen an zu schreien: »Der will hier landen. Der will hier landen.« Und: »Der stürzt gleich ab.« Einige rannten zu ihren Autos und Fuhrwerken. Ich hörte die Karren quietschen und Ketten klirren und die Autos knattern und röhren, als sie die Motoren anließen. Rechts von mir ging ein Pferd durch und trat mit den Hufen gegen ein Auto.

Ich wußte nicht, was ich tun sollte. Ich wollte weglaufen, aber ich wollte auch dableiben und sehen, was passierte. Die Maschine war verdammt nah. Der Pilot war wohl so tief gegangen, um zu sehen, wo er überhaupt war, und die Motoren dröhnten so laut, daß man nichts anderes mehr hören konnte. Ich spürte sogar das Vibrieren, und unter der Mütze konnte ich spüren, wie mir die Haare zu Berge standen. Mein Blick fiel auf das Denkmal des Generals, wie er dastand, ein Bein vor das andere gesetzt und auf sein Schwert gestützt, und ich wollte gerade hinlaufen und zwischen seine Beine klettern, damit ich besser sehen konnte, als das Dröhnen auf einmal aufhörte, und als ich hochsah, schwebte die Maschine gerade über die Bäume in der Mitte des Platzes.

Die Motoren standen still, und ich hörte, wie die Äste

unter dem Fahrgestell splitterten und brachen. Ich konnte sie jetzt ganz genau sehen, silbern und glänzend im Feuerschein, die Buchstaben TWA in schwarzen Lettern unten auf den Flügeln. Sie schwebte elegant über den Platz, doch dann streifte sie die Hochspannungsleitung, die neben der Straße von Birmingham durch die Stadt geht. Es gab einen lauten Knall. Wie wenn der Wind das Tor einer Blechscheune zuschlägt. Sie kam nur mit dem Fahrgestell an die Leitung, aber ich sah die Funken fliegen, und die abgerissenen Drähte sprühten blau und zuckten wild hin und her wie ein Haufen Schlangen und malten blaue sprühende Funkenkreise in das Dunkel.

Die Maschine hatte fünf oder sechs Drähte abgerissen, die nun baumelten und hin- und herschwangen, und jedesmal wenn sie sich berührten, gab es neue Funken. Der Wind brachte sie zum Schwingen, und als ich hinkam, lag ein knisternder, zischender Vorhang aus blauem Dunst über dem Highway. Beim Laufen fiel mir die Mütze herunter, aber ich blieb nicht stehen, um sie aufzuheben. Ich war ganz vorne und hörte, wie die anderen mit schweren Schritten hinter mir über den Rasen rannten. Sie brüllten sich die Seele aus dem Leib und kamen immer näher, sie schubsten und drängelten, und jemand wurde gegen einen der baumelnden Drähte gestoßen. Es klang, wie wenn ein Schmied ein rotglühendes Hufeisen in einen Wasserbottich taucht, so daß der Dampf zischt. Es roch nach verbranntem Fleisch. Das war das erste Mal, daß ich so etwas roch. Ich kam näher heran und sah, daß es eine Frau war. Sie muß gleich tot gewesen sein. Sie lag in einer Pfütze, stocksteif, mitten zwischen den Scherben der gläsernen Isolatoren, die das Flugzeug von den Masten gerissen hatte. Ihr weißes Kleid war zerfetzt, und ich sah eine von ihren Brüsten im Wasser, und ihre Schenkel konnte ich auch sehen. Eine andere Frau schrie auf und fiel in Ohnmacht und wäre beinahe auch noch auf die Leitung gestürzt, aber ein Mann fing sie auf. Der Sheriff und seine Männer brüllten Kommandos und trieben die Leute zurück, mit ihren blitzenden Gewehren, und die Funken tauchten alles in ein blaues Licht. Durch den elektrischen Schlag war die Frau fast so schwarz geworden wie der Nigger. Ich wollte nachsehen, ob sie vielleicht auch blau angelaufen war oder ob das nur der Lichtschein von den Funken war, aber der Sheriff scheuchte mich weg. Ich ging ein paar Schritte zurück, reckte aber weiter den Hals, und dann hörte ich irgendwo rechts in den Wolken die Flugzeugmotoren wieder starten.

Bei dem Wind flogen die Wolken nur so vorüber, und mit dem Wind kam ein brenzliger Geruch zu mir herüber. Ich drehte mich um. Die Menge war wieder auf dem Weg zum Nigger. Ich sah ihn mitten im Feuer stehen. Der Wind ließ die Flammen von Minute zu Minute heller werden. Die Menge rannte. Ich rannte auch. Ich rannte mit der Menge zurück über den Rasen. Es waren jetzt nicht mehr ganz so viele, weil einige geflohen waren, als das Flugzeug kam. Ich stolperte und fiel über einen Ast, der im Gras lag, und biß mir auf die Lippe. Sie ist immer noch nicht geheilt, so fest habe ich mir draufgebissen. Beim Laufen konnte ich das Blut im Mund schmecken. Wahrscheinlich ist mir davon schlecht geworden. Als ich hinkam, hatte die Hose von dem Nigger Feuer gefangen, und die Leute standen um ihn rum und sahen zu, aber nicht zu nahe dran, weil der Wind in die Flammen blies. Jemand brüllte: »Na, Nigger, jetzt ist dir nicht mehr kalt, was? Jetzt mußt du die Hände nicht mehr in die Taschen stecken.« Und als der Nigger den Kopf hob, sah es aus, als ob seine großen weißen Augen jeden Moment herausspringen würden, und da wurde es mir doch zuviel. Ich hatte genug gesehen. Mir war kotzübel, und ich wollte nur noch weglaufen, aber ich blieb. Ich blieb da, ganz vorne in der Menge, und sah zu.

Der Nigger wollte etwas sagen, aber ich konnte ihn nicht verstehen, so sehr tobte der Wind, und ich spitzte die Ohren. Jed Wilson brüllte: »Was hast du gesagt, Nigger?« Und dann hörte ich seine Niggerstimme aus den Flammen: »Kann mir bitte einer der Herren die Kehle durchschneiden?« rief er. »Kann mir bitte jemand die Kehle durchschneiden, wie es sich für einen guten Christen gehört?« Und Jed brüllte zurück: »Sind leider keine guten Christen da heut abend. Auch keine Juden. Nur lauter waschechte Amerikaner.«

Danach war der Nigger still. Die Leute lachten, weil Jed so lustig war. Jed ist ungeheuer beliebt bei den Leuten, und mein Onkel sagt, nächstes Jahr wollen sie ihn vielleicht zum Sheriff wählen. Die Hitze war zuviel für mich, und der Rauch brannte mir in den Augen. Ich war schon fast auf dem Weg nach hinten, da bückte sich Jed und hob einen Benzinkanister auf und schleuderte ihn ins Feuer. Ich sah, wie das Benzin mit einem Puffen Feuer fing, als es in einem silbernen Schwall in die Flammen flog, und ein Teil davon spritzte bis zu dem Nigger, so daß es überall auf seiner Brust blaue Stichflammen gab.

Mann, der Nigger war zäh. Das muß man ihm lassen, der war wirklich ein zäher Bursche. Er brannte jetzt wie Zunder, und der Rauch roch nach verbranntem Leder. Die Flammen reichten ihm bis an den Kopf, und der Rauch war so dicht und schwarz, daß wir ihn nicht sehen konnten. Er bewegte sich nicht – und wir dachten, er sei tot. Aber dann legte er auf einmal los. Das Feuer hatte die Stricke verbrannt, mit denen sie ihn gefesselt hatten, und er fing an zu springen und wie blind um sich zu treten, und man roch, wie seine Haut dabei brannte. Er trat so wild um sich, daß das Podest, das auch Feuer gefangen hatte, zusammenbrach und er aus den Flammen rollte, direkt vor meine Füße. Ich sprang zurück, damit er mich nicht zu fassen kriegte. Den

Anblick werde ich nie vergessen. Wenn ich von jetzt an Spießbraten esse, werde ich jedesmal an den Nigger denken. Sein Rücken sah aus wie bei einem Spanferkel. Ich konnte die Rippen genau sehen, konnte sehen, wo sie am Rückgrat ansetzten und sich nach unten und vorne wölben. Das war ein Anblick, der Rücken von diesem Nigger. Er lag direkt vor meinen Füßen, und jemand gab mir von hinten einen Schubs, so daß ich beinahe auf ihn getreten wäre, und er brannte immer noch.

Aber ich bin nicht auf ihn getreten, und Jed und noch einer stießen ihn zurück in die brennenden Bretter und Holzscheite und gossen noch mehr Benzin darüber. Ich wollte weg, aber die Leute tobten, und ich konnte mich nicht von der Stelle rühren, nur den Kopf heben und zu dem Denkmal hinsehen konnte ich noch. Ein Ast, den der Wind abgerissen hatte, lag auf seinem Hut. Ich versuchte, mich durch die Menge zu zwängen und wegzukommen, weil ich wirklich die Nase voll hatte, aber ich bekam nur die Spucke und den heißen Atem von der Frau und den beiden Männern direkt hinter mir ins Gesicht. Also mußte ich mich wieder umdrehen. Der Nigger rollte schon wieder aus dem Feuer. Er gab einfach keine Ruhe. Diesmal war es auf der anderen Seite. In den Flammen und dem Rauch sah ich ihn kaum noch. Die Männer nahmen ein paar Äste und hielten ihn damit fest, und diesmal blieb er liegen, bis nur noch Asche übrig war. Jedenfalls glaube ich, daß er liegenblieb. Ich weiß, daß er zu Asche verbrannt ist, weil ich Jed eine Woche später getroffen habe, und er hat gelacht und mir ein paar weiße Fingerknochen gezeigt, die immer noch an kleinen Streifen Niggerhaut zusammenhingen. Na, jedenfalls nutzte ich die Gelegenheit, als einer hinter mir wegging, der näher an den Nigger heranwollte. Ich drängte mich durch die Lücke und weiter, und eine Frau ganz hinten zerkratzte mir das Gesicht, so gierig war sie, näher heranzukommen.

Ich rannte über den Platz, rüber auf die andere Seite, wo der Sheriff und seine Hilfssheriffs die Drähte bewachten, aus denen immer noch die Funken sprühten und wo immer noch der blaue Nebel hing. Mein Herz hämmerte, als ob ich wer weiß wie gerannt wäre, und ich beugte mich vor und konnte nicht mehr anders. Mir kam alles hoch, und ich kotzte im hohen Bogen. Ich fühlte mich elend, und ich war müde und schwach und fror. Der Wind war immer noch stark, und die ersten dicken Regentropfen fielen. Ich ging die Straße entlang zum Haus meines Onkels, vorbei an einem Laden, wo im Sturm ein Fenster zu Bruch gegangen war und Glas auf dem Gehsteig lag. Ich gab den Scherben im Vorbeigehen einen Tritt. Ich erinnere mich, daß ein blöder Hahn krähte, als ob es schon Morgen sei, und das bei dem Sturm.

Am nächsten Tag war ich zu schwach, um aus dem Haus zu gehen, und mein Onkel ärgerte mich und nannte mich »das Weichei aus Cincinnati«. Mir war das egal. Er sagte, im Lauf der Zeit gewöhnt man sich daran. Er selbst konnte auch nicht vor die Tür. Es war zu windig und regnete zu stark. Ich stand auf und sah aus dem Fenster. Es goß in Strömen, und im Garten lagen überall tote Spatzen und abgerissene Äste. Es war tatsächlich ein Wirbelsturm gewesen. Er hatte quer durch das ganze County seine Spuren hinterlassen, und wir hatten noch Glück gehabt, daß er uns nicht mit voller Macht erwischt hatte.

Der Sturm dauerte noch drei Tage und richtete mächtig Schaden an in der Stadt. Einige Funken wurden vom Wind weggetragen und setzten das grün-weiß-gestrichene Haus in der Jackson Avenue in Brand, das mit den großen Betonlöwen im Garten, und es brannte bis auf die Grundmauern nieder. Sie mußten noch einen Nigger umbringen, der versuchte, sich aus dem County davonzumachen, nachdem sie den aus Bacote verbrannt hatten. Mein Onkel Ed sagt, man muß von den Niggern immer zwei umbringen, damit der Rest nicht übermütig wird. Aber ich weiß nicht, die Leute sind irgendwie nervös wegen den Niggern. Sie sind alle zurückgekommen, aber jeder ist gereizt. Sie sehen verdammt bösartig aus, wenn man unten im Laden an ihnen vorbeikommt. Vorgestern war ich unten bei Binkley im Laden, und da hat ein weißer Pächter gesagt, daß es nichts nützt, wenn man die Nigger umbringt, weil dadurch nichts besser wird. Er sah verdammt verhungert aus. Die meisten Pächter sehen verhungert aus. Manchmal staunt man, wie verhungert Weiße aussehen können. Jemand hat ihn angeschnauzt, er solle lieber das Maul halten, und das tat er dann auch. Aber bei dem Gesicht, das er gemacht hat, wird er nicht lange still bleiben. Er ging murrend hinaus und spuckte noch einen dicken Brocken Kautabak direkt auf den Boden von Brinkleys Laden. Brinkley sagt, der sei nur wütend gewesen, weil er ihm keinen Kredit geben wollte. Gut war die ganze Geschichte jedenfalls nicht. Erst der Nigger und der Sturm, dann das Flugzeug, dann die Frau mit den Drähten, und jetzt habe ich gehört, daß die Fluggesellschaft Nachforschungen anstellen läßt, wer das Feuer gemacht hat, das sie beinahe ein Flugzeug gekostet hätte. Und alles in einer Nacht, und alles – außer dem Sturm – wegen einem einzigen Nigger. Mann, das war vielleicht eine Nacht. Ein Mordsfeuerwerk. Und ich war dabei, Mann. Ich war dabei und habe alles mitangesehen. Das war mein erstes Feuerwerk und mein letztes. Mein Gott, war der Nigger zäh. Das war ein Nigger, dieser Nigger aus Bacote!

DER JUNGE IM ZUG

Der Zug schien an Tempo zu gewinnen, als er mit einem langgezogenen, schrillen, einsamen Pfiff zwischen zwei baumbestandenen Hügeln bergabwärts fuhr. Die Bäume trugen dunkelrote, braune und gelbe Blätter. Die Blätter fielen auf den Abhang, und einige landeten unten auf den grauen Felsen an den gegenüberliegenden Gleisen. Wenn die Lokomotive Dampf abließ, sahen die beiden Jungen, wie die weiße Wolke die bunten Blätter den Abhang hinaufwirbelte. Die Lokomotive zischte, und die Blätter tanzten im Dampf wie Blätter im weißen Wind.

»Siehst du, Lewis, die schönen Blätter da hat Väterchen Frost gemacht. Väterchen Frost malt die Blätter bunt, mit lauter schönen Farben. Siehst du, Lewis: Braun und Purpur und Orange und Gelb.«

Der größere der beiden deutete mit dem Finger; er machte nach jeder Farbe eine Pause und hielt die Spitze seines Zeigefingers an das Glas des Abteilfensters gepreßt. Der Kleine sprach die Namen der Farben nach und hielt eifrig Ausschau nach Väterchen Frost.

Es war heiß im Zug, und der Wagen war dicht hinter der Lokomotive, so daß man die Fenster nicht öffnen konnte. Trotzdem kam es immer wieder vor, daß sich etwas Ruß nach drinnen verirrte und dem Kleinen ins Auge flog. Die

Frau blickte von Zeit zu Zeit von ihrem Buch auf und beobachtete die Jungen. Der Waggon war völlig verdreckt und diente zum Teil als Gepäckwagen. Weiter vorne stand eine Transportkiste aus Kiefernholz mit einem Sarg. Weiß der Himmel, wer die arme Seele da drin ist, dachte die Frau.

Vorn stapelten sich Taschen und Koffer auf dem Fußboden, und hin und wieder kam der Zugverkäufer und holte Süßigkeiten, Obst oder Zeitschriften, um sie hinten in den Abteilen für Weiße zu verkaufen. Er kam herein, nahm einen Korb mit Süßigkeiten, ging hinaus, kam zurück; nahm einen Korb mit Obst, ging hinaus; kam zurück, nahm die Zeitschriften, und immer so weiter, bis er alles hinausgetragen hatte; und dann ging es wieder von vorn los.

Er war ein großer, fetter Weißer mit rotem Gesicht, und der Junge hoffte immer, daß er ihnen ein paar von den Süßigkeiten geben würde; schließlich hatte er so viele, und Mama hatte kein Geld dafür. Aber er gab ihnen nie etwas.

Die Mutter las konzentriert, hielt die Seite mit der Hand fest, während ihre Augen darüberwanderten, und blätterte dann langsam um. Sie waren die einzigen Passagiere auf den Plätzen, die für Farbige reserviert waren. Sie wandte den Kopf und sah nach hinten zu der Tür, die in den nächsten Wagen führte; gleich würde der Verkäufer zurückkommen. Sie runzelte ärgerlich die Stirn. Der Verkäufer hatte versucht, ihre Brüste anzufassen, als sie mit den Jungen einstieg, und sie hatte ihm ins Gesicht gespuckt und ihm gesagt, er solle eine dreckigen Hände da lassen, wo sie hingehörten. Der Verkäufer war rot geworden und hatte eilig den Waggon verlassen, und die Körbe an seinen Armen flogen nur so. Sie haßte ihn. Wieso konnte eine schwarze Frau nicht unbehelligt mit ihren beiden Jungen reisen?

Der Zug hatte die Hügel hinter sich gelassen und rollte nun durch Felder mit buckligen Lattenzäunen dazwischen, die sich mit ihren Getreideschobern in sanften braunen Wellen bis zum blauen, baumbestandenen Horizont erstreckten. Die Zäune erinnerten den Jungen an das bucklige Männlein aus dem Kindervers.

Rote Vögel flogen pfeilschnell am Zugfenster vorbei, schossen hinab in ein Feld und schnellten wieder nach oben, wenn man zurückblickte und beobachtete, wie die Telefonmasten und Felder an dem Zug vorbeiflitzten und rasch in der Ferne verschwanden. Die beiden Jungen genossen es. Es war ihre erste Reise. Der Altweibersommer tauchte die Landschaft in ein goldenes Licht. Am anderen Ende eines Feldes führte ein Junge eine Kuh an einem Strick, und zu Füßen der Kuh bellte ein Hund. Ein schöner Hund, dachte der Junge im Zug, ein Collie. Ja, genau – ein Collie.

Sie begegneten einem Güterzug in Richtung Oklahoma City; er fuhr so schnell vorbei, daß seine orangeroten Wagen aussahen wie ein breiter farbiger Pinselstrich mit grauen, ausgestanzten Zwischenräumen. Dem Jungen war ganz seltsam zumute, wenn er an Oklahoma City dachte; so als müsse er gleich weinen. Vielleicht würden sie nie dorthin zurückkehren. Er überlegte, was Frank und R.C. und Petey jetzt wohl machten. Ob sie für Mr. Stewart Pfirsiche pflückten? Seine Kehle war wie zugeschnürt. Was für ein Pech, daß sie ausgerechnet jetzt wegfahren mußten, wo Mr. Stewart versprochen hatte, ihnen die Hälfte von allen Pfirsichen zu geben, die sie pflücken konnten. Er seufzte. Das Pfeifen der Lokomotive klang ganz traurig und verloren.

Jetzt waren sie also auf dem Weg nach McAlester, wo Mama eine gute Stelle bekommen würde und genug Geld, um die Rechnungen zu bezahlen. Mama mußte wirklich eine gute Arbeiterin sein; warum hätte Mr. Balinger sonst bis hinauf nach Oklahoma City schicken sollen, damit sie kam und für ihn arbeitete? Mama freute sich, und er war froh, daß Mama sich freute; sie arbeitete so hart, jetzt wo Daddy nicht mehr da war. Er machte die Augen ganz fest zu und versuchte sich Daddy vorzustellen. Er durfte nie vergessen, wie

Daddy aussah. Wenn er erwachsen war, würde er selbst einmal so aussehen: so groß und freundlich und immer zu einem Scherz aufgelegt, und er würde Bücher lesen. … *O ja, wenn er erst groß war und Mama und Lewis zurück nach Oklahoma City brachte, dann würden alle sehen, wie gut er für Mama sorgte, und Mama würde sagen: »Das da sind meine beiden Jungs« und würde sehr stolz sein. Und alle würden sagen: »Seht nur, hat Mrs. Weaver nicht zwei wohlgeratene Söhne?« Ja, so würde es sein.*

Bei diesem Gedanken löste sich der Kloß, der ihm im Halse steckte, sobald er daran dachte, daß er vielleicht nie, nie mehr zurückkehren würde, und er drehte sich um, weil er sehen wollte, wer da zur Tür hereinkam.

Ein weißer Mann und ein kleiner Junge betraten den Wagen und gingen nach vorne durch. Seine Mutter blickte auf und senkte dann wieder den Blick auf ihr Buch. Er stand auf und blickte über die Sitzlehnen und versuchte zu sehen, was der Mann und der Junge taten. Der weiße Junge hatte einen winzigen Hund im Arm und streichelte ihm den Kopf. Der kleine weiße Junge fragte den Mann, ob er den Hund mit nach draußen nehmen könne, aber der Mann sagte nein, und sie gingen mit schwankenden Schritten aus dem Abteil. Der Hund mußte geschlafen haben, denn er hatte die ganze Zeit keinen Laut von sich gegeben. Der kleine weiße Junge sah aus wie die Kinder, die man im Film sieht. Ob er wohl ein Fahrrad hatte? überlegte der Junge.

Er sah aus dem Fenster. Draußen waren jetzt Pferde, eine ganze Herde; sie rannten und schüttelten ihre Mähnen und Schweife und stampften wild auf den Boden, als die Lokomotive pfiff. Er sah sich selbst auf dem Rücken eines weißen Pferdes, stellte sich vor, wie er sein L-a-s-s-o über den Kopf eines Mustangs schleuderte und »Yip, yip, yippee!« schrie, genau wie Hoot Gibson im Kino. Lewis war ganz aufgeregt wegen der Pferde, und er patschte mit den Händen ans Fenster und rief »Hü! Hü!« Der Junge lächelte und sah zu seiner

Mutter hinüber. Sie blickte von ihrem Buch auf und lächelte ebenfalls. Lewis war niedlich, dachte er.

Der Zug hielt in einer Kleinstadt. Ein paar Männer standen vor dem Bahnhof und sahen zu, wie der Schaffner ein Bündel Zeitungen aus dem Zug warf. Dann stiegen einige weiße Männer in den Wagen, und einer von ihnen sagte, »Der da muß es sein«, und zeigte auf die große Kiste, und der Schaffner sagte: »Ja genau, der ist es. Wir haben diesmal nur den einen, da muß er es sein.« Dann sprang der Schaffner aus dem Zug und ging in das Bahnhofsgebäude. Die Männer trugen schwarze Anzüge und weiße Hemden. Sie fühlten sich offenbar ziemlich unbehaglich mit ihren hohen Kragen und waren sehr ernst. Sie schoben die Kiste vorsichtig zur Seitentür und hoben sie aus dem Zug. Die weißen Männer mit Latzhosen sahen ihnen vom Bahnsteig aus zu. Sie stellten die Kiste auf ein Pferdefuhrwerk, und der Kutscher sagte »Hü«; dann fuhren sie los, und die Männer saßen ganz steif und aufrecht neben der Kiste hinten auf dem Wagen.

Einer von den Männern auf dem Bahnsteig stocherte sich in den Zähnen und spuckte Tabaksaft auf den Boden. Der Bahnhof war grün gestrichen, und an der Seite hing ein Schild mit der Aufschrift TUBEROSE SCHNUPFTABAK und einer großen weißen Blume daneben; aber sie sah nicht wie eine Rose aus. Es war heiß, und die Männer hatten die Hemdkragen aufgeknöpft und trugen rote Halstücher. Als der Zug abfuhr, standen sie noch genauso da und starrten sie an. Wieso, überlegte er, starrten die Weißen einen immer so an?

Draußen vor der Stadt entdeckte er eine große Scheune aus rotem Naturstein hinter einer Baumgruppe. Daneben stand etwas, was er noch nie zuvor gesehen hatte. Es war hoch und rund und aus dem gleichen Stein wie die Scheune. Er kletterte auf seinen Sitz und zeigte mit dem Finger darauf.

»Was ist denn das für ein hohes Ding, Mama?« fragte er.

Sie hob den Kopf und sah hinüber.

»Das ist ein Silo, Junge«, sagte sie. »Darin wird Mais aufbewahrt.« Ihr Blick war merkwürdig abwesend, als sie ihm wieder das Gesicht zuwandte. Ein Sonnenstrahl fiel schräg über ihre Augen, und ihre Haut war braun und glatt. Er setzte sich wieder hin. *Silo, Silo. Fast so hoch wie das Colcord-Gebäude in Oklahoma City, an dem Daddy mitgebaut hatte ...*

Er zuckte erschrocken zusammen; Mama rief seinen Namen mit erstickter Stimme. Er drehte sich um und sah, daß ihr die Tränen über das Gesicht liefen.

»Komm her zu mir, James«, sagte sie. »Und bring Lewis mit.«

Er nahm Lewis an der Hand und setzte sich auf den Platz neben ihr. *Was hatten sie getan?*

»James, Junge«, sagte sie. »Das alte Silo da drüben steht schon sehr lange da. Es hat mich daran erinnert, wie ich vor Jahren mit eurem Daddy auch mit der Rock-Island-Linie nach Oklahoma City gefahren bin. Damals waren wir frisch verheiratet und glücklich, weil wir nach Westen fuhren, denn wir hatten gehört, daß Farbige da draußen eine Chance hätten.«

James hörte lächelnd zu; er fand es schön, wenn Mama von der Zeit erzählte, als sie und Daddy jung waren, und darüber, was sie früher unten im Süden gemacht hatten. Aber er spürte, daß es diesmal anders war. Mamas Stimme klang irgendwie stark und hoch, wie ein Regenbogen; aber es lag auch etwas Trauriges und Tiefes in Mamas Worten, wie die Orgel in der Kirche.

»Junge, ich will, daß du diese Reise niemals vergißt«, sagte sie. »Verstehst du, Junge. Ich *will,* daß du dich daran erinnerst. Du *mußt* dich erinnern, du *mußt* das verstehen.«

James ahnte etwas; er bemühte sich mit aller Kraft, zu verstehen. Er starrte ihr ins Gesicht. Tränen glänzten in ihren

Augen, und er war selbst den Tränen nah. Er biß sich auf die Lippen. Nein, er war jetzt der Mann in der Familie, und da durfte er sich nicht aufführen wie ein Baby. Er schluckt und hörte zu.

»Denk daran, James«, sagte sie. »Mit genau dieser Eisenbahn sind wir von Georgia heraufgekommen, damals vor vierzehn Jahren, weil ihr es einmal besser haben solltet. Das darfst du nicht vergessen, James. Wir sind weit gereist, auf der Suche nach einer besseren Welt, wo das Leben nicht so hart sein würde wie unten im Süden. Das war vor vierzehn Jahren, James. Jetzt ist dein Vater von uns gegangen, und du bist der Mann in der Familie. Das Leben ist hart für uns Farbige, Junge, und wir drei sind ganz allein auf der Welt und müssen zusammenhalten. Das Leben ist hart, und wir müssen kämpfen. ... Weiß Gott, wir müssen kämpfen!«

Sie hielt inne, die Lippen fest aufeinandergepreßt, und schüttelte den Kopf, überwältigt von ihren Gefühlen. James legte ihr den Arm um die Schultern und streichelte ihr die Wange.

»Ja, Mama«, sagte er. »Ich werde es nicht vergessen.«

Er hatte nicht alles verstanden, und dennoch begriff er. Es war, wie wenn man spürt, was ein Lied bedeutet, auch wenn man die Worte nicht versteht. Er war ganz erfüllt davon. Nun zog Mama ihn an sich; den Kleinen hatte sie auf der anderen Seite. Das kannte er; seit Daddy tot war, betete Mama mit ihnen, und jetzt begann sie zu beten. Er neigte den Kopf.

»Herr sei mit uns und behüte uns. Damals waren es wir beide, Herr; jetzt bin ich es mit seinen Kindern. Und ich danke Dir, Herr. Du hast ihn zu Dir genommen, Herr, und ich lege meine Seele in Deine Hände. Ich war glücklich, Herr; das Leben war wie das Lied der Nachtigall. Und alles, worum ich Dich jetzt bitte, ist, daß ich bei diesen Kindern bleiben kann, daß ich sie großziehen und beschützen kann,

Herr, bis sie alt genug sind, ihre eigenen Wege zu gehen. Mache sie stark und furchtlos, Herr. Gib ihnen die Kraft, in dieser Welt zu bestehen. Gib ihnen den Mut, dorthin zu gehen, wo Menschen wie wir ein besseres Leben führen können, Herr ...«

James saß mit gesenktem Kopf. Immer wenn Mama betete, spürte er in seinem Inneren eine Enge, ein schwelendes Feuer. Und er erinnerte sich immer an das Gesicht seines Vaters. Er konnte sich nicht entsinnen, daß Daddy jemals gebetet hatte, aber er erinnerte sich an Daddys tiefe, volle Stimme, wenn er am Sonntagmorgen im Chor gesungen hatte. James war den Tränen nahe, doch irgendwo tief drinnen regte sich etwas, ein Gefühl, daß *etwas* dafür büßen mußte, daß Mama weinte. Etwas Grausames hatte sie zum Weinen gebracht. Er spürte, wie die Wut ihm die Kehle zuschnürte. Wenn er nur wüßte, was es war, würde er die Sache in Ordnung bringen; er würde dieses gemeine Etwas umbringen, das Mama so unglücklich machte. Es mußte etwas Schreckliches sein, denn Mama war stark und tapfer und brachte sogar Mäuse um, während die weiße Frau, für die sie gearbeitet hatte, nur den Rocksaum hob und vor lauter Angst schrie wie ein kleines Mädchen. Wenn er nur wüßte, was es war ... War es Gott?

»Bitte laß uns drei zusammenbleiben in dieser fremden Stadt, Herr. Der Weg ist finster und lang, und meine Sorgen wiegen schwer, aber wenn es Dein Wille ist, Herr, laß mich meine Jungen erziehen. Laß mich sie großziehen, damit sie dieses Leben besser meistern können. Ich will nicht um meinetwillen leben, Herr, sondern nur für diese Jungen. Mache aus ihnen starke, aufrechte Männer, Herr; mache aus ihnen Kämpfer. Und wenn mein Werk auf Erden getan ist, hol mich heim in Dein Reich, Herr, wo ich sicher bin in den Armen Jesu Christi.«

Er hörte, wie ihr die Stimme versagte, bis nur noch ein gequälter Seufzer über ihre bebenden Lippen kam. Ihr Gesicht war tränenüberströmt. James fühlte sich elend; er wollte nicht, daß Mama weinte, und wandte den Blick zum Fenster, als sie sich die Tränen abwischte. Er war froh, daß sie jetzt fertig war, weil der Zugverkäufer in ein paar Minuten zurückkommen würde. Er wollte nicht, daß ein Weißer sah, wie Mama weinte.

Sie fuhren jetzt über einen Fluß. Die schrägen Brückenträger glitten langsam am Zugfenster vorbei. Der Fluß glitt schlammig-rot unter ihnen hindurch. Der Zug hielt, und der Kleine zeigte auf eine Kuh unten am Flußufer. Die Kuh käute wieder und blickte gedankenverloren über das Wasser – sie sah aus wie die Kuh aus dem Bilderbuch, nur daß keine Schmetterlinge um ihren Kopf flatterten.

»Wauwau!« sagte der Kleine. Und dann noch einmal fragend: »Wauwau?«

»Nein, Lewis, das ist eine Kuh«, sagte James. »Muh. Eine Kuh.« Der Kleine lachte fröhlich. »Muuuuh.« Er war Feuer und Flamme.

James blickte ins Wasser. Der Zug setzte sich wieder in Bewegung, und er fragte sich, warum seine Mutter weinte. Es war nicht nur, weil Daddy nicht mehr da war; es klang nicht so. Da war noch etwas anderes. Ich bringe es um, wenn ich groß bin, dachte er. Ich bringe es zum Weinen, so wie es Mama zum Weinen bringt!

Der Zug fuhr an einem Ölfeld vorbei. Auf dem Feld standen viele Bohrtürme; und große runde Öltanks, die silbern in der Sonne glänzten. Einer von ihnen war mit Brettern verschalt, so daß er sich wie ein riesiger Indianerwigwam vor dem Himmel abzeichnete. Die Bohrtürme zeigten alle geradewegs zum Himmel. Ja, ich bringe es um. Ich bringe es zum Weinen. Selbst wenn es Gott ist. Dann bringe ich eben Gott zum Weinen, dachte er. Ich bringe Ihn um; ich bringe Gott um, und es wird mir nicht leid tun!

Der Zug ruckte, gewann an Tempo, und in seinen Ohren ratterte der holprige Rhythmus der Räder. Auf den Feldern, an denen sie vorbeikamen, standen Werbetafeln. Alle boten die gleichen Dinge zum Kauf an. Auf einem Schild war ein großer roter Stier, und darunter stand BULL DURHAM.

»Muuuuh«, sagte der Kleine.

James sah seine Mutter an; sie hatte aufgehört zu weinen und lächelte nun. Er spürte, wie seine Anspannung langsam nachließ. Er grinste. Er hätte ihr furchtbar gerne einen Kuß gegeben, aber er mußte sich jetzt beherrschen, wie es sich für einen Mann gehörte. Er grinste. Mama war wunderschön, wenn sie lächelte. Er schwor sich, daß er niemals vergessen würde, was sie gesagt hatte. »Wir schreiben das Jahr 1924, und ich werde es niemals vergessen«, flüsterte er. Dann sah er aus dem Fenster, das Kinn in die Hand gestützt, und überlegte, wie weit es noch war und ob es in McAlester Jungen geben würde, mit denen er Fußball spielen konnte.

MISTER TOUSSAN

Es war einmal, vor langer Zeit,
Da tranken die Gänse Wein.
Die Affen kauen Tabak,
Bis weißen Kalk sie spein.

Traditioneller Einleitungsvers zu den Geschichten der schwarzen Sklaven

»Die sollen alle verfaulen, und die Würmer sollen sie fressen«, sagte der erste Junge.

»Vielleicht kommt ja ein großer Sturm«, sagte der zweite, »und bläst die Bäume um.«

»Schön wär's«, sagte der erste. »Und wenn der blöde Rogan rauskommt und sehen will, was los ist, kriegt er einen von den Baumstämmen an den Schädel, und wumm!«

»Guck dir die Vögel da an«, sagte der zweite. »Die pikken, soviel sie wollen, und wir – wie wir gefragt haben, ob wir ein paar von den runtergefallenen haben können, da hat er uns angeschrien und Niggerbengel gebrüllt und uns nach Hause gejagt.«

»Verdammt«, sagte der erste, »ich wünsch ihm, daß die Vögel da Gift an den Krallen haben!«

Die beiden kleinen Jungs, Riley und Buster, saßen auf den Dielen der Veranda, die nackten Füße auf dem kühlen Erdboden, und starrten über die Straße, wo die Sonne den Schatten allmählich aufleckte, zum Garten gegenüber. Das

Gras in diesem Garten war saftig und grün, und mittendrin stand ein Haus, schmuck und weiß in der Morgensonne. Entlang der Hauswand zogen sich zwei Baumreihen, über und über mit Kirschen beladen, die tiefrot vor dem kräftigen Grün der Blätter und dem dunklen, stumpfen Braun der Äste leuchteten. Die Jungen beobachteten einen alten Mann, der sich in einem Schaukelstuhl hin- und herwiegte und sie dabei nicht aus den Augen ließ.

»Sieh dir den an«, sagte Buster. »Der blöde Rogan hat solche Angst, daß wir was von seinen blöden Kirschen abkriegen, der merkt gar nicht, daß er in der Sonne sitzt!«

»Na, die Vögel holen jedenfalls ihr Teil weg«, sagte Riley. »Spottdrosseln sind das.«

»Ist mir egal, was das für Vögel sind, aber sieh dir doch nur an, was die da alles wegschleppen.«

»Tja, *die* sieht der blöde Rogan überhaupt nicht. Du kannst mir's glauben, die Weißen, die sind schön blöd.«

Sie schwiegen nun und sahen dem eifrigen Kommen und Gehen der Vögel zu. Hinter sich hörten sie eine Nähmaschine rattern: Rileys Mutter nähte für die Weißen. Kein anderer Laut war zu hören, und die Frau hob an zu singen und übertönte das Surren der Maschine mit ihrem Gesang.

»Mann, deine Mama kann wirklich singen«, sagte Buster.

»Sie singt im Chor«, sagte Riley, »und in der Kirche singt sie immer die erste Stimme.«

»Weiß ich doch«, sagte Buster. »Willst du mit ihr angeben, oder was?«

Sie lauschten der klaren Stimme, die in der Morgenluft zu ihnen herüberschwebte:

I got wings, you got wings,
All God's chillun got a wings
When I git to heaven gonna put on my wings
Gonna shout all ovah God's heab'n.

Heab'n, heab'n
Everbody talkin' 'bout heab'n ain't going there
Heab'n, heab'n, Ah'm gonna fly all ovah God's heab'n …

Sie sang, als hätten diese Worte eine tiefe innere Bedeutung für sie, und die Jungen saßen da, starrten ausdruckslos vor sich hin, gaben sich der düsteren, geheimnisvollen Ruhe der Kirche hin. Die Straße war still, und selbst der alte Rogan hatte mit seinem Schaukeln innegehalten und lauschte. Nach einer Weile ging der Gesang in ein Summen über und verlor sich dann im geschäftigen Surren der Maschine.

»Ich wünschte, ich könnte so singen«, sagte Buster.

Riley blieb still und blickte hinüber zum Ende der Veranda, wo die Sonne nun schon einen großen hellen Fleck in den Schatten gesengt hatte und einen flirrenden Schmetterling in seiner ganzen Pracht zeigte.

»Was würdst du tun, wenn du fliegen könntest?« fragte er.

»Mensch, ich würd höher fliegen wie jeder Adler. Ich würde fliegen und fliegen, bis ich eine Million Meilen weg von der blöden Stadt hier wär. Billionen, Trillionen, Zillionen Meilen!«

»Und wo würdst du hinfliegen?«

»Rauf nach Norden, Chicago vielleicht.«

»Mann, wenn ich Flügel hätte, ich würd überhaupt nicht mehr runterkommen.«

»Ich auch nicht. Mensch, mit Flügeln, da kommst du überall hin, sogar bis hoch zur Sonne, wenn's da nicht so heiß wäre …«

»… ich würd nach New York fliegen …«

»Rund um die Sterne …«

»Oder Dee-troit, Michigan …«

»Da könnte man sich Käse vom Mond holen und Milch von der Milchstraße …«

»Oder sonst irgendwohin, wo die Farbigen frei sind …«

»Ich würde Purzelbäume in der Luft schlagen ...«

»Mich wie am Fallschirm schweben lassen ...«

»Ich würde in Afrika landen und ein paar von den Diamanten stibitzen ...«

»Das sieht dir ähnlich«, sagte Riley, »und dich da von den Kannibalen auffressen lassen!«

»So schnell, wie ich da wieder weg bin ...«

»Was denkst du, Mann, die spießen dir ihre langen Speere in den Hintern!«

Buster lachte, und Riley schüttelte bedeutungsvoll den Kopf dazu. »Ehrlich«, sagte Riley, »wenn die mit dir fertig sind, dann siehst du aus wie 'n schwarzes Nadelkissen.«

»Quatsch, Mann, die würden mich nie kriegen; dazu sind die doch viel zu lahm. Das kannst du im Erdkundebuch nachlesen; das sind die faulsten Ärsche, die man sich überhaupt vorstellen kann«, sagte Buster angewidert. »Faule schwarze Ärsche!«

»Nein, das sind sie nicht!« Riley wurde wütend.

»Sind sie doch! Das steht im Erdkundebuch!«

»Also, mein Alter sagt was anderes.«

»Und woher will der das wissen?«

»Mein Alter sagt, drüben in Afrika haben sie Könige und Diamanten und Gold und Elfenbein, und wenn sie so was alles haben, dann können sie doch nicht alle faul sein«, erwiderte Riley. »Gibt ja nicht viele Farbige hier, die so was haben.«

»Ist doch klar, Mann. Weil die Weißen sie nicht lassen«, erklärte Buster.

Er war froh, daß die vielen Afrikaner nicht faul waren. Er überlegte, was er schon alles über Afrika gehört hatte, und sah dabei einer Ringeltaube zu, die auf die Straße heruntergesegelt kam und in den Pferdeäpfeln scharrte, die dort lagen. Und gerade als ihm eine Geschichte wieder einfiel, die seine Lehrerin in der Schule erzählt hatte, kam ein Auto in raschem Tempo heran, und die Taube breitete ihre Flügel aus und flog ohne falsche Eile auf; beinahe hätte sie das Autodach gestreift in ihrem schaukelnden Flug. Buster sah ihr nach, bis sie an der Stelle verschwand, wo Bordstein und Telegrafendrähte sich trafen. Er war gut gelaunt. Riley zeichnete mit der großen Zehe die Anfangsbuchstaben seines Namens in den Staub.

»Weißt du, Riley, die Afrikaner, die sind eigentlich gar nicht so faul«, sagte er.

»Klar weiß ich das. Hab ich dir doch eben gesagt.«

»Aber ich hab's auch in der Schule gehört. Die Lehrerin hat uns von einem Schwarzen namens Toussan erzählt, und sie sagt, der hat Napoleon die Zähne gezeigt!«

Riley hielt mit seinem Malen im Staub inne, blickte auf und rollte vor Empörung mit den Augen: »Na hör mal, mußt du denn jetzt auch noch lügen?«

»Die Lehrerin hat's erzählt.«

»Ach, mach mir doch nichts vor.«

»So wahr mir Gott helfe.«

»Und sie hat gesagt, er war *schwarz?*«

»Hand aufs Herz, Mann ...«

»Ehrlich?«

»Ehrlich, Mann. Sie hat gesagt, er kam von irgendwas, das Hajiti heißt.«

Riley blickte Buster fest ins Gesicht, und als er sah, wie ernst Buster dreinblickte, spürte er, wie auch ihn die Begeisterung packte.

»Buster, ich wette hundert zu eins, daß du lügst. Was hat die Lehrerin sonst noch gesagt?«

»Nun glaub mir doch, Mann. Sie hat erzählt, wie dieser Toussan und seine Leute auf einen von den Bergen in Afrika geklettert sind und von dort aus die Zinnsoldaten abgeschossen haben, so schnell wie die hochgeklettert kamen ...«

»Halleluja!« jauchzte Riley.

»Mann, du, die hätt'st du purzeln sehen sollen«, jublierte Buster.

»Erzähl mir die ganze Geschichte, Mann!«

»Sie haben sie von dem Berg runtergejagt …«

»… Hoppla! …«

»… und Toussan trieb sie über den Sand …«

»… Klasse! Und was hatten sie an, Buster? …«

»Mann, die hatten rote Uniformen an und blaue Hüte, ganz mit Gold verziert, und ihre Schwerter blitzten nur so in der Sonne; die süßen Damaszenerklingen nannten sie es …«

»Süße Damaszenerklingen! …«

»… Die haben's denen gezeigt«, jubelte Buster.

»Und was sonst noch für Waffen?«

»Große, schwarze Kanonen!«

»Und wo hat er sie hingejagt, dieser …?«

»Toussan hieß er.«

»Tuzan! Wie Tarzan …«

»Nein, nicht Taaa-zan, Dummkopf, Tuuu-zan!«

»Toussan! Und wo hat dieser Toussan sie hingejagt?«

»Runter ans Wasser, Mann …«

»… An die Wasser von Babylon …«

»… Wo sie ihre dicken fetten Boote liegen hatten …«

»… Weiter, Buster!«

»Und Toussan feuerte auf die Boote …«

»… Schoß mittenrein …«

»… feuerte in die Boote …«

»Himmel!«

»… mit seinen großen schweren Kanonen …«

»… Klasse! …«

»… ganz aus Bronze …«

»… Bronze …«

»… und die großen schwarzen Kanonenkugeln brachten die Zinnsoldaten um …«

»… Gütiger Himmel …«

»... Junge, und dann haben die Zinnsoldaten angefangen zu jammern – *Bitte, bitte, Mr. Toussan, wir wollen es auch nicht wieder tun!*«

»Und was hat Toussan geantwortet, Buster?«

»Na, der hat mit seiner tiefen Stimme gedonnert: *Ich sollte euch alle ersäufen, ihr Bastarde!*«

»Und was haben die Zinnsoldaten da gesagt?«

»Sie sagen *Bitte, bitte, bitte, Mr. Toussan ...*«

»... Wir wollen es auch nicht wieder tun«, fiel Riley ein.

»Genau, Mann«, bestätigte Buster begeistert. Er klatschte in die Hände und stampfte mit den Fersen auf den Boden, und sein schwarzes Gesicht glühte vor Freude am Rhythmus.

»Da war was los!«

»Und was hat dieser Toussan dann gesagt?«

»Er sagte mit seiner tiefen Donnerstimme: *Ihr seid jetzt schön brav, Zinnsoldaten, das laßt euch vom guten Papa Toussan gesagt sein, denn meine Nigger sind ganz verrückt nach weißem Fleisch!*«

»Ho, ho, ho!« Riley krümmte sich vor Lachen. Der Rhythmus pulsierte noch in ihm, und er wollte, daß die Geschichte weiter- und immer weiterging ...

»Buster, gib's zu, die Lügengeschichte hast du nicht aus der Schule«, sagte er.

»Doch, Mann, kannst mir's glauben.«

»Die Lehrerin hat gesagt, 's hätte tatsächlich mal einen gegeben, der hätte der Gute Papa Toussan geheißen?«

Rileys Stimme klang ungläubig, er sah nachdenklich aus, und Buster wußte nicht, was er davon halten sollte. Dann senkte er den Kopf und grinste.

»Na, ich wette drauf«, sagte er, »das hat dieser Toussan gesagt. Du weißt doch, wie die Erwachsenen sind, die können nie eine Geschichte richtig erzählen, höchstens die ganz alten, so wie meine Granma.«

»Da hast du recht«, sage Riley. »Die wissen nicht, was in so eine Geschichte wirklich reingehört.«

Riley stand mit gespreizten Beinen da, hakte die Daumen in den Hosenbund und wiegte sich drohend hin und her.

»So stell ich mir das vor, Buster. Ich denk mir, genau so hat dieser Toussan da im Sand gestanden, und dann sagt er mit ganz sanfter Stimme: *Hab ich euch Weißen nicht gesagt, ihr sollt mich in Ruhe lassen?* …«

»Das ist richtig, die sollen ihn in Ruhe lassen«, fiel Buster ein.

»*Aber nein, ihr mußtet trotzdem kommen* …«

»… Und nur weil sie Schwarze waren …«

»Ganz genau«, sagte Riley. »Da war dieser Toussan dermaßen wütend, daß ihm die Tränen nur so runterliefen …«

»… So wütend war der.«

»Aber dann sagt er, und jetzt wieder mit seiner Donnerstimme: *Verdammt noch mal, wieso könnt ihr Weißen uns Farbige nicht in Ruhe lassen?*«

»… Tränen vor Wut …«

»… Und Toussan sagt zu den Zinnsoldaten: *Ich hab euch angefleht, laßt uns in Ruhe* …«

»… Auf Knien hat er sie angefleht! …«

»Und dann, Mann, dann ist dieser Toussan wirklich wütend geworden, hat seinen Hut vom Kopf gerissen und hat drauf rumgetrampelt, die Tränen liefen ihm über die Wangen, und er hat gesagt: *Ihr kommt daher und erzählt mir von Napoleon* …«

»Die wollten ihm angst machen, Mann …«

»Er sagt: *Euer Napoleon, der ist mir scheißegal* …«

»… Was geht ihn denn der auch an …«

»… Toussan sagt: *Napoleon ist auch nur ein Mensch!* Und dann zieht Toussan sein blankes Schwert, so ungefähr, und wirbelt damit durch die Luft, direkt vor den Hälsen von den Zinnsoldaten, zack-zack-zack!«

»Weiter, Mann, ich will wissen, wie's ausgeht!« rief Buster. »Was hat Toussan dann gemacht?«

»Weißt du, was er dann gemacht hat? Er ruft: *Ich sollte kurzen Prozeß mit euch Zinnsoldaten machen!*«

»Ganz genau!« rief Buster. »Und das hat er dann auch getan!« Er sprang auf und lieferte fünf verzweifelten Phantomsoldaten einen erbitterten Kampf und durchbohrte sie mit seinem Phantomschwert, einen nach dem anderen. Buster sah ihm von der Veranda aus zu und grinste.

»Die müssen ja eine Heidenangst vor Toussan gehabt haben, die Weißen.«

»Tja, so sah das aus«, sagte Buster. Der Rhythmus war verflogen, und er kehrte schwer atmend zu seinem Platz auf der Veranda zurück.

»Das ist wirklich ne gute Geschichte«, sagte Riley.

»Ja, was denkst du denn! Die Geschichten, die meine Lehrerin erzählt, sind alle gut. Das ist eine prima Lehrerin – aber weißt du was?«

»Nein, was?«

»Keine von den Geschichten steht in den Büchern. Möcht wissen, warum.«

»Na, ist doch klar. Weil dieser Toussan den Weißen die Zähne gezeigt hat, deswegen.«

»Tja, der hat's ihnen gezeigt!«

»Ein harter Bursche war das …«

»Aber gerecht!«

»Toussan war ein anständiger Mann …«

»Ein guter, anständiger, harter Mann«, sagte Riley.

»Der war einfach klasse, der Mann«, sagte Buster.

»Riiiley!!«

Die Jungen hörten schlagartig mit ihrem Spiel auf, die Münder schon offen zum nächsten Schlagabtausch.

»Riley, hörst du?« Es war die Stimme seiner Mutter.

»Ja?«

»Wahrscheinlich hat sie gehört, wie wir geflucht haben«, flüsterte Buster.

»Halt die Klappe, Mann ... Was gibt's, Ma?«

»Ihr zwei geht jetzt nach hinten und spielt im Garten. Ihr macht viel zuviel Krach hier draußen. Die Weißen sagen, wir machen Krawall, wohin wir kommen, und ihr gebt ihnen auch noch den Grund dazu. Marsch, hinters Haus!«

»Aber wir haben doch nur gespielt, Ma ...«

»Ihr geht in den Garten, habe ich gesagt.«

»Aber Ma ...«

»Hast du mich verstanden?«

»Ja, Mam, wir gehen ja schon«, sagte Riley. »Komm, Buster.«

Buster trottete hinterher und spürte den Tau an den Füßen, als er über das schattige Gras ging.

»Und was hat er sonst noch gemacht?« fragte Buster.

»Wer? Rogan?«

»Quatsch! Dieser Toussan, meine ich.«

»Keine Ahnung, Mann – ich kann ja die Lehrerin mal fragen.«

»Der hat ganz schön Mumm in den Knochen gehabt, was?«

»Jedenfalls hat er sich nichts gefallen lassen«, sagte Riley nur. Er war in Gedanken jetzt bei anderen Dingen und schlitterte beim Gehen übermütig über das kurzgeschnittene Gras, tanzte und sang dabei:

Eisen ist Eisen,
Zinn ist Zinn,
Und auf solche Weisen
Geht die Geschichte ...

»Ach, komm, Mann«, unterbrach Buster ihn. »Laß uns auf der Straße spielen ...«

Und auf solche Weisen …, sang Riley …

»Vielleicht können wir hinten reinschlüpfen und uns ein paar Kirschen holen«, drängte Buster.

Geht die Geschichte hin.

NACHMITTAG

Die beiden Jungen standen am hinteren Ende eines unbebauten Grundstücks und blickten an einem Telegrafenmast hoch. Die Drähte, von einem Mast zum anderen gespannt, glitzerten kupfern in der Sommersonne. Die gläsernen Isolatoren schleuderten den Jungs, die mit großen Augen hinaufstarrten, grüne Lichtblitze entgegen.

»Komisch, daß da keine Vögel auf den Drähten sitzen, was?«

»Da ist zuviel 'lektrizität drin; du kannst sie ja richtig summen hören, so voll sind die mit Strom.«

Riley legte den Kopf schief und horchte.

»Du meinst, das kommt von den Drähten?« fragte er.

»Klar, Mann. Genau wie bei der Straßenbahn. Wenn du da an den Pfosten von den Leitungen horchst, kannst du hören, wenn die Bahn kommt. Noch bevor du sie siehst«, erklärte Buster ihm.

»Stimmt, das hab ich sogar gewußt.«

»Wozu die Glasdinger da oben wohl da sind?«

»Wahrscheinlich damit einer, der hochklettert, keinen elektrischen Schlag bekommt.«

Riley roch das schwarze Holzschutzmittel, mit dem der Mast gestrichen war, und blickte an dem rauhen Holz hinauf.

»Mann, ist der hoch«, sagte er.

»Na, so hoch auch wieder nicht. Ich wette, ich könnt das Glasding da oben mit nem Stein treffen.«

»Buster, du spinnst. Nie im Leben kommst du bis *da* oben rauf.«

»Werden wir ja sehen. Such mal nen Stein.«

Sie suchten den trockenen Boden nach einem Stein ab.

»Hier ist ein guter«, rief Riley. »Rund wie 'n Ei!«

»Wirf her, dann kannst du sehen, wie der alte Lou Gehrig am ersten Mal den Ball schnappt.«

Riley warf. Der Stein kam im hohen Bogen, und er war schnell. Buster fing ihn mit ausgestrecktem Arm und streckte dabei das rechte Bein nach hinten, als berühre er das Baseball-Mal.

»Aus am ersten!« rief er.

»Jetzt hast du ihn!« rief Riley.

»Paß auf, wie ich werfe!«

Riley sah zu, wie Buster den linken Arm hob und auf den Isolator zielte. Sein ganzer Körper schnellte nach vorn, und der Stein flog gen Himmel.

Klirr!

Ein Regen von Glasstücken kam herunter.

Sie standen da, die Arme in die Hüften gestemmt, und blickten in alle Richtungen. Ein Vogel zwitscherte. Ein Hahn krähte. Niemand kam und schimpfte, und sie lachten unsicher.

»Na, hab ich's nicht gesagt?«

»Verdammt noch mal! Ich hätte nie gedacht, daß du das schaffen würdest.«

»Wir sollten machen, daß wir wegkommen. Womöglich hat uns einer gesehen.«

Riley blickte sich um: »Komm.«

Sie gingen hinaus auf den Weg.

Hühner hockten auf der kühlen Erde im Schatten unter einem Baum. Die beiden Jungen beobachteten mißtrauisch eine Frau, die im Garten nebenan den Komposthaufen umgrub. Ein Zaun säumte den Weg, dazwischen lagen Garagen und die Anbauten der Häuser. Sie gingen vorsichtig auf dem heißen Boden, immer auf Ausschau nach Scherben oder scharfen Steinen, an denen sie sich die blanken Füße verletzen konnten. Sie rochen den Staub und den trockenen Geruch der versengten Blätter.

Buster nahm einen Stock und stocherte damit im Gestrüpp hinter einer Garage, von der die Farbe abblätterte. Staub flog auf, und er mußte niesen.

»Buster, was zum Teufel machst du denn da?«

»Ich such nach Schnaps, Mann.«

»Nach *Schnaps?*«

»Klar, Mann.« Er hielt inne und zeigte mit dem Finger: »Siehst du das Haus da an der Ecke?«

Riley sah die Rückseite eines kleinen grünen Hauses, bei dem eine Reihe von Zinkwannen an das Geländer der Veranda gelehnt standen.

»Klar seh ich das«, sagte er.

»Da wohnen Schwarzbrenner. Die haben ihr Zeug hier in dem Unkraut versteckt. Ich kann dir sagen, einmal, da haben die Bullen da mitten in der Nacht ne Razzia gemacht, und da haben die das in Spüleimern und allem, was sie hatten, hier rausgebracht.«

»In *Spül*eimern?«

»Kannst mir's glauben!«

»Puh! Und haben die Bullen sie gekriegt?«

»Von wegen. Die haben das alles ins Klo gekippt. Mann, was meinst du, was da die Fische im Canadian River blau waren!«

Sie brüllten vor Lachen.

Buster wühlte noch einmal im Gebüsch, dann gab er es auf. »Ist wohl nichts mehr von da.«

Er blickte hinüber zu Riley. Riley grinste vor sich hin.

»He, was ist denn los mit dir?«

»Ich muß nur immer noch dran denken, wie sie den Schnaps ins Klo geschüttet haben. Weißt du, als kleiner Junge, wenn sie mich da aufs Klo gesetzt haben, da hab ich immer gedacht, unten drin sitzt der Teufel, der sich ein paar Zigarren holen will. Ich hab solche Angst gehabt, daß ich nicht sitzengeblieben bin. Mann, da hat mich meine Alte ganz schön versohlt, weil ich nicht sitzen bleiben wollte.«

»Du bist wirklich verrückt«, sagte Buster. »Hab ich dir das schon mal gesagt, daß du verrückt bist?«

»Ehrlich«, versicherte Riley ihm, »ich hab das wirklich geglaubt.«

Sie lachten. Buster fuhr mit seinem Stock über das Gestrüpp. Ein Huhn gackerte hinter dem Zaun, an dem sie gerade vorüberkamen. Aus der Ferne drangen ein paar Töne eines Klaviers herüber, auf dem jemand Tonleitern übte. Sie schlenderten weiter.

In dem schmalen Weg waren tiefe, jetzt trockene Wagenspuren ausgefahren, in der Mitte dazwischen lagen überall Glasscherben. »Wo gehen wir eigentlich hin?« fragte Buster. Riley begann zu singen:

Einst traf ich Meister Lampe
Zwischen Bohnen und Rettich …

Buster fiel ein:

Und frag ihn, wo's hingeht,
Doch der sagt nur: Leckmich,
Und verdrückt sich im Rettich.

Buster blieb schlagartig stehen und hielt sich die Nase zu.

»Sieh dir die tote Katze an!«

»Also zum Abendessen möcht ich die nicht haben.«

»Ich auch nicht!«

»Besser, du spuckst drauf, sonst holt deine Mam sie und brät sie«, meinte Buster.

Sie spuckten beide auf den würmerzerfressenen Kadaver und zogen weiter.

»Hier auf dem Weg gibt's immer tote Katzen. Frag mich, wieso?«

»Wahrscheinlich kriegen die Hunde sie zu fassen.«

»Mein Hund hat mal so viele tote Katzen gefressen, daß er durchgedreht ist, und dann ist er gestorben«, sagte Riley.

»Ich mag keine Katzen. Die sind falsch.«

»Mann, stinkt die!«

»Ich halt mir die Nase zu.«

»Ich auch!«

Bald waren sie an dem Gestank vorbei. Buster blieb stehen und zeigte mit dem Finger.

»Sieh dir die Äpfel da an dem Baum an.«

»Mann, sind das Riesendinger.«

»Komm, da holen wir uns welche.«

»Nicht, da kriegst du Durchfall von. Die sind noch viel zu grün.«

»Ich riskier's«, sagte Buster.

»Ob da wohl einer zu Hause ist?«

»Wir brauchen doch gar nicht in den Garten rein. Der Ast da hängt über den Zaun.«

Sie gingen hinüber und warfen einen Blick in den Garten. Unter dem Baum war die Erde kahl und feucht. Näher am Haus war das Gras ordentlich gemäht. Die Steinplatten zur Garage waren in einem Muster im Rasen gelegt.

»Sind das Weiße, die da wohnen?«

»Nee, Farbige. Die Weißen sind weggezogen, als wir hier ins Viertel kamen«, erklärte Buster.

Sie blickten hinauf in den Baum: Die Sonne brach durch die Blätter, und die Äpfel hingen hellgrün von den tiefschwarzen Zweigen. Eine Libelle surrte in langen Schlängellinien vorüber. Es war still, und sie konnten das Wumm, Wumm, Wumm der Pumpen auf den Ölfeldern weiter südlich hören. Buster trat einen Schritt zurück und holte mit seinem Stock aus.

»Aufgepaßt«, sagte er. »Vielleicht fallen welche ins Unkraut da.«

Er warf den Stock hinauf in die Äste. Ein Apfel raschelte durch die Blätter und fiel mit einem dumpfen Schlag auf der anderen Zaunseite zu Boden.

»Mist!«

Er hob den Stock wieder auf und warf ein zweites Mal. Wieder raschelten die Blätter, und Riley fing einen Apfel. Ein zweiter fiel Buster vor die Füße. Er sah sich Rileys Apfel an.

»Ich krieg den größeren! Du traust dich ja sowieso nicht, sie zu essen.«

Riley betrachtete ihn eine Weile lang, rollte den Apfel zwischen den Handflächen. Er war grün, doch einen einzelnen roten Flecken hatte er schon.

»Ich mag nicht«, sagte er schließlich. »Du kannst ihn haben.«

Er warf Buster den Apfel zu. Buster fing ihn und berührte mit dem großen Zeh das Mal, wie beim Baseball.

»Aus am ersten!«

»Weiter geht's«, sagte Riley.

Sie gingen nahe am Zaun, und das Unkraut strich ihnen um die dünnen Beine. An einem Telegrafenmast hämmerte ein Specht.

»Den Baum werd ich mir merken. Das dauert nicht mehr lange, bis die Äpfel reif sind.«

»Schon, aber dieser hier«, sagte Riley, »der ist wirklich noch nicht reif.« Buster lachte, als Riley das Gesicht verzog.

»Man muß sie mit Salz essen.«

»Mann, da könntst du Salzwasser zu trinken und würdst ihn immer noch nicht runterkriegen.«

Buster lachte und schlug mit seinem Stock eine Konservendose gegen den Zaun. Ein Hund knurrte auf der anderen Seite, und sie konnten ihn schnüffeln hören. Buster knurrte zurück, und der Hund lief bellend auf der anderen Seite des Zaunes mit.

»Such, Rin Tin Tin, such«, rief Riley.

Buster bellte. Sie kamen ans Ende des Zauns, und der Hund bellte ihnen nach.

Buster ließ den Stock fallen und nahm den Apfel zwischen die gespreizten Finger. Riley sah zu.

»Siehst du, so hält der Pitcher den Ball, wenn er ihn um die Ecke werfen will«, erklärte Buster.

»Wie?«

»Hier – die zwei Finger so; den Daumen hältst du hier unten, und dann dreht sich der Ball beim Werfen.«

Riley faßte seinen Apfel, wie Buster es ihm zeigte; dann holte er aus und warf. Der Apfel flog zunächst gerade den Weg entlang, dann änderte er schlagartig seinen Kurs nach rechts.

»Hast du gesehen, wie der 'n Haken schlägt? So muß man das machen. Dann fliegt der im Bogen um den Schlagmann rum.«

Riley staunte. Ein Grinsen lief über sein Gesicht, und er betrachtete Buster voller Bewunderung. Buster lief nach vorn und hob den Apfel wieder auf.

»Hier, ich zeig dir, wie das geht.«

Er holte weit aus und warf. Der Apfel surrte, als er durch die Luft flog. Riley sah, wie er auf ihn zukam, dann schlug er plötzlich seinen Haken und fiel hinter ihm zu Boden. Riley schüttelte den Kopf und lächelte:

»Buster?«

»Was?«

»Mann, du bist der tollste Werfer, den ich je gesehen hab. Laß mal sehen, ob du den Pfosten da hinten triffst, da am Zaun.«

»Spinnst du? Meinst du, ich spiel in der Landesmannschaft oder so was?«

»Nun mach schon, Buster, du schaffst das.«

Buster biß einmal von dem Apfel ab und kaute, als er ausholte. Dann plötzlich krümmte er sich und sprang dann wieder auf, den linken Fuß vom Boden, als der rechte Arm vorschnellte.

Klatsch!

Der Apfel landete am Pfosten und zerplatzte, und die Stücke flogen in alle Richtungen.

»Na, was hab ich gesagt? Der blöde Apfel da ist in Stücke geflogen wie die Scheibe beim Tontaubenschießen.«

»Tja, das ist eben die Kunst«, sagte Buster.

»Na, ich bin jedenfalls froh, daß du nicht mit Steinen nach mir schmeißt«, sagte Riley.

»Ach, das ist doch noch gar nichts. Warte mal, bis wir zum Goggleye Lake schwimmen gehen. Da kommen wir über den Rummelplatz, und die Nigger da, die werfen Coca-Cola-Flaschen dermaßen fest, daß sie in der Luft in Stücke gehen.«

Riley krümmte sich vor Lachen.

»Buster, daß du aber auch immer lügen mußt.«

»Kannst mir's glauben, Mann. Frag die Leute.«

»Du bist mir einer!« Riley lachte so sehr, daß ihm die Spucke aus den Mundwinkeln lief.

»Laß uns rüber zu mir nach Hause gehen«, sagte Buster, »da können wir im Kühlen sitzen.«

Sie bogen um eine Ecke und gingen über den Rasen des kleinen Vorgartens zu einem grauen Häuschen. Auf der Veranda wehte ein leiser Wind; alles kam Riley frisch und sauber vor. Die Bohlen der Veranda waren weiß gestrichen.

Buster fiel wieder ein, daß er gesehen hatte, wie seine Mutter die Bohlen mit dem Waschwasser geschrubbt hatte, als sie mit der Wäsche fertig war. An die Wäsche wollte Buster gar nicht denken.

Eine Fliege summte an der Außentür. Riley setzte sich auf die Veranda und ließ die nackten Füße baumeln.

»Du wartest hier draußen«, sagte Buster. »Ich seh mal nach, ob's was zu essen gibt.«

Riley lehnte sich zurück und bedeckte die Augen mit dem Arm. »In Ordnung«, sagte er.

Buster scheuchte die Fliegen von der Tür und ging hinein in das kleine Haus. Er konnte seine Mutter in der Küche hantieren hören. Sie stand am Fenster und bügelte. Als Buster hereinkam, drehte sie sich nach ihm um.

»Buster, du Nichtsnutz, wo hast du dich wieder rumgetrieben? Du weißt genau, daß du mir bei der Wäsche helfen solltest!«

»Ich war drüben bei Riley, Ma. Ich wußte nicht, daß ich hierbleiben sollte.«

»Das wußtest du nicht! Lieber Himmel, womit habe ich nur ein Balg wie dich verdient! Ich schufte mir die Finger wund, damit du ein halbwegs anständiges Leben hast, und das ist dann der Dank dafür. Du wußtest es nicht!«

Buster schwieg. So ging es immer. Er hatte wirklich helfen wollen. Er wollte ja ein braver Junge sein, doch irgendwas kam jedesmal dazwischen.

»Ja was stehst du denn noch da wie eine Kuh, wenn's donnert? Jetzt hab ich's allein gemacht. Geh wieder spielen.«

»Ja, Ma.«

Er trottete zur Hintertür.

Die Katze schmiegte sich ihm an die Beine, als er hinaustrat und vorsichtig über die von der Sonne heißen Bohlen ging. Der Boden an der Treppe, wo Ma das Wasser ausgegossen hatte, war noch feucht und weiß vom Schaum. Aus dem Hydranten kam ein kleiner Wasserstrahl und funkelte im Sonnenlicht. Plötzlich fiel ihm wieder ein, weswegen er ins Haus gegangen war. Er hielt inne und rief:

»Maaa ...«

»Was ist denn jetzt noch?«

»Ma, was gibt's zum Abendessen?«

»Lieber Himmel, kannst du denn nur an deinen Bauch denken? Keine Ahnung. Komm wieder rein und brat dir ein paar Eier, wenn du Hunger hast. Ich habe anderes zu tun – und laß mich um Himmels willen in Ruhe!«

Buster zögerte. Er war hungrig, aber wenn Ma so war wie jetzt, sah man am besten zu, daß man wegkam. Solche Laune hatte sie jedesmal, wenn irgendwas zwischen ihr und den Weißen nicht in Ordnung war. Ihre Stimme war wie eine Ohrfeige gewesen. Er trottete um das Haus herum wieder nach vorn. Er spürte den sandigen Boden an den Füßen, dick und warm. Er rupfte mit den Zehen einen Löwenzahn ab und sah zu, wie aus dem grünen Stengel langsam der weiße Saft auf den braunen Boden tropfte. Ein Milchtröpfchen glitzerte auf seiner Zehe, und als er auf dem staubigen Grund weiterging, blieb ein kleiner schlammiger Fleck zurück.

Er ließ sich neben Riley nieder.

»Schon fertig mit Essen?« fragte Riley.

»Gab nichts. Meine Ma ist wütend auf mich.«

»Ach, mach dir nichts draus, Mann. An mir mäkeln sie dauernd rum. Die denken immer, sie müßten allein bestimmen, was einer tut und was nicht. Sei doch froh, du hast wenigstens keinen Alten.«

»Ist er sehr streng?«

»Mein Alter ist so streng, der kann sich selber nicht ausstehen!«

»Ma ist allein schon schlimm genug. Sie ärgert sich über die Weißen, wo sie arbeitet, und ich muß es dann ausbaden.«

»Geht bei uns genauso. Und mein Alter, der schlägt ganz schön zu! Einmal, da kam er von der Arbeit nach Hause und wollt mich mit nem Stück Stromkabel versohlen. Aber meine Alte hat ihn nicht gelassen. Hat ihm gesagt, das soll er sich nur trauen.«

»Möcht nur wissen, warum die immer so sind«, sagte Buster.

»Keine Ahnung. Mein Alter sagt, wir kriegen heutzutage nicht mehr genug Schläge. Er sagt, Granma hätt sie in einen Sack gesteckt und in den Räucherofen gehängt, wie Schinken. Wollt er mit mir auch mal machen. Aber Ma hat ihn nicht gelassen. ›*Meine* Kinder wirst du nicht wie Sklaven behandeln‹, hat sie gesagt. ›*Deine* Ma hat euch vielleicht wie Sklaven großgezogen, aber *ich* mach das mit *meinem* Jungen nicht, und wehe, du krümmst ihm auch nur ein Haar.‹ Da hat er nichts mehr gesagt. Mann, war ich froh!«

»Tja, wahrscheinlich hab ich wirklich Glück, daß ich keinen Alten hab«, sagte Buster.

»Aber der soll nur warten, bis ich groß bin. Mann, der wird sein blaues Wunder erleben. Ich lern boxen, so gut wie Jack Johnson, und nur damit ich ihn grün und blau schlagen kann.«

»Jack Johnson, der erste farbige Schwergewichtschampion in der großen weiten Welt!« sagte Buster. »Was wohl aus dem geworden ist?«

»Was weiß ich, wahrscheinlich ist er irgendwo im Norden, in New York oder so. Aber ganz egal wo er ist, mit dem legt sich keiner an, da kannst du Gift drauf nehmen.«

»Ganz bestimmt! Mein Onkel Luke hat mal gesagt, Jack Johnson wär besser gewesen als Joe Louis. Er sagt, der wär flink wie ne Katze gewesen. Wie eine Katze! Und eine Katze, die kannst du vom Hausdach werfen, und sie landet trotzdem immer auf den Füßen. Mensch, ich wette, du könntest so'n Scheißkater oben vom Himmel runterwerfen, und der würd immer noch auf seinen Füßen landen!«

»Mein Alter hat einen Vers, den er immer singt:

Hätt der Ringrichter nicht
Beizeiten Schluß gemacht,
Hätt Jack Johnson Jim Jefferie
Um die Ecke gebracht«,

sang Riley.

Der Nachmittag neigte sich dem Ende zu. Die Sonne stand schon tief am wolkenlosen Himmel und würde bald hinter der Baumreihe auf der anderen Straßenseite verschwunden sein. Es ging ein leichter Wind, und die Blätter an den Bäumen flirrten in der Sonne. Die beiden Jungen waren still. Eine schwarzgelbe Wespe summte unter der Dachtraufe. Buster sah ihr nach, bis sie in ihrem grauen Nest verschwunden war, das wie eine Bienenwabe aussah; dann stützte er sich wieder auf die Ellenbogen, schlug die Beine übereinander und dachte an Jack Johnson. Irgendwo in der Nachbarschaft schlug eine Tür. Riley lag neben ihm und pfiff leise vor sich hin.

O DASS ICH SCHWINGEN HÄTTE

Riley blickte hinauf in den Pfirsichbaum, die Augen vor Aufregung weit aufgerissen. Direkt da oben, zwischen den rosa Blüten, die gerade erst aus den klebrigen Knospen hervorgekommen waren, war eine Rotkehlchenmutter und brachte dem kleinen Rotkehlchen das Fliegen bei. Zuerst flog die Vogelmutter ein kurzes Stück und zwitscherte dabei dem Kleinen zu, es solle ihr folgen. Doch das Vogelkind rührte sich nicht von der Stelle. Die Mutter flog zurück, pickte das Kleine, umkreiste es und versuchte es von seinem Zweig zu schubsen, doch das Kleine klammerte sich fest und hatte Angst.

Mensch, Vogel, nun trau dich doch, dachte Riley. Los, Kleiner. Keine Angst. Doch das Rotkehlchenkind saß nur da, flatterte mit den Flügeln und zirpte. Als nächstes sah Riley, wie die Vogelmutter hinüber zum Nachbarbaum flog. Da, siehst du, jetzt ist sie wütend auf dich. Mensch, ich würd dir schon das Fliegen beibringen. Er wollte sich eben wieder zurücklehnen und neben Buster auf die Veranda legen, da flatterte das kleine Rotkehlchen mit seinen zerzausten Flügeln und sprang. Er hielt den Atem an. Der Vogel konnte sich nur mit Mühe halten, flatterte, stürzte, kam immer tiefer, mit wildem Flügelschlag der Erde entgegen. Riley richtete sich auf. Doch da flog der kleine Vogel, gab nicht auf, versuchte alles, um auf den Zweig zu kommen, von dem seine Mama ihm zuzwitscherte.

Riley lehnte sich zurück. Er war froh. »Du hast mir was vorgemacht«, flüsterte er dem kleinen Rotkehlchen zu. »In Wirklichkeit hast du überhaupt keine Angst gehabt. Du wolltst nur einfach, daß die Alten dich in Ruhe lassen.« Das machte ihm Spaß. Plötzlich hatte er eine Idee. Ich such mir einen Vogel, und dann bring ich dem das Fliegen bei, beschloß er. Er wollte Buster wachrütteln und ihm davon erzählen, doch Buster öffnete schon von sich aus die Augen.

»Mann, können wir nicht endlich was unternehmen?« fragte er mit seiner heiseren Stimme. »Wieso darfst du denn nicht von zu Hause weg?«

Rileys gute Laune war verflogen. Das hatte er ganz vergessen. »Ach, weil jemand erzählt hat, daß wir hinter diesen blöden Tauben an der Kirche her waren, und dann hat Ma zu Tante Kate gesagt, ich darf nicht aus dem Garten raus.«

»Aber die Scheißtauben ge*hören* doch der Kirche nicht«, wandte Buster ein. »Die *leben* nur da. Die gehören niemandem. So ne gebratene Taube, die hätt ich jetzt gern!«

Riley hielt Ausschau nach dem Rotkehlchen und sah, daß es schon weit in der Ferne flatterte; ein seltsames Gefühl der Einsamkeit überkam ihn. Wenn ich nicht hierbleiben müßte, dachte er, dann könnten wir einen Vogel für uns finden.

Buster stand auf. »Na, dann bis später. Ich muß jetzt was unternehmen.«

»Geh nicht weg«, bat Riley. »Wir können doch auch hier im Garten was machen. He« – plötzlich war ihm eine Idee gekommen – »he, ich wette, den Vers hier, den kennst du nicht.«

»Welchen?«

»Den hier:

Wenn ich der Präsident wär
Und säß im Weißen Haus,
Dann hätt ich bald kein Geld mehr,
Gott, was gäb ich alles aus.
Ich äß nur Schokolade,
Lebte in Saus und Braus,
Für mich wär nichts zu schade,
In meinem Weißen Haus.«

»Du da – Riley!!!«

Ihm blieb der Mund offen. Tante Kate stand im Schatten der Tür, und ihr runzliges Gesicht bebte vor Wut.

»Ich habe gehört, was du gesagt hast, mein Lieber. Ich habe gehört, wie du den Namen des Herrn verspottet hast!«

Er rappelte sich auf, wußte nicht, was er sagen sollte.

»Und ich habe gehört, was du über den Präsidenten gesagt hast! Hast du denn alles vergessen, was deine Mutter dir an Respekt beigebracht hat? Denk mal darüber nach, Junge, bevor du uns alle in Schwierigkeiten bringst! Was meinst du, was mit deiner armen Ma passiert, wenn die Weißen hören, daß sie hier einen schwarzen Bengel großzieht, der Hirngespinste im Kopf hat und erzählt, er wollte Präsident sein?«

»Aber das ist doch nur ein Vers«, stotterte Riley. »Ich will doch niemandem was Böses damit.«

»Es war ein *sündiger* Vers! Ein Vers, der Gott den Herrn lästert, und die Weißen noch dazu.«

Er sah das Rotkehlchenjunge zum nächsten Baum fliegen und machte eine zerknirschte Miene. »Tut mir leid, Tante Kate.«

Ihr Zorn verflog. »Ihr Kinder müßt lernen, wie man leben muß, solange ihr noch jung seid, dann könnt ihr später in Frieden leben. Sonst rennt ihr euer ganzes Leben lang mit dem Kopf gegen die weiße Wand. Ich bin so alt geworden, weil ich nie zugelassen habe, daß sündige Gedanken mir das

Leben vergällten.« Sie stülpte die Lippen vor zum Zeichen, wie stolz sie auf ihre Überzeugung war.

Riley sah sie unter gesenkten Lidern an. Immer waren es Gott oder die Weißen. Immer machte sie ihm ein schlechtes Gewissen, so als hätte er etwas angestellt, von dem er überhaupt nichts wußte und wofür ihm trotzdem nie verziehen würde. Genau das Gesicht, mit dem die Weißen einen auf der Straße anstarrten. Doch mit einem Mal war Tante Kates Miene, eben noch so zornig, voller Güte; er war verwirrt und wußte, daß er auf der Hut sein mußte.

»Ihr Kinder müßt die Lieder des Herrn lernen«, sagte sie und strahlte, und dann sang sie:

»O daß ich Schwingen hätte,
Schwäng mich empor zu Jesus,
O daß ich die Schwingen der Taube hätte,
Schwäng mich zur ewigen Ruh …

Das sind die Lieder, die ihr Kinder singen solltet. Die Schwingen des Glaubens, die braucht ihr, wenn ihr durchs Leben kommen wollt. Komm, laß uns das mal zusammen singen.

Oooo daß –«

Rileys Kehle war trocken. Das Rotkehlchenjunge flog in der Ferne davon. Er blickte hilflos zu Buster hinüber. Buster sah ihn nicht an. Tante Kate hielt inne, ihre Miene nun wieder finster.

»Ich – ich – mir ist einfach nicht nach Singen, Tante Kate«, sagte er ängstlich.

»So, dem jungen Herrn ist nicht danach!« explodierte sie. »Aber wenn ich dir was von dem Teufelszeug beibringen wollte, das du eben gesungen hast, dann wär dir danach!«

»Aber – aber – das war doch überhaupt kein böses Lied.«

»Willst du mir auch noch Widerworte geben! Aber ich seh schon, dich wird so oder so der Teufel holen, Junge. Geh hinters Haus, geh mir aus den Augen!«

Er ging ein paar Schritte in Richtung Garten.

»Na los! Hinters Haus, du Teufelsbraten! Und laß dir's gesagt sein. Bevor die Sonne untergeht, wirst du was Neues angestellt haben, und ich werde dafür sorgen, daß dir deine Ma die Ehrfurcht vor dem Herrn mit dem Stock einprügelt!«

Er stieg langsam von der Veranda herab und ging in den Schatten zwischen den beiden Häusern.

»Also ich hätte ne Stinkwut, wenn mich einer so anschnauzen würde«, sagte Buster. »Man hört ja immer, die alten Leute könnten einen verhexen. Wer weiß, was die dir noch anhängt!«

Riley lehnte sich an die Hauswand. Das war kein böser Vers. Es war ein lustiger Vers. Das »Gott« hatte er selber dazugetan, damit es noch besser klingen sollte. Mist! Aus Tante Kate sollte einer schlau werden – vielleicht war sie einfach zu alt, um einen zu verstehen – noch zu Sklavenzeiten geboren. Hatte nichts anderes im Kopf als jeden Abend in die Kirche zu rennen und in ihrer Bibel zu lesen und an ihm rumzumäkeln. Die ist doch verrückt, die Alte. Und das blöde Lied: *O daß ich Schwingen hätte …* Was soll denn das.

Plötzlich machte sich ein Grinsen auf seinen Zügen breit.

»He, Buster«, flüsterte er.

»Hm?«

Er sang, halb flüsternd:

O daß ich Schwingen hätte, Tante Kate,
Gott, äß ich dann Schokolade,
Ich würd fressen und saufen, von früh bis spät,
Und als Präsident wär ich viel zu schade.

Buster streckte die Unterlippe vor und runzelte die Stirn. »Nun mach dich nicht auch noch über das Kirchenlied lustig, du Spinner. Du hast doch gehört, was deine Tante sagt. Das ist Sünde.«

Rileys Lachen verflog. Womöglich würde Gott ihn dafür bestrafen. Er biß sich auf die Lippe. Doch die Worte tanzten nur so in seinem Kopf. Alle durcheinander. *Fröhlich soll mein Herze singen, wenn bei Kate die Frösche springen.* Er spürte, wie das unterdrückte Lachen in ihm hin- und herrollte wie große blaue Murmeln, die aneinanderklicken. Das »Fröhlich soll« war auch wieder aus einem Kirchenlied. Vielleicht würde er jetzt wirklich seine Strafe bekommen. Aber er konnte es einfach nicht mehr länger unterdrücken, er lehnte sich an die Hauswand und lachte.

»Wenn du weiter über das Kirchenlied lachst«, warnte Buster ihn, »dann such ich mir jemand anders zum Spielen.«

»Ach, ich hab ja gar nicht darüber gelacht.«

»Und worüber dann?«

»Na … über gestern, als ich vom Kirchendach gefallen bin …«

»Wie wir hinter den Tauben her waren?«

»Ja.«

»Mensch, das war doch nicht lustig. Du hast dir die Seele aus dem Leib gebrüllt. Tut der Kopf eigentlich noch weh?«

Er befühlte die Beule. »Nur 'n bißchen«, antwortete er.

»Ich wette, da hast du die Hosen voll gehabt«, sagte Buster.

»Quatsch. Das war doch 'n Riesenspaß.«

»Mann, nun hör doch auf zu lügen. Du hast geheult wie 'n Baby!«

»Hör mal, ich hab übers *Fallen* geredet. Geheult hab ich, weil ich mir den Kopf weh getan hab.«

»Mach mir doch nichts vor. Du hättst dir beinahe den Hals gebrochen.«

»Ehrlich, Mann. Deswegen springen ja die Weißen mit ihren Fallschirmen aus dem Flugzeug.«

»Schon«, lachte Buster, »aber du hattest keinen Fallschirm.«

Riley ging zur Rückseite des Hauses, wo ein Sonnenstreifen den Schatten erhellte. »Mann, du hast doch überhaupt keine Ahnung«, sagte er. »Laß uns mal da nach den neuen Küken sehen.«

Sie gingen zum eingezäunten Hühnerhof, stützten sich auf den Zaun und sahen hinein. Überall waren Getreidekörner und Hühnerkacke, und da wo die Hühner im festen Erdboden gescharrt hatten, hatten sie seltsame Muster hinterlassen. Die Hühner blickten sie erwartungsvoll an.

Riley zeigte mit dem Finger auf ein Grüppchen frischgeschlüpfter Küken, noch in ihren Daunenfedern, die sich um eine alte weiße Glucke geschart hatten.

»Da, schau dir die Kleinen an!« rief er. »Sind die nicht süß, Mann?«

»Kann man wohl sagen!« Busters Augen leuchteten vor Vergnügen.

»Und was die kleinen Kerle für einen Radau machen.«

»Die brüllen, Mann. Babys schreien überall, das ist bei denen hier genau wie bei meinem kleinen Bruder Bubber.«

»Ma brüllt ja sogar in der Kirche wie 'n Baby«, sagte Riley, »und die ist längst groß.«

»Das ist doch was ganz anderes, Mann.«

»Wieso soll das was anderes sein?« fragte Riley. »Wieso müssen sie in der Kirche denn brüllen wie 'n Baby?«

»Weil der *Geist* über sie kommt, deswegen.«

»Was für'n Geist?«

»Mann, du Armleuchter, der *Heilige* Geist. Du warst doch auch in der Sonntagsschule!«

Riley steckte den großen Zeh durch die Maschen.

»Na, da muß der Heilige Geist ja wohl ziemlich weh tun,

wenn alle zu brüllen anfangen«, sagte er schließlich, »und sich anstellen, als hätten sie sie nicht mehr alle.«

»Ma sagt, sie tun das, weil sie so glücklich sind«, erklärte Buster.

»Glücklich oder nicht, wenn ich sehe, wie meine Ma da in der Kirche brüllt und sich aufführt werweißwie, da könnt ich vor Scham im Boden versinken«, sagte er nüchtern. »Wenn einer erst schreien muß, damit er weiß, daß es ihm gutgeht, dann ist das nichts für mich.«

Er sah zwei junge Hähne, die quer über den Hühnerhof aufeinander losgingen, mit flatternden Flügeln und großem Gekrähe.

»Mann, was sind die blöd, die Hühner!« rief Buster. »Sieh dir doch nur die beiden bescheuerten Hähne da an!«

Riley tat sie mit einer verächtlichen Handbewegung ab. »Das sind doch keine Hähne. Da hinten, da kannst du 'n *echten* Hahn sehen.«

»Gütiger Himmel! Der ist wahrscheinlich der Boss hier, was?«

»Stimmt. Das ist der alte Bill.«

»Der alte Bill.«

»Der wird mit allem fertig, was überhaupt Federn hat«, prahlte Riley.

Buster stieß einen bewundernden Pfiff aus. Die roten und dunkelgrünen Federn des Hahns schimmerten seidig in der Sonne. Der alte Bill stolzierte gackernd vor den Hennen auf und ab, und sein roter Kamm wogte würdevoll dazu.

»Sieh dir den Angeber an!« rief Buster. »Marschiert da lang wie ein dicker fetter Prediger in der Kirche.«

»Und die Sporen«, rief Riley. »Sieh dir die Sporen an!«

»Donnerwetter! Da nehmen sich die Hennen besser vor dem Angeber in acht!«

»Und er kann damit kämpfen, Mann. Wenn der die Sporen in einen anderen Hahn schlägt, der fährt direkt auf ins Gelobte Land.«

Der alte Bill gackerte leise, und die Hennen versammelten sich da, wo er scharrte.

»Mann, du! Mit dem kann's auf der ganzen weiten Welt kein anderer Hahn aufnehmen!«

Plötzlich flatterte der Hahn mit den Flügeln und krähte; die Brust schwoll ihm dabei, und den Hals reckte er vor.

»Hör dir das an!«

»Noch mal, Bill!«

»Mann, der reinste Gabriel!«

»Von wegen. Das ist der Louie Armstrong unter den Hühnern!«

»Bläst seine goldene Trompete, weiß Gott ...«

»Sagt den anderen Hähnen, daß sie sich besser in acht nehmen sollen ...«

»Weil er nämlich keine Dummheiten durchgehen läßt ...«

»Der alte Bill sagt *Hoppla ihr Hunde und hoppla ihr Katzen, nehmt euch in acht oder leckt euch die Tatzen*«, reimte Riley, *»denn hier kommt der alte Bill.«*

»Ach was, Mann, der ist der Louie Armstrong unter den Hühnern, der spielt ›Hold That Tiger‹ ...«

»Ja, er sagt dem Tiger, daß er sich in acht nehmen soll ...«

»Ganz genau, trifft das hohe *pi* ...«

»Hör mal, *pi* gibt's nicht auf der Trompete. Es heißt *do, re, mi*«, sang Riley.

»Doch, gibt es doch. Wenn Louie spielt, gibt's auch das hohe *pi*. Das geht *do, re, mi, fa, sol, la, ti* und *pi!*«

Sie schüttelten sich vor Lachen. Der alte Bill reckte den Hals und schluckte, und der geöffnete Schnabel sah aus wie die Schneiden einer gebogenen Schere.

Riley wurde wieder ernst. »Mein Alter ist wirklich stolz auf den Hahn da«, sagte er. »Wenn du ihn mal richtig ärgern willst, dann mußt du nur sagen, der alte Bill wär überfahren worden. Da hat er natürlich auch recht. Tante Kate sagt, wenn wir sterben, kommen wir als Tiere wieder. Wenn ich als Vogel wiederkomm, dann möcht ich so sein wie der alte Bill.«

»Ich nicht«, sagte Buster. »Wenn ich wiederkomme, ich möcht nicht als Hahn wiederkommen.«

»Wieso denn nicht? Der alte Bill sieht doch prima aus, und er kann kämpfen wie Joe Louis!«

»Aber er kann nicht fliegen, Mann!«

»Wer sagt, daß der nicht fliegen kann?«

»Weil *kein* Hahn fliegen kann.«

»Ich werd's dir beweisen.«

»Du spinnst, Riley. Wie willst du denn beweisen, daß ein Hahn fliegen kann?«

»Das ist doch ganz einfach. Ich kletter da auf das Dach vom Hühnerhaus, und du gibst mir den alten Bill hoch –«

»Von wegen«, sagte Buster. »Von wegen. Ich geh da nicht rein zu den ganzen Krallen.«

Riley spuckte angewidert aus. »Da kann einem ja schlecht werden, wenn man dich so sieht.«

»Meinetwegen. Ich geh da trotzdem nicht rein.«

»Also gut. Du gehst aufs Dach, und ich reich ihn dir hoch. In Ordnung?«

»In Ordnung. Wenn er vom Boden weg ist, kann er mich ja kaum mit den Sporen erwischen.«

Riley warf einen verstohlenen Blick zu dem Küchenfenster, an dem Tante Kate immer saß, dann ging er auf den Hühnerhof und schloß das Tor hinter sich.

»Beeil dich«, rief Buster vom Dach. »Es ist heiß hier oben.«

»Moment noch«, rief Riley zurück. »Ein bißchen brauch ich noch.«

Er arbeitete sich zum alten Bill hin vor, immer am Zaun entlang. Die Hennen gackerten. Der alte Bill stolzierte grimmig zwischen ihnen auf und ab, und der Kopf schoß, immer mit einem Rucken, hierhin und dorthin.

»Nimm dich nur vor dem Angeber in acht«, rief Buster.

»Brauchst du mir nicht zu sagen. *Komm her, Bill, komm her zu mir!*«

Als er die Hand ausstreckte, ging der gewaltige Hahn zum Angriff über. Die Nackenfedern standen ihm wie eine Halskrause, die Beine mit den ausgestreckten Sporen strampelten. Riley hielt sich den Arm vors Gesicht.

»Pack ihn, Mann!«

Er stürzte sich auf ihn, faßte zu. Der Staub flog. Der alte Bill ging zu Boden und tänzelte davon. Riley machte einen Hechtsprung und konnte noch sehen, wie Bill davonhüpfte wie ein aufgeplusterter Staubwedel.

»Na, was hab ich dir über den Angeber gesagt?« keuchte er.

»Das war jedenfalls nicht gelogen. *Paß auf!*«

Der Angriff kam für Riley unerwartet. Er verlor das Gleichgewicht und landete unsanft auf dem Boden. Er bekam keine Luft mehr. Der Hahn schien überall zugleich zu sein. Er bedeckte sich die Augen. Der Hahn krallte sich ihm in die Beine und hackte nach seinem Gesicht. Er spürte, wie eine Kralle ihm durch das Hemd ging, er spürte die Spitze an seiner Rippe. Kleine, böse gelbe Augen, alt wie die Augen von Tante Kate, tanzten drohend über seinem Kopf. Als er ein horniges Bein zu fassen bekam, hörte er, wie der Stoff seines Hemdes riß, aber er hielt fest, auch wenn ihm der Gestank der schmutzigen Federn in die Nase drang. Keuchend kam er wieder auf die Beine. Der alte Bill zog nach Leibeskräften, die rauhen Beine rieben ihm an den Händen, und der scharfe Schnabel hackte danach.

»Halt ihn fest, bis ich unten bin!« rief Buster.

»Scheiße, beinahe hätt ich ihn gehabt«, keuchte er. Er hielt den Hahn über den Kopf und sah zu, daß die wild schlagenden Flügel ihn nicht im Gesicht trafen. Dann packte er ihn mit einer blitzschnellen Bewegung, so daß die Flügel angedrückt waren, holte aus und warf ihn im hohen Bogen über den Hof. In einer Staubwolke purzelte der alte Bill nieder. Riley machte kehrt und lief niesend zum Tor; dann sah er sich um. Der Hahn schüttelte sich den Staub aus den Federn. Riley beobachtete ihn aus den Augenwinkeln und ging nun gemessenen Schrittes zum Tor, damit Buster ihn nicht für einen Feigling hielt. Vor ihm kam die alte Glucke vorüber und scheuchte ihre Brut aus dem Weg. Plötzlich hatte er eine Idee. Er griff sich zwei von den Küken und sprintete damit zum Tor.

»Mensch, paß auf, sieh zu, daß du da rauskommst«, warnte Buster.

»Ich bin kein solcher Angsthase wie du«, ärgerte er ihn. Aber er war doch froh, als er wieder draußen war.

»Halt die mal«, sagte er, als er sich daranmachte, aufs Dach zu klettern.

»Was?«

»Na, nun nimm schon, Angsthase. Die Kleinen hier werden dich schon nicht kratzen.«

Buster streckte die Hand aus und faßte die Küken mit seinen kurzen braunen Fingern.

Riley sprang hinauf und suchte sich Halt auf dem schrägen Dach. Eine Reihe von braunen Ameisen eilte aufgeregt über die grauen, von der Sonne heißen Bretter. Oben angekommen, nahm er die Küken und steckte sie sich unter das zerrissene Hemd. Sie waren weich wie Wattebäusche.

»Mann, du erstickst sie ja«, sagte Buster.

»Tu ich nicht. Die schreien nicht mal mehr.«

»Die nicht, aber ihre Ma schon. Hör dir das nur an.«

»Ach, da darfst du dich gar nicht drum kümmern. Die hat immer irgendwas. Genau wie Tante Kate«, sagte er.

»Kann ich auch mal eins von den Kleinen halten, Riley?«

Riley zögerte, dann reichte er Buster eins der beiden.

»Wenn du nicht so ein Angsthase wärst, könntest du dir selber welche holen.«

»Sieh dir doch nur den kleinen Burschen an, Riley. Er hat Angst ohne seine Mama!«

»Ja, schon gut. Brauchst keine Angst haben, Kleiner«, sagte er sanft. »Wir sind deine Freunde.«

»Vielleicht ist es zu heiß hier oben. Wir sollten sie besser wieder mit runternehmen.«

»Von weeegen! Wir bringen den kleinen Scheißern jetzt das Fliegen bei!«

»Also ich hab noch nie ein Küken gesehen, das geflogen ist«, meinte Buster skeptisch.

»Na, sie sind doch ungefähr so groß wie ein Zaunkönig«, sagte Riley.

»Aber sie haben keine langen Flügel wie die Zaunkönige.«

»Mist, da hast du recht«, sagte er enttäuscht. Die Flügel müßten einfach größer sein, dachte er – so wie bei dem kleinen Rotkehlchen.

»He, schau mal, was meines hier kann!« rief Buster.

Er sah, wie Buster sich das Küken aufs Schienbein setzte, und das Küken spreizte die Flügel und hüpfte herunter aufs Dach.

»Der hat wirklich versucht zu fliegen!« rief er. »Die kleinen Burschen *wollen* fliegen, aber die Flügel kommen nicht mit!«

»Ganz genau«, stimmte Buster zu, »der hat wirklich fliegen wollen!«

»Ich werd ihn fliegen *lassen*«, sagte Riley.

»Wie willst du 'n das machen, Mann?«

»Mit nem Fallschirm!«

»Du spinnst! So kleine Fallschirme gibt's doch gar nicht.«

»Klar gibt's die. Wir machen ihn selber, aus Bindfäden und nem Stück Stoff. Dann können die kleinen Burschen hier runtersegeln zu ihrer Ma.« Er machte mit der Hand die Bewegung eines fallenden Blattes.

»Und wenn ihnen was passiert und Tante Kate sagt es deiner Mama?«

Riley blickte hinüber zum Haus. Tante Kate war nirgends zu sehen. Er betrachtete die Küken.

»Ach, du hast ja nur Angst«, stichelte er.

»Das hab ich nicht. Ich will nur nicht, daß den beiden was passiert, das ist alles.«

»Was soll denn schon passieren, Mann? Die werden ihren Spaß haben. Alle Vögel fliegen gern, sogar die Hühner. Sieh mal da!« rief er und zeigte mit dem Finger.

In der Ferne zog ein Taubenschwarm seine Kreise um einen Kamin aus rotem Backstein, und das Sonnenlicht brach sich in ihren Flügeln.

»Da kannst du's sehen, Mann.«

»Aber das sind *Tauben,* Riley …«

»Das hat nichts zu sagen«, antwortete Riley und ließ das Küken sanft auf seiner Handfläche auf- und abhüpfen. »Wir lassen sie segeln. Ganz langsam segeln sie tiefer und tiefer und tiefer!«

»Aber wir haben doch überhaupt kein Stück Stoff«, wandte Buster ein.

Riley beugte sich vor, nahm die Ecke, die der alte Bill ihm aus dem Hemd gerissen hatte, zog sie straff und riß sie ganz ab. Triumphierend hielt er Buster das blaue Stück Stoff unter die Nase.

»Da hätten wir es.«

Buster wand sich. »Aber wir haben keinen Bindfaden.«

»Oh, Bindfaden hab ich«, sagte Riley. »Bindfaden und alles.«

Er holte das Knäuel aus der Tasche und hielt es mit leuchtenden Augen hoch. Gestern hatte er einen Drachen steigen lassen, und das Seil war gerissen. Er hatte dem Drachen nachgesehen, wie er in Sprüngen und Purzelbäumen über die Dächer davonflog. Er hatte dasselbe seltsame Gefühl der Sehnsucht gespürt, das er im Herbst hatte, wenn er den Vögeln nachsah, die nach Süden zogen.

»Was sagt man dazu ...«, sagte Buster ehrfurchtsvoll.

Ein zarter Hautfilm hatte die Augen des Kükens überzogen, und es sah aus wie tot. Er hielt beim Knüpfen des Knotens inne. Dann öffneten sich die glänzenden schwarzen Äuglein wieder. Er seufzte, hielt das Tuch in die Höhe und betrachtete die Kordelenden, die träge im Wind wehten.

»Auf geht's, Mann. Jetzt werden wir den zwei Kleinen hier zeigen, wie sie fliegen können wie die Zaunkönige.«

Er hielt inne, sah den Tauben zu, wie sie ihre Kreise zogen.

»Buster, wünschst du dir nicht auch, jemand würde uns beiden das Fliegen beibringen?«

»Na, vielleicht schon«, antwortete Buster vorsichtig. »Wahrscheinlich schon. Aber wir brauchen noch einen zweiten Schirm für die beiden Flieger hier. Oder willst du sie an einem springen lassen?«

»Halt du sie nur fest, und paß auf, wie Papa das macht.«

Buster hielt die Küken, und Riley schnürte sie mit Bindfaden zusammen und befestigte dann daran den Fallschirm.

»Und jetzt aufgepaßt!« rief er. Er faßte das Tuch und hob es sanft, so daß die Küken knapp über dem Schuppendach schwangen. Sie piepten aufgeregt. Buster grinste.

»Nun mach schon, Mann.«

Sie krochen an die Kante des Daches und blickten hinunter. Eine Henne gackerte ein träges Lied. In der Ferne krähte ein Hahn seine Herausforderung in den Morgen, und der alte Bill schmetterte seine Antwort.

»Riley ...« druckste Buster.

»Was hast du denn jetzt schon wieder?«

»Was ist, wenn deine Tante Kate uns sieht?«

»Verdammt noch mal, wieso kommst du denn gerade jetzt mit der? Die ist drinnen im Haus und erzählt sich was mit ihrem Jesus.«

»Na ja –« sagte Buster.

Sie hatten sich auf die Kante gesetzt und ließen die Beine baumeln. Riley bebte vor Aufregung.

»Gehst du dann runter und holst sie wieder hoch?«

»Mensch, der Hahn ist doch immer noch da unten«, protestierte Buster.

Riley schüttelte spöttisch den Kopf zum Zeichen, daß Buster ein hoffnungsloser Fall sei, und kletterte dann hinunter und ging wieder auf den Hof.

Der alte Bill gluckste vom anderen Ende eine Warnung.

»Wir machen's wie in den Fliegerfilmen!« rief Riley. »Zündung!«

»Also gut, Zündung!« rief Buster.

»Propeller anwerfen!«

»Propeller läuft! Fertig zum Nonstopflug!«

»Jetzt mach schon endlich!« rief Riley ungeduldig.

Dann sah er, wie Buster die Küken mitsamt ihrem Schirm in die Luft warf, sah, wie das Tuch sich ausbreitete wie ein Regenschirm mit den aufgeregt piepsenden Küken darunter; und er sah, wie der Fallschirm ganz allmählich zur Erde ging, wie die wattigen Samenflocken der Pappeln.

»Willst du wohl da runterkommen, Junge!!!«

Er schoß herum, den ganzen Körper angespannt. Tante Kate kam durch den Garten gestapft. Er stand stocksteif, wie eine Nadel zwischen zwei Magneten.

»Riley! Fang sie auf!«

Als er sich wieder umblickte, sah er den Fallschirm zusammenfallen wie einen Windbeutel, und die Küken stürzten mit dem Tuch zu Boden wie ein gelber Stein. Er wollte laufen und die Küken auffangen, doch er stand wie festgewurzelt und hörte nur Buster und Tante Kate brüllen. Dann stolperte er hinüber zu der Stelle, wo die Küken unter dem Tuch verborgen lagen. Lieber Gott, hauchte er, bitte, lieber Gott. Doch als er die Küken anhob, gaben sie keinen Laut von sich, und die Köpfe hingen leblos herab. Er ließ sich vor ihnen auf die Knie fallen.

Ein Schatten fiel über die Erde und wurde größer. Als er sich umwandte, sah er zwei große schwarze, klobige Schuhe. Es war Tante Kate, heftig atmend.

»Ich hab's dir ja gesagt, Junge. Ich habe gewußt, daß du etwas anstellst, ehe der Tag vorüber ist! Was hat der Teufel dir jetzt schon wieder eingegeben?«

Er schluckte. Sein Mund war trocken.

»Hörst du nicht, daß ich mit dir rede, Junge?«

»Wir haben nur gespielt.«

»Und *was* habt ihr gespielt? Was hast du auf dem Hühnerhof zu suchen?«

»Wir … wir wollten fliegen …«

»Fliegen um die Ohren!« schrie sie mißtrauisch. »Zeig, was du da unter dem Tuch hast!«

»Das ist doch nur ein Tuch.«

»Zeig, was drunter ist!«

Er hob das Tuch. Die Küken waren schwer wie Blei. Er schloß die Augen.

»Ich hab's doch gewußt!« schrie sie. »Du hast die Küken von deiner Mutter umgebracht! Und sie wird es erfahren, so wahr ich Kate heiße!«

Er starrte sie nur schweigend an.

Wenn er nicht hingesehen hätte, als sie rief, hätte er vielleicht die Küken retten können.

Und plötzlich sprudelten die Worte nur so hervor. »Ich hasse dich!« rief er. »Ich wünschte, du wärst gestorben, schon damals, als du noch Sklavin warst …«

Sie war aschgrau geworden. Er wußte, wie stolz sie auf ihr Alter war. Er spürte, wie das kalte Grauen ihn packte.

»Dafür wird der Herr dich mit dem ewigen Höllenfeuer bestrafen«, sagte sie mit gebrochener Stimme. »Der Tag kommt, da wirst du dich an diese Worte erinnern, und es wird Heulen und Zähneknirschen sein.«

Nun hatte sie also wirklich ihren Fluch über ihn ausgesprochen. Er spürte, wie ihm die Knie weich wurden, als sie sich umwandte und zum Haus ging. Sie stapfte mühsam davon, schüttelte den Kopf vor Entrüstung, die weiße Schürze steif über den breiten, in grobe Baumwolle gewandeten Hüften.

»Diese Kinder aus dem zwanzigsten Jahrhundert«, schimpfte sie noch vor sich hin, »die sind vom Teufel besessen, das ist die Wahrheit. Vom Teufel besessen.«

Lange Zeit starrte er ausdruckslos die Küken an, wie sie zwischen der grüngrauen Hühnerkacke am Boden lagen. Die alte Henne zog vor ihm ihre Kreise und forderte lautstark ihre Kinder. So schwer es ihm fiel, er hob die Küken auf, nahm ihnen den Faden ab und legte sie wieder zu Boden.

Einen Augenblick lang sind sie geflogen …

Buster blickte ihn traurig von jenseits des Zaunes an. »Tut mir leid, Riley«, sagte er.

Riley antwortete nicht. Plötzlich merkte er, wie der Hühnerdreck stank, stand auf und spürte das schmierige Gefühl auf seinen nackten Beinen, als er sich gedankenverloren die Finger abwischte.

Wenn ich mich doch nur nicht umgesehen hätte, dachte er. Er hatte Tränen in den Augen. Und er war so in seinen Kummer versunken, daß er die heranrauschenden Federn gar nicht bemerkte, die schillernden Farben der ausgebreiteten Flügel, als der alte Bill angriff. Der Aufprall war so stark, daß er ins Wanken geriet, und er sah durch den Tränenschleier das Hellrot des Bluts auf dem braunen Bein, wo der Sporn ihn erwischt hatte.

»Beinahe hätten wir sie zum Fliegen gebracht«, sagte Riley, »beinahe …«

ZWEI SKALPIERTE INDIANER

Sie hatten eine kleine, ziemlich laute Band, und als wir durch den Wald gingen, hörte ich die Töne der Blechbläser wie glänzende metallene Seifenblasen am Himmel zerplatzen. Es war ein ferner, funkelnder Klang, der die spätnachmittägliche Stille auf dem Hügel hell durchzuckte; kein Zweifel, eindeutig Musik, Musik von einer Band. Ich war erleichtert. Ich hörte es schon minutenlang, aber der Schmerz in den unteren Regionen hatte meine Wahrnehmung derart geschärft, daß ich zunächst dachte, es sei nichts weiter als ein trügerisches musikalisches Klingeln in meinen Ohren. Doch jetzt war ich mir doppelt sicher, denn Buster blieb stehen und sah mich mit zusammengekniffenen Augen an, den Kopf schräg zur Seite geneigt. Er trug ein blaues Stirnband aus Stoff mit einer Truthahnfeder über dem Ohr, und ich sah, wie sie im Wind zitterte.

»Hörst du das auch, Mann?« fragte er.

»Ich hör's schon die ganze Zeit«, sagte ich.

»Mist! Wir sollten zusehen, daß wir aus diesem blöden Wald rauskommen, damit wir endlich was sehen können. Warum hast du denn nichts gesagt?«

Wir gingen hastig weiter, bis wir plötzlich auf eine Lichtung traten, von wo aus der Pfad hinunter in die Stadt ging, und ließen unsere Blicke schweifen. Es war kurz vor Sonnenuntergang, und ich sah, wie der rote Lehm des Pfades geradewegs durch den Wald führte, vorbei an einem weißen, vom Blitz gespaltenen Baum, bis er schließlich in die Straße am Fluß mündete; ich sah die schmale Straße, die an Tante Mackies alter Hütte vorbeiführte, und weiter hinten, jenseits von Straße und Hütte, sah ich den düsteren, geheimnisvoll dahinströmenden Fluß. Die Bläser klangen jetzt heller, doch immer noch weit entfernt; es war, als ob jemand mit vollen Händen nagelneue Münzen zum Himmel schleuderte. Ich lauschte und folgte dem Lauf des Flusses rasch mit den Augen, folgte ihm auf seinem gewundenen Weg durch die Bäume, vorbei an den Gebäuden und Häusern, vorbei an dem hohen Schornstein und dem großen silbernen kugelförmigen Gasbehälter – bis zu der Stelle auf der anderen Seite der Stadt, der Stelle, wo sich, weiß wie eine Wolke, umweht von flatternden bunten Fähnchen, das Festzelt blähte.

Nun begannen wir zu laufen. Es war eine Art gemächlicher Indianertrab, denn wir waren beiden schwer bepackt und ziemlich erschöpft von den Prüfungen, die wir im Wald und im Indian Lake hinter uns gebracht hatten. Aber beim hellen Schmettern der Bläser vergaßen wir unsere Müdigkeit und unsere Schmerzen und sprangen in der Dämmerung bergab wie zwei junge Geißböcke, begleitet vom Klappern unseres Kochgeschirrs aus dem Armeeladen.

»Wir sind spät dran, Mann«, schimpfte Buster. »Ich hab dir doch gleich gesagt, daß wir zu spät kommen. Aber du mußtest ja unbedingt das dämliche Steppenhuhn in Lehm packen, genau wie's im Buch steht. In der Zeit, wo wir gewartet haben, daß das verdammte Ding gar wird, hätten wir 'n ganzen Elefanten braten können ...«

Er brummelte vor sich hin wie eine Tuba mit einem dicken, fetten Dämpfer wie einem Topf drin, und ich lief weiter, ohne zu antworten. Wir hatten für die Kochprüfung statt eines normalen Hühnchens ein Steppenhuhn genommen, weil Buster der Ansicht war, daß Indianer keine Suppenhühner essen. Und es hatte eben ziemlich lange gedauert, bis wir ein Steppenhuhn aufgespürt und mit der Steinschleuder erlegt hatten. Außerdem war er derjenige gewesen, der darauf bestanden hatte, daß wir alles an einem Tag erledigten, den Dauerlauf, das Schwimmen *und* die Kocherei. Natürlich hatte das Zeit gekostet. Mir war von Anfang an klar gewesen, daß das Zeit kosten würde, zumal wir ja keinen Anführer hatten. Wir gehörten nicht einmal zu einem Stamm; alles was wir hatten, war das Handbuch für Pfadfinder, das Buster gefunden hatte, und eigentlich war darin nicht vorgesehen, daß jemand die ganzen Prüfungen ohne jede fremde Hilfe absolvierte. Jedenfalls hatte er kein Recht, mir Vorwürfe zu machen; schließlich hatte er bei sämtlichen Prüfungen besser abgeschnitten – obwohl auch ich alles geschafft hatte. Und er war derjenige, der darauf bestanden hatte, daß wir die Prüfungen heute machten, obwohl wir beide immer noch Schmerzen hatten und einen Verband trugen, und bei mir waren die Fäden noch nicht alle gezogen. Eigentlich hatte ich ein paar Tage warten wollen, bis alles gut verheilt war, aber dieser Besserwisser von Buster hatte mich ausgelacht und behauptet, daß ein richtiger Indianer die Prüfungen sogar direkt nach dem Nähen machen könnte. Und weil wir Indianer sein wollten und nicht einfach nur Pfadfinder, rannte ich jetzt eben zum Frühjahrsrummel, anstatt längst da zu sein. Ich fragte mich ohnehin, woher Buster so genau wissen wollte, was ein Indianer tun würde. Jedenfalls stand nirgendwo etwas über das, was der Doktor mit uns angestellt hatte. Wahrscheinlich hatte Buster sich das alles nur ausgedacht, und ich hatte es mir gefallen lassen, daß er mich in den Wald schleppte, obwohl ich mich dafür heimlich aus dem Haus schleichen mußte. Der Doktor hatte Miss Janey (das ist die Frau, bei der ich wohne) nämlich eingeschärft, daß ich ein paar Tage Ruhe bräuchte, und sie war fest entschlossen, sich an seine Vorschriften zu halten. So wie die sich aufführte, hätte man denken können, sie selbst sei es, die operiert worden wäre – aber das ist nun mal eine Operation, mit der keine Frau je angeben kann.

Na, jedenfalls waren Buster und ich im Wald gewesen, und jetzt stürmten wir in der rasch hereinbrechenden Dunkelheit hinunter zum Rummelplatz. Meine Wunde hatte angefangen zu pochen, und der Verband scheuerte, aber nach der nächsten Wegbiegung sah ich das Zelt und die Fackeln und die herbeiströmenden Menschen schon vor uns. Ein sanfter Wind wehte uns hügelaufwärts entgegen, und ich konnte fast die Zuckerwatte und die Hamburger und das Kerosin der Fackeln riechen. Wir blieben einen Augenblick lang stehen, um zu verschnaufen; Buster stand kerzengerade und zeigte mit einer weit ausholenden Geste nach unten, wie ein Indianerhäuptling im Film, wenn er seinen Kriegern und dem Großen Geist mitteilen will, daß er gleich einen Siedlertreck überfallen wird.

»Mächtig großes … Tipi … dort drüben«, sagte er nach Indianermanier. »Rauchsignal sagen … Schwarzfußindianer … machen … mächtig viel … Gestank, wenn tanzen in Tennisschuhen!«

»Uff«, sagte ich und neigte mein plötzlich federgeschmücktes Kriegerhaupt. »Uff!«

Mit starrer Miene machte Buster eine weit ausholende Handbewegung von Osten nach Westen. »Heiliger Rauch sagen … mächtig … großer Gestank! Qualmende Socken …!« Er schlug sich mit der Faust gegen die flache Hand, und ich betrachtete seine geblähten Wangen und mußte lachen.

»Heiliger Rauch sagen, du erzählen mächtig viel Blödsinn«, sagte ich. »Komm, laß uns zusehen, daß wir schnell da runterkommen.«

Wir liefen an ein paar Bäumen vorbei, und Busters Kochgeschirr klapperte. Ringsum war alles ruhig, bis auf die Vögel in den Bäumen.

»Mann«, sagte ich, »du machst einen Lärm wie ein Maultiergespann in voller Montur. Ein indianischer Kundschafter macht nicht soviel Krach beim Laufen.«

»Ich jetzt nix Kundschafter«, sagte er. »Ich jetzt gehen zu mächtig großem Powwow bei stinkigem Fest von räudigen Hunden!«

»Ja klar, aber wenn du hier im Wald so einen Lärm veranstaltest, wirst du skalpiert«, erwiderte ich. »Die anderen Indianer interessieren sich nen Scheißdreck für so ein Fest – was haben die schon mit dem Rummelplatz zu schaffen? Die skalpieren dich, eh du dich versiehst!«

»Skalpieren?« sagte er, und jetzt redete er wie ein Schwarzer. »He, Mann – der blöde Doktor hat mich doch letzte Woche schon skalpiert. Hätte mir beinahe die ganze Rübe abgeschnitten!«

Ich fiel fast um vor Lachen. »Lieber Gott, sei uns gnädig«, lachte ich. »Wir sind nur zwei arme skalpierte Indianer!«

Buster taumelte und klammerte sich an einen Baum. Der Doktor hatte gesagt, danach wären wir Männer, und Buster hatte geantwortet, daß er, Teufel noch mal, längst ein Mann sei – und daß er ein *Indianer* sein wolle. Wir hatten nicht daran gedacht, daß wir am Ende skalpierte Indianer sein würden.

»Du hast recht, Mann«, sagte Buster. »Seit der mir so gründlich die Haut abgezogen hat, muß ich völlig übergeschnappt sein. Deswegen hab ich es so eilig, runter zu den anderen Irren zu kommen. Ich will mittendrin sein, wenn's losgeht und die so richtig auf die Pauke hauen.«

»Klar wirst du mit dabei sein, Häuptling Kahler Kopf«, sagte ich.

Er sah mich fragend an. »Was glaubst du, was der alte Doc mit unseren Skalps angestellt hat?«

»Der hat sich Kutteln damit gekocht, Mann.«

»Du spinnst«, sagte Buster. »Der hat wahrscheinlich Angelköder draus gemacht.«

»Wenn er das getan hat, dann verlange ich eine Billion, nein, eine Trillion Dollar Schadenersatz – in bar«, sagte ich.

»Vielleicht hat er sie der alten Tante Mackie gegeben, Mann. Jede Wette, daß die damit einen *tollen* Zaubertrank brauen könnte!«

»O Mann«, sagte ich, und mir war plötzlich ganz kalt, »laß mich bloß zufrieden mit der Alten, die ist eine Hexe.«

»Lieber Himmel, wieso hat eigentlich alle Welt so eine Heidenangst vor der? Die soll sich bloß mal mit mir oder meinem Vater anlegen, dann werd ich's ihr schon zeigen.«

Ich schwieg – ich hatte wirklich Angst. Denn obwohl ich die Alte Tag für Tag in der Stadt sah, war sie für mich wie der Mond, vertraut und doch fremd und geheimnisvoll; und der Klang ihres Namens weckte blankes Entsetzen:

Ho, Tante Mackie, die du mit den Geistern sprichst, die du Unheil verkündest und allein in einer Hütte hausest, unten am Fluß, inmitten von Sonnenblumen, Purpurwinden und seltsamen Zauberpflanzen (Yao, wie Buster in unserer indianischen Phase gesagt hätte, Yao!); *runzelgesichtige alte Tante Mackie mit deinem Stock, kreischend und zeternd in der Nacht, glotzäugig und böse, bald poetisch verzückt, bald rasend vor Wut; Tante Mackie, die du glühende Reden hältst in den geschäftigen Straßen der Stadt, die du laut schreiend hinter Kindern herjagst, tabakschnupfende Hellseherin; Tante Mackie mit deinen schmierigen Kopftüchern, verkrumpelten Baumwollschürzen und alten Männerschuhen; Tante Mackie, niemandes Schwester und doch unser aller Tante* (Ho, Yao!); *Wahrsagerin, Hexe, die du über mächtigen, todbringenden Zauber gebietest* (Yah, Yao!); *Tante Mackie, die du uns allen so fern bist und doch immer unter uns, du, bei der die Farmer nächtens Rat suchen für Ernte und*

Vieh (Yao!); *Kräuterhexe, Wurzelweiblein, Orakel selbst der Ölsucher* – (Yaaah-Ho!). All das schwang in ihrem Namen mit, und als ich ihn hörte, erschauderte ich. Nun, da der Name einmal gefallen war, war der Spaß für mich zu Ende; ich überließ das Feld Buster, dem Hartgesottenen.

Sogar manche Erwachsenen – Schwarze wie Weiße – hatten Angst vor Tante Mackie, und alle Kinder außer Buster. Buster lebte am Stadtrand und ließ sich von Tante Mackie ebensowenig beeindrucken wie von den Strafen für Schulschwänzer und von anderen Autoritäten, denen wir übrigens mit Ehrfurcht begegneten. Und weil ich sein Freund war, schämte ich mich meiner Angst.

Meist war ich in seiner Gegenwart mutiger als sonst. So wie vor zwei Jahren, als wir mit nichts als unseren Steinschleudern, einem Stück Speck und einer Pfanne in den Wald gezogen waren und uns da drei Tage lang von selbsterlegten Kaninchen, wildwachsenden Beeren und Maiskolben, die wir auf den Feldern stibitzten, ernährt hatten. Zum Schlafen rollten wir uns in unsere Steppdecken, und nachts erzählte Buster von all den herrlichen Dingen, die uns erwarteten, wenn wir erst erwachsen waren und unsere Heimatstadt und Familie verließen. Ich hatte keine Familie, nur Miss Janey, die mich nach dem Tod meiner Mutter aufgenommen hatte (meinen Vater kannte ich nicht), so daß mir der Gedanke wegzugehen immer sehr sympathisch war, und in der Dunkelheit rings um mich her lockten die schemenhaften Umrisse der herrlichen Zukunft, von der Buster so gerne sprach, und sie schillerte in den schönsten Farben. Und selbst als nicht weit von uns ein Bär durchs Unterholz stapfte, selbst als wir das unheimliche Heulen eines Kojoten in der Dunkelheit hörten und tatsächlich vom lautlosen Flügel einer Eule gestreift wurden, hatte Buster keine Angst, und seine Unerschrockenheit ließ auch mich mutig werden.

Doch Tante Mackie war, was Bedrohungen anging, eine Klasse für sich, und ich zollte ihr meinen Respekt, indem ich sie fürchtete.

»Hör dir bloß diese Bläser an!« rief Buster. Und jetzt perlte der Klang durch die Bäume wie farbige Murmeln, die in der Sommersonne blitzten.

Wir setzten uns wieder in Bewegung. Ich hielt Schritt mit Buster und war wieder bester Laune, denn ich wollte auch dabeisein auf dem Rummelplatz, mittendrin in dem ganzen Gewühle aus schwitzenden und lachenden Menschen und all den aufregenden Dingen, die es da zu sehen gab.

»Hör dir das an, Mann«, sagte Buster. »Die spielen ›Amazing Grace‹. Komm, laß uns Gas geben!«

Im Laufen tanzte die Welt zu unseren Füßen. Plötzlich tauchte aus der Dunkelheit ein gewaltiges Riesenrad auf; es drehte sich langsam, und seine roten und blauen Lichter sahen aus wie Tautropfen an einem riesigen Spinnennetz in der Morgenfrühe. Und wir hörten den schmetternden Ruf der Band und dazwischen, wie kurze, aufdringliche Gewehrsalven, die Stimmen der Marktschreier.

»Hör dir die Posaune an, Mann«, sagte ich.

»Klingt, als ob er mit der ganzen Welt das Zwölferspiel spielen will.«*

»Und was sagt er, Buster?«

»Er sagt: ›Eure Mamas gehen ohne. Ob jung, ob Matrone, sie gehen unten ohne ...‹«

»Ohne was, Mann?«

* »Playing the dozens« oder »playing the twelves« ist ein ritualisiertes Sprachspiel mit jugendlichen, meist männlichen, stets schwarzen Teilnehmern. Ziel des Spiels ist es, den Gegner im Erfinden von – häufig gereimten – Beleidigungen und Obszönitäten über dessen weibliche Familienmitglieder zu übertrumpfen. Derjenige, dem als erstem das Lachen vergeht und der anfängt, die Beschimpfungen ernst zu nehmen, hat verloren. (A. d. Ü.)

»Ohne Unterhosen, du Blödmann; er spricht von Unterhosen!«

»Woher willst du das denn wissen?«

»Na, ich hab's schließlich gehört, oder?«

»Klar, aber vergiß nicht, du bist skalpiert. Du spinnst. Woher will der denn wissen, was anderer Leute Mamas anhaben?« fragte ich.

»Er sagt, er hat es mit seinem großen Auge gesehen.«

»Verdammt! Der Kerl ist ein Spanner. Und was ist mit den anderen Instrumenten?«

»Also die Tuba da drüben sagt:

Die wolln es nicht spielen, das weiß ich genau.
Die könn es nicht spielen, das weiß ich genau.
Denn die ham keine Ahnung vom Zwölferspiel ...«

»Mann, du bist ein skalpierter Irrer. Und was ist mit der Trompete?«

»Die Trompete? Der Kerl ist ein Kämpfer, der geht ordentlich zur Sache. Er sagt:

Also ihr wollt es nicht spielen, aha?
Ihr könnt es nicht spielen, aha?
Stampft ruhig mit den Füßen und klatscht in die Hände,
Denn ich werd es spielen bis zum bitteren Ende ...

Mann, wenn die Weißen eine Ahnung hätten, was der Kerl da auf der Trompete spielt, würden sie ihm glatt den Hals umdrehen. Die Trompete, die hat wirklich ein böses Mundwerk.«

»Und wieso hast du gesagt, daß er ein Kämpfer ist?« fragte ich.

»Weil sie ihn bei dem Spiel nicht zu fassen kriegen und er sie trotzdem aufs Korn nimmt. Er erzählt ihnen was über ihre Mamas und fordert sie heraus. Er ist ganz anders als die Klarinette drüben; die Klarinette redet ihre Gemeinheiten so zuckersüß daher, daß sie einen regelrecht einlullt.«

»Hör mal, Buster«, sagte ich, jetzt ganz ernst. »Wenn wir Pfadfinder sein wollen, dürfen wir nicht mehr so rumfluchen und das Zwölferspiel spielen. Weiße Jungs spielen so was nicht.«

»Da hast du verdammt recht«, sagte er, und die Truthahnfeder über seinem Ohr nickte. »Die bringen das nicht fertig. Aber wer will schon sein wie die Weißen? Also ich, ich werd auch als Pfadfinder noch das Zwölferspiel spielen! Das geht doch gar nicht anders, bei den Leuten, die wir so kennen. Sonst weiß man ja gar nicht, was man sagen soll, wenn die anfangen, einen zu piesacken, und man hat nie seine Ruhe. Entweder redet man besser oder schneller als die anderen, oder man muß stärker sein, und ich hab keine Lust, die ganze Zeit wegzurennen oder mich rumzuprügeln. Mach dir mal keine Gedanken um die weißen Jungs.«

Wir gingen weiter in der wachsenden Dunkelheit. Ich konnte schon ein paar Sterne erkennen, und plötzlich war auch der Mond da. Er tauchte schmal und messerscharf hinter einem dünnen Wolkenschleier auf, und im gleichen Augenblick hörte ich ein neues Geräusch und sah mich mit einer bösen Ahnung um. Links von uns war ein Hund, ein großer Hund. Ich verlangsamte meine Schritte und sah die Umrisse eines Lattenzauns und die seltsamen Schattengebilde, die in Tante Mackies Garten lauerten.

»Was'n los, Mann?« fragte Buster.

»Hörst du das?« antwortete ich. »Das ist der Hund von Tante Mackie. Als ich letztes Jahr hier vorbeigekommen bin, hat er sich rangeschlichen und mich *durch* den Zaun gebissen, als ich überhaupt nicht damit gerechnet hab ...«

»Psst, Mann«, flüsterte Buster, »der verdammte Bastard ist irgendwo da drin. Überlaß ihn ruhig mir.«

Wir tasteten uns Stückchen für Stückchen voran und hörten den Hund in der Dunkelheit knurren. Als wir mit ihm auf einer Höhe waren, warf er sich mit seinem ganzen Gewicht gegen den Zaun und zerrte an seiner Kette. Wir zögerten; Buster hatte mir die Hand auf den Arm gelegt. Ich löste meinen schweren Gürtel mit dem Kochgeschirr, und als ich ihn in der Hand hielt, fühlte ich mich plötzlich ganz leicht. Mit der Rechten umklammerte ich meine Axt.

»Laß uns lieber zurückgehen und den anderen Weg nehmen«, flüsterte ich.

»Bleib ganz ruhig stehen, Mann«, erwiderte Buster.

Der Hund warf sich erneut gegen den Zaun und bellte heiser; in der Pause nach dem heftigen Aufprall hörte ich die Musik in der Ferne.

»Komm schon«, drängte ich. »Wir nehmen den anderen Weg.«

»Nein, verdammt noch mal! Wir gehen jetzt hier durch. Ich laß mir doch nicht von so einem Köter angst machen, Tante Mackie hin oder her. Los!«

Zitternd näherte ich mich dem wütenden Hund, dann spürte ich, wie Buster erneut stehenblieb, und hörte, daß er seinen Rucksack absetzte und etwas herauszog, was in Papier gewickelt war.

»Hier«, sagte er, »nimm mein Zeug und komm mit.«

Ich nahm seine Sachen und folgte ihm und hörte, wie er mit plötzlich vor Angst und Wut bebender Stimme sagte: »Hier, du großmäuliges Arschloch. Mal sehen, wie dir ein Sumpfhuhn schmeckt.« Im selben Augenblick stolperte ich über die Riemen seines Rucksacks und ging zu Boden. In wildem Entsetzen kroch ich auf allen vieren weiter, und während ich noch verzweifelt versuchte, mich von meinen Fesseln zu befreien, hörte ich, wie der Hund knurrte und etwas knirschend zwischen seinen Kiefern zermalmte. »Friß, du Ungeheuer«, sagte Buster. »Bin gespannt, wer von euch zäher ist.« Inzwischen versuchte ich aufzustehen, strauchelte und brachte in der Dunkelheit unter großem Getöse einen alten Küchenherd zu Fall. Der Zaun hatte an einer Stelle eine Lücke, und in meiner Panik war ich in den Garten geraten. Jetzt hörte ich den Hund drohend bellen und auf mich zustürzen, soweit er mit seiner Kette konnte, dann wieder zurück zu dem Huhn; die dunkle Gestalt schnellte auf mich zu, wurde von der schweren Kette jäh zurückgerissen und wandte sich wutschnaubend dem zerfetzten Vogel zu. Bei dem Versuch, wieder zu Buster zurückzukommen, stolperte ich über den Herd und ein paar Kisten und geriet zwischen riesige Sonnenblumen, und dann sah ich das erleuchtete Fenster und merkte, daß ich geradewegs auf die Hütte zugekrochen war. Ich drückte mich an die seidig glatte, verwitterte Holzwand und richtete mich auf. Und dann sah ich im Lampenlicht des Zimmers, eingerahmt vom Fenster, eine Frau.

Eine braunhäutige, nackte Frau mit langen schwarzen Haaren, die ihr bis über die Schultern fielen. Ich sah den anmutigen Schwung ihres Rückens, als sie sich wie in einem langsamen Tanz hin- und herwiegte und Hände und Körper bewegte, als ob sie etwas umarme, etwas, das ich nicht sehen konnte und das sie dennoch lustvoll an sich zog; ein junger, mädchenhafter Körper mit schlanken, wohlgeformten Hüften. *Aber wer ist das?* durchzuckte es mich, und zugleich hörte ich Buster hinten in der Dunkelheit rufen: *He, Mann; wo steckst du? Sag bloß nicht, du hast dich verdrückt!* Und ich wollte wirklich weg, schnell weg – doch im selben Augenblick hob sie ein Glas von dem wackligen, alten, runden weißen Tisch und trank, und dabei drehte sie sich langsam um; den Kopf in den Nacken gelegt, drehte sie sich langsam im Lampenschein, und sie trank bedächtig, während sie sich drehte, ganz langsam; bis sie mir ihren blühenden Frauenleib ganz zugewandt hatte.

Ich stand wie gebannt und beobachtete die ungleichmäßige Bewegung ihrer Brüste unter der Flüssigkeit, die im sanften Auf und Ab des Atems in zwei glitzernden Rinnsalen über ihren Körper floß. Dann setzte sie das Glas ab, und mir wurde ganz weich in den Knien. Es war, als ob die Luft lautlos explodierte. Ich schüttelte den Kopf, aber das Bild, das ich vor mir sah, verschwand nicht, und plötzlich wollte ich laut lachen und schreien zugleich. Denn auf den glatten Schultern dieser mädchenhaften Gestalt saß das runzlige Gesicht der alten Tante Mackie.

Ich hatte noch nie eine nackte Frau gesehen, nur ganz kleine Mädchen und ein- oder zweimal ein mageres Mädchen in meinem Alter, aber die sahen aus wie Jungen, bis auf den einen Unterschied. Und die paar Kalenderbilder, die ich gesehen hatte, waren nun mal nicht lebendig und zeigten auch keine Frau, die man zu kennen glaubte, weil man ihr in den Straßen der Stadt begegnet war; und sie waren nicht so widersprüchlich, hatten kein runzliges Gesicht, das nicht zu dem jungen Körper passen wollte. Und so kam zu der Angst vor Strafe, weil ich heimlich zum Fenster hineingesehen hatte, das Entsetzen über ihre rätselhafte Erscheinung. Und doch konnte ich mich nicht losreißen. Ich war fasziniert, ich hörte den Hund knurren, ich fühlte den wohligen Schmerz unter meinen Bandagen stärker werden – und zugleich war ich entsetzt, daß diese trügerische alte Frau solche Gefühle in mir wecken, daß sie unter ihren alten, schäbigen Lumpen so jung sein konnte.

Jetzt tanzte sie wieder; sie hatte mich immer noch nicht bemerkt, und das Licht glitt über ihren Körper, wie er sich wiegte und die Luft oder unsichtbare Geister oder was immer es sein mochte umarmte. Bei jeder Bewegung umspielte das üppige, nachtschwarze Haar, das sie sonst immer unter ihrem schmutzigen Kopftuch verbarg, die Schultern. Und wenn sie sich zur Seite drehte, sah ich unter den erhobenen

Armen das sanfte Wiegen ihrer Brüste. *Das kann doch nicht sein*, dachte ich, *das kann einfach nicht sein,* und drängte mich noch näher heran, denn ich wollte alles sehen und alles wissen. Aber ich hatte die Axt in meiner Hand vergessen, und als ich damit gegen die Hauswand stieß, drehte sie sich rasch zum Fenster um, und ich sah ihr Hexengesicht. Ich stand wie versteinert, obwohl ich den knurrenden Hund hörte, der immer noch mit seinem Vogel beschäftigt war, und obwohl ich genau wußte, daß ich eigentlich fliehen sollte, denn schon kam sie auf das Fenster zu; ihr Schatten flog ihr voraus, und das Haar stand wild in alle Richtungen – wie Schlangen, die sich bei der Frühjahrsüberschwemmung auf einem morschen Baumstamm ringeln. Dann hörte ich Busters heiseres *He, Mann! Wo zum Teufel steckst du?,* aber da zeigte sie schon mir dem Finger auf mich und begann zu schimpfen. Ich wich zurück, und als ich, die Axt noch immer fest im Griff, in der Dunkelheit stürzte, sah ich den sichelförmigen Mond blitzschnell vorbeifliegen, ehe ich mit dem Kopf aufschlug.

Als ich mit einem Schreck wieder zu mir kam, hielt mich jemand im Arm; es war hell, und als ich aufblickte, sah ich ihr Gesicht. Da kehrte die Erinnerung mit einem Schlag zurück; ich mußte wieder an den Widerspruch zwischen ihrem geschmeidigen, glatten Körper und dem runzligen Gesicht denken, und das versetzte mich jäh in freudige und um so schmerzhaftere Erregung. Sie drückte mich fest an sich. Ihr Atem streifte mich, vermischt mit einem Hauch von Alkohol, und sie murmelte etwas, das klang wie »So ein kleiner Teufel. Hast du erst genippt am Wein, kannst du nie mein Liebster sein! Das hab ich ihm gesagt, verstehst du? Nie«, wiederholte sie mit lauter Stimme. »Verstehst du?«

»Ja, Miss …«

»Nie, nie, NIE!«

»Nein, Miss«, sagte ich und sah, wie sie mich mit zusammengekniffenen Augen musterte.

»Du bist noch jung, aber ihr Jungen, ihr versteht das, ihr kleinen Teufel. Was hattest du in meinem Garten zu suchen?«

»Ich habe mich verirrt«, sagte ich. »Ich war zu Pfadfinderprüfungen draußen und war auf dem Rückweg, und ich wollte nur an Ihrem Hund vorüber.«

»Deswegen also der Lärm«, sagte sie. »Hat er dich gebissen?«

»Nein, Miss.«

»Natürlich nicht. Bei Neumond beißt er nie. Aber mir kommt es doch eher so vor, als hättest du dich in meinen Garten geschlichen, um mir nachzuspionieren.«

»Nein, Miss, das ist nicht wahr«, beteuerte ich. »Ich hab nur zufällig das Licht gesehen, als ich da draußen herumgestolpert bin und den Weg gesucht habe.«

»Ein ziemlich großes Beil, das du da mit dir herumträgst«, sagte sie und blickte hinunter zu meiner Hand. »Was hattest du damit vor?«

»Das ist so eine Art Pfadfinderaxt«, sagte ich. »Die hab ich im Wald gebraucht, um mir einen Weg …«

Sie sah mich skeptisch an. »So so«, sagte sie, »du läufst also mit einem großen Beil durch die Gegend und hast mir heimlich zugesehen. Jetzt wüßte ich nur gern, ob du auch trinkst. Hast du jemals Wein getrunken?«

»Wein? Nein, Miss.«

»So, trinken tust du also nicht; gehst du denn auch immer brav in die Kirche?«

»Ja, Miss.«

»Und bist einer von den Auserwählten, kein Abtrünniger?«

»Jawohl.«

»Gut«, sagte sie und schürzte die Lippen. »Dann kannst du mich jetzt küssen.«

»MISS?«

»Ganz recht. Du hast alle Prüfungen bestanden, und du hast bei mir zum Fenster hereingesehen ...«

Sie saß mit mir auf einer Art Feldbett, hielt mich im Arm, als sei ich drei Jahre alt, und lächelte wie ein junges Mädchen. Ich sah ihre schönen weißen Zähne und die langen borstigen Haare an ihrem Kinn – es war wie ein Alptraum. »Du hast spioniert«, sagte sie, »und jetzt mußt du die Sache auch zu Ende bringen. Küß mich, sage ich, sonst werde ich dir ...«

Ich sah, wie ihr Gesicht immer näher kam, und spürte ihren warmen Atem; da schloß ich die Augen und versuchte, meinen Abscheu zu überwinden. *Es ist genau wie wenn man eins von den verschwitzten Weibern in der Kirche küßt*, sagte ich mir, *eine von Miss Janeys Freundinnen.* Aber es half alles nichts, und ich spürte, wie sie mich an sich zog, und unsere Lippen trafen sich. Ihr Mund war trocken und fest und schmeckte nach Wein, und ich hörte sie seufzen. »Noch mal«, sagte sie, und wieder fanden meine Lippen die ihren. Und plötzlich drückte sie mich an sich, und ich spürte ihre weichen Brüste, als sie nochmals seufzte.

»Guter Junge«, sagte sie; ihre Stimme klang freundlich, und ich öffnete die Augen. »Das reicht für heute; du bist zu jung und zu alt, aber du bist tapfer. Ein richtiger kleiner schokoladenbrauner Held.«

Erst als sie sich erhob, merkte ich, daß meine Hand den Weg an ihre Brust gefunden hatte. Ich zog sie schuldbewußt zurück, und mein Gesicht glühte vor Verlegenheit.

»Du bist ein lieber, tapferer Junge«, sagte sie und sah mir tief in die Augen, »aber du wirst vergessen, was du heute abend hier gesehen hast.«

Ich setzte mich auf, und nun stand sie vor mir und betrachtete mich mit einem geheimnisvollen Lächeln. Ich sah ihren Körper aus der Nähe, im trüben gelben Licht, sah das unerwartet seidige schwarze Haar, in das sich hie und da eine graue Strähne mischte, und plötzlich mußte ich weinen und haßte mich dafür, weil ich mich so wenig in der Gewalt hatte. Mit Tränen in den Augen sah ich meine Axt am Boden liegen, und ich überlegte, wie sie mich wohl in die Hütte geschafft hatte.

»Was ist denn los, Junge?« fragte sie. Und mir fehlten die Worte, um ihr zu antworten.

»Ich habe gefragt, was mit dir los ist!«

»Ich hab Schmerzen, da wo ich operiert bin«, sagte ich aus lauter Verzweiflung, denn ich wußte, daß meine Tränen viel zu kompliziert waren, um sie in einfache Worte zu fassen.

»Was denn für eine operierte Stelle?«

Ich wandte den Blick ab.

»Sag mir, wo es weh tut, Junge«, drängte sie.

Ich sah ihr in die Augen, und ihr Blick schien mich zu durchdringen, bis ich ihr zögernd zeigte, wo mein Schmerz saß.

»Mach auf, damit ich mir's ansehen kann«, sagte sie. »Du weißt doch, daß ich Krankheiten heilen kann, oder?«

Ich neigte den Kopf, immer noch zögernd.

»Also nun mach schon auf. Wie soll ich denn durch die ganzen Kleider etwas sehen können?«

Mein Gesicht brannte jetzt wie Feuer, und der Schmerz schien nachzulassen; aber ich spürte, wie es unter dem Verband feucht wurde. Sie ließ nicht locker, und so zog ich die Hose herunter und entdeckte einen roten Flecken auf der Mullbinde. Ich lag da und wagte vor Scham nicht den Blick zu heben.

»Hmmmmmmm«, sagte sie. »Ein kleiner Lümmel mit Kopfschmerzen!« Ich traute meinen Ohren nicht. Und dann sah sie mir in die Augen und grinste.

»Zurechtgestutzt«, lästerte sie mit ihrer hohen Altweiberstimme, »zurechtgestutzt. Junge, die haben dich zurechtgestutzt. Ich kann Krankheiten heilen, aber die gestutzten Stellen kann ich deinem Stämmchen auch nicht wieder aufpfropfen – halt, bleib noch einen Augenblick lang liegen.«

Sie hielt inne, und ich sah, wie sei ihre Hand ausstreckte, mit drei krallenartigen Fingern sanft nach mir griff und dabei den Verband untersuchte.

Beschämt und wütend starrte ich sie an, erfüllt von jäh aufflammendem Zorn und trotzigem Stolz. *Ich bin ein Mann,* sagte ich mir. *Ich bin trotz allem ein Mann!* Aber ich konnte ihrem Blick nur kurz standhalten, denn sie musterte mich mit einem merkwürdigen Funkeln in den Augen. Dann glitt mein Blick nach unten, und ich zwang mich, sie jetzt ganz unverhohlen anzusehen, ihren tiefbraunen Körper im Lampenlicht, das mir all ihre Rundungen aus Fleisch und Blut nun vollends enthüllte. Und in diesem Augenblick fand ich sie rätselhafter denn je, denn nun war es, als sei auch ihre Nacktheit nur ein Schleier, genau wie die alten, formlosen Kleider, die sie sonst trug. Und dann sah ich auf der Wölbung ihres Bauchs eine große, ungleichmäßige, halbmondförmige Narbe.

»Wie alt bist du, Junge?« fragte sie, und ihre Augen waren plötzlich ganz groß.

»Elf«, antwortete ich. Und es war, als hätte ich einen Schuß abgefeuert.

»Elf! Mach, daß du rauskommst«, schrie sie und taumelte mit weit aufgerissenen Augen rückwärts, wo sie auf dem Tisch nach ihrem Glas suchte. Dann riß sie einen alten grauen Morgenrock von einem Stuhl und tastete vergebens nach der Kordel zum Zubinden. Ich ließ sie nicht aus den Augen, auch als ich mich hinkniete, um meine Axt aufzuheben, und einen heftigen Schmerz spürte. Dann richtete ich mich auf und versuchte, meine Hosen hochzuziehen.

»Raus mit dir, du kleiner Halunke«, sagte sie. »Sieh bloß zu, daß du verschwindest. Und wenn ich je erfahre, daß du was über mich erzählt hast, dann knöpf ich mir deinen Papa vor, und deine Mama auch. Ich zahl's ihnen heim, hörst du?«

»Ja, Miss«, sagte ich, und mir war, als hätte ich plötzlich meinen ganzen Männermut verloren, nun, wo mein Verband wieder versteckt und ihr rätselhafter Körper unter dem alten grauen Morgenmantel verschwunden war. Aber wie wollte sie sich meinen Vater vorknöpfen, wenn ich gar keinen hatte? Oder meine Mutter, wo sie doch längst tot war?

Ich schob mich rückwärts nach draußen in die Dunkelheit. Sie warf die Tür hinter mir zu, und ich sah, wie das Licht im Fenster heller wurde und ihr Gesicht zu mir herausblickte; ich war mir nicht sicher, ob sie finster dreinschaute oder lächelte, aber von den Runzeln war im Schein der Lampe nichts zu sehen. Im Weggehen stolperte ich über unsere Rucksäcke und hob sie auf.

Als ich näherkam, erhob sich der Hund, ein riesiger Schatten mit leuchtenden grünen Augen, aber diesmal hatte er nur ein leises, gelangweiltes Knurren für mich übrig. *Buster weiß, wie man mit dir umgeht*, dachte ich. *Aber wo ist er hin?* Dann hatte ich den Zaun hinter mir und war wieder auf der Straße.

Ich wollte laufen, doch ich hatte Angst, daß die Schmerzen wiederkommen würden, und als ich langsam weiterging, sah ich sie ständig vor mir, wie sie mir den Rücken zugewandt hatte, ihre geschmeidigen, gar nicht trunkenen Bewegungen. Es war, als tanzte sie mit sich selbst, und doch zugleich wie ein Gebet, nur daß sie nicht niederkniete. Dann hatte sie sich umgedreht und mir ihr vertrautes Gesicht gezeigt. Ich beschleunigte meine Schritte, und plötzlich schienen all meine Sinne zu neuem Leben erwacht. Ich hörte den Gesang eines Nachtvogels und den hellen Ruf einer Wachtel. Zu meiner Rechten, im Fluß, sprang ein mondsüchtiger Fisch, und ich sah, wie die Wassertropfen im hohen Bogen aufspritzten. Die Luft war erfüllt vom Duft der Glyzinien und Mondwinden. Und auf meinem Weg durch die Nacht dachte ich an den warmen, verlockenden Hauch ihres Körpers, doch dann, als der Ruf des Jahrmarkts mich wieder erreichte, erschien mir alles nur noch wie ein ferner Traum. Die Bilder verblaßten, wurden schemenhaft; nichts paßte mehr zueinander. Aber mein Schmerz war noch da, und ich selbst war noch da, und ich rannte durch die Nacht, hin zu der kleinen, ziemlich lauten Band. Das war wirklich, das wußte ich, und ich blieb auf dem Weg stehen und blickte zurück zu der schwarzen Silhouette der Hütte und zu dem schmalen Mond darüber. Hinter der Hütte erhob sich der Hügel mit dem düsteren Wald, und ich wußte, daß der See noch immer dort verborgen lag und daß der Mond sich darin spiegelte. Alles war wirklich.

Einen Augenblick lang hatte ich mich viel älter gefühlt – als sei ich in rasendem Tempo viele Jahre weit in die Zukunft geschleudert worden und ebensoschnell wieder zurückgekommen. Ich versuchte mich zu erinnern, wie es gewesen war, als ich sie geküßt hatte, doch auf meinen Lippen und meiner Zunge fand ich nur noch eine leise Spur von Wein. Sonst war alle Erinnerung verschwunden, und wohl für immer; alles bis auf das Bild der borstigen Haare an ihrem Kinn. Und dann vernahm ich wieder den gebieterischen Ruf der Bläser und machte mich auf den Weg zum Rummelplatz. Doch wo war der andere skalpierte Indianer; was war aus Buster geworden?

HYMIES BULLE

Wir waren einfach nur auf Achse, ohne bestimmtes Ziel, denn die Hoffnung auf Arbeit hatten wir längst aufgegeben. Wir zogen einfach ziellos durch die Gegend. [Zehn schwarze Jungs auf einem Güterzug der Louisville and Nashville Railroad.] Von Birmingham waren wir rauf nach Chicago zur Weltausstellung gefahren, aber die Bullen hatten uns gleich auf dem Güterbahnhof abgefangen und zurückgeschickt, allerdings nicht ohne uns ein paar Beulen als Souvenirs mit auf den Weg zu geben. Wenn dir je ein Bulle so nahe gekommen ist, daß er dir ohne weiteres ein paar überziehen kann, während du oben über einen Güterwaggon robbst und dich aus dem Staub machen willst, weil du genau weißt, daß er außer seinem schweren Knüppel auch noch eine Knarre hat, dann weißt du auch, wie es ist, wenn er sich eine empfindliche Stelle an deinem Kopf aussucht und mit seinem Knüppel drauf eindrischt wie jemand, der mit einem Hammer schwarze Walnüsse knackt; und wenn er dir je auf die Finger getreten ist, als du versucht hast, seitlich am Waggon hinunterzuklettern, weil du nicht einfach vom fahrenden Zug springen wolltest, wie er es verlangt hat – wenn er dir da mit seinen schweren Stiefeln auf die Finger getreten ist und sie mit dem Absatz zerquetscht hat wie eine Kakerlake und dir, als du immer noch nicht loslassen wolltest, mit seinem Knüppel auf die Finger geschlagen hat, bis du schließlich doch losgelassen hast; und wenn du danach über den Schotter gerollt oder mit dem Gesicht nach unten mitgeschleift worden bist, schneller als die Telegrafenmasten am Zug vorbeiflitzen, dann kannst du auch verstehen, wieso wir froh waren, daß wir mit ein paar Beulen am Kopf davongekommen waren. Vor allem wenn du bedenkst, daß die Bullen in Chicago schwarze Tramps ungefähr so hassen wie Texas Slim, der unsereinen genauso schnell umbringen würde, wie er eine Schwarzdrossel vom Zaun schießt.

Als Tramp sollte man den Bullen möglichst aus dem Weg gehen. Das sind wahre Meister im Draufschlagen, und sie sind immer schnell bei der Hand. Die wissen genau, wo sie hinschlagen müssen, um dir die Knochen zu Brei zu schlagen, und sie haben, scheint's, einen siebten Sinn dafür, wo sie hintreten müssen, damit es dir vorkommt, als ob dein Rückgrat zerkrumpelt wird wie die alten Trinkbecher aus Zelluloid, die wir als Kinder hatten. Einmal hat mich ein Bulle genau aufs Nasenbein getroffen, und da dachte ich wirklich, ich löse mich in meine sämtlichen Bestandteile auf wie eine Kippe, die im Pissoirbecken schwimmt. Die schlagen dir so auf den Kopf, daß dir unten die Schuhe wegfliegen.

Aber manchmal ziehen die Bullen auch den kürzeren, und jedesmal wenn so ein Bulle nach einem Einsatz vermißt wird und sie ihn übel zugerichtet und blutüberströmt, manchmal auch tot finden, holen sie als erstes die schwarzen Tramps von den Güterzügen. Meistens ist ihnen vollkommen egal, wer es getan hat, solange nur irgendein Schwarzer dafür büßt. Aber wenn dir einer erzählt, daß die Niggertramps die einzigen sind, die mit nem Messer rumlaufen, dann kannst du sicher sein, daß das blödes Bullengeschwätz ist, denn die Geschichte, die ich dir jetzt erzähle, die handelt von einem Weißen aus Brooklyn, einem Tramp namens Hymie.

Wir waren mit einem Expreß-Güterzug unterwegs, und

Hymie war von irgendwelchen verdorbenen Sachen schlecht, die er ein paar Meilen vorher in einem kleinen Städtchen geschnorrt hatte, als der Zug anhielt, um seinen Wassertank zu füllen. Vielleicht lag es gar nicht an den Fressalien, sondern an dem alten Topf, in dem er das Zeug danach in unserem Camp gekocht hatte. Wir hatten uns ein schönes Fleckchen dafür ausgesucht, mit Sonnenblumen, die für viel Schatten sorgten. Jedenfalls war Hymie übel, und deswegen saß er oben auf dem Dach. Es war heiß; die Fliegen kamen in Schwärmen in den Waggon, doch nach einer Weile sah man sie gar nicht mehr. Aber Hymie müssen sie schwer zugesetzt haben, denn sein Essen kam ihm dauernd hoch, und das Zeug spritzte durch die Gegend. Die Fliegen müssen wie wild gewesen sein, denn wir konnten sehen, wie alles, was er ausspuckte, an der Tür unseres Waggons vorbeisegelte. Einmal war es ganz rot, wie die roten Kardinalsvögel, die man auf den grünen Feldern neben den Gleisen sehen kann. Und wenn ich es mir jetzt überlege, dann war es vielleicht auch nur einer von diesen Vögeln. Oder etwas ganz anderes, das nur so roch wie der Schweinefraß auf einem Bauernhof.

Wir haben ihm zugeredet, wir wollten, daß er wieder runterkommt, aber er sagte, an der frischen Luft ginge es ihm besser, und da ließen wir ihn in Frieden. Wir spielten Black Jack, mit Zigarettenkippen als Einsatz, und dachten bald gar nicht mehr an Hymie; jedenfalls bis es in dem Waggon so dunkel war, daß man die Karten nicht mehr erkennen konnte. Dann beschloß ich, rauf aufs Dach zu klettern und mir den Sonnenuntergang anzusehen.

Die Sonne stand als große Kugel im Westen; sie sah aus wie ein Basketball auf seinem Flug in den Korb, und es war, als ob der Zug versuchte, den Ball abzufangen, bevor er ins Netz ging. Man konnte riesige Mückenschwärme sehen, die den Güterwaggons folgten wie die Möwen einem Schiff; nur daß bei ihnen die Geräusche, die sie machten, ganz im

Donnern des Zuges untergingen. Über dem Feld flog ein Vogelschwarm pfeilschnell der untergehenden Sonne entgegen, und man konnte sehen, wie die Vögel schräg nach oben schnellten und sich wieder nach unten stürzten, hinauf und hinab; sie segelten und drehten sich im Wind wie Drachen, die sich von ihrer Schnur losgerissen haben.

Ich stand auf dem Dach, wo mir der Wind in die Augen wehte und meine Hosenbeine flattern ließ, und winkte Hymie zu. Er hockte im Schneidersitz über der offenen Entlüftung des Kühlwagens, der direkt vor uns angekoppelt war. In diesem Licht sah er aus, als ob ihn jemand an Händen und Füßen gefesselt und in eine Ecke gesetzt hätte, genau wie in einem Gangsterfilm. Ich winkte Hymie zu, und er winkte kraftlos zurück. Der Zug fuhr jetzt bergab, und die Felder zogen im weiten großen Bogen vorbei, ein Gefühl wie auf einem Karussell. Wenn man da oben versucht zu rufen, klingt die Stimme ganz dünn, wie das Geräusch, das man hört, wenn man am Grund einer Badestelle im Fluß sitzt und Steine aneinanderschlägt. Also winkten wir uns nur zu, Hymie und ich.

Der arme Kerl tat mir leid, wie er so ganz allein da draußen saß. Ich hätte gern etwas für ihn getan, aber in diesen Luxuswaggons mit seitlicher Schiebetür gibt es kein fließendes Wasser, und Tramps sind, wie es scheint, zu blöde, eine Feldflasche mitzunehmen. Und dann dachte ich: Zur Hölle mit Hymie. Noch ein paar Meilen, dann sind wir im Süden, und er steigt ohnehin in einen anderen Waggon um.

Ich stand da oben und lauschte dem Rattern der Räder auf den Gleisen. Manchmal war der Rhythmus ganz gleichmäßig, wie wenn spielende Kinder in den Straßen von Harlem bei Einbruch der Nacht um ein Feuer sitzen und auf leere Kisten trommeln. Ich stand da oben und lauschte, leicht nach vorn geneigt wie ein Skifahrer, damit ich nicht die Balance verlor, und dachte an meine Mutter, die ich zwei Monate zuvor verlassen hatte (es war 1934); damals hatte ich noch keine Ahnung, daß ich einmal mit Güterzügen durch die Gegend trampen würde. Arme Mama, sie hatte sich so sehr bemüht, mich und meinen Bruder zu Hause zu halten, aber sie hatte uns schon viel zu lange durchgefüttert, und wir waren inzwischen erwachsen und konnten ihr das nicht mehr zumuten; also gingen wir fort von zu Hause und machten uns auf die Suche nach einer Arbeit.

Es war schon so dunkel, daß man fast nichts mehr erkennen konnte, als es plötzlich einen heftigen Ruck gab, so daß die ganzen Güterwaggons anfingen, zu schubsen und zu drängeln, als ob sie der Lokomotive ganz vorn einen Stoß geben wollten, damit sie wieder schneller fuhr. Dann sah ich hinüber zu der Stelle, wo Hymie saß, und entdeckte einen Bullen mit einem Knüppel in der Hand, der auf ihn zurobbte. Ich rief Hymie zu, er solle aufpassen, aber der Lärm übertönte meine Stimme, und der Bulle kam ständig näher. Hymie war offenbar eingeschlafen, aber mit den Beinen hielt er sich noch immer an der Entlüftung. Auf einmal packt der Bulle ihn, versucht ihn hochzureißen und fängt sofort an, mit seinem Knüppel auf ihn einzudreschen. Hymie war nun wieder wach, er brüllte und schlug wild um sich; ich konnte sein Gesicht sehen. Von Zeit zu Zeit landete der Knüppel einen Treffer, und ein Schrei wehte herüber zu der Stelle, wo ich kroch; ich war so aufgeregt, daß ich kaum vorankam. Der Güterzug raste weiter wie ein langer schwarzer Hund, und obendrauf hockten wir wie drei Affen und klammerten uns auf seinem Rücken fest – genau wie im Zirkus. Schließlich hatte der Bulle die Knie auf Hymies Brustkorb und würgte ihn; der Knüppel baumelte an einem Lederriemen vom Handgelenk.

Mal versuchte er, Hymie aus dem Gleichgewicht zu bringen und ihn vom Zug zu stoßen, mal drosch er mit seinem Knüppel auf ihn ein. Hymie wehrte sich nach Kräften und angelte dabei mit der Hand nach etwas in seiner Hosentasche. Man konnte sehen, wie der Bulle zuschlug, wie er

Maß nahm und zuschlug, und die ganze Zeit hatte Hymie die linke Hand im Gesicht des Bullen und angelte mit der anderen in seiner Tasche.

Auf einmal sah ich im letzten Licht des Tages etwas aufblitzen – endlich hatte Hymie das Messer draußen. Der Bulle war immer noch mit seinem Knüppel zugange, als Hymie das erste Mal zustach. Ich konnte sehen, wie die Klinge über Hymies Kopf aufblitzte und dann hinabstieß und dem Bullen über beide Handgelenke fuhr, und ich konnte ihn schreien hören, denn ich kam ja immer näher heran und sah, wie er Hymie losließ und wie Hymie sich aufrichtete, wie er das Messer mit schlangenartigen Bewegungen im Bogen hin- und herschwenkte, wie die Klinge hin- und herzuckte, als suche sie genau nach der richtigen Stelle, und wie sie dann dem Bullen an die Kehle ging. Hymie schlitzte dem Bullen die Kehle auf, von einem Ohr zum anderen; dann rammte er ihm das Messer in den Leib und stieß ihn vom Zug. Einen Augenblick lang hing der Bulle in der Luft wie ein Kind, das einen Kopfsprung von einer Brücke macht, dann landete er auf dem Schotter. Ich spürte etwas Warmes im Gesicht und merkte, daß vom Blut des Bullen etwas zu mir herübergeweht war, wie die Wasserspritzer, die man abkriegt, wenn ein Güterzug anhält, um seinen Wassertank aufzufüllen.

Mittlerweile war es dunkel, und Hymie riß sich das Oberhemd vom Leib, warf es seitlich vom Zug und kletterte hinterher. Er hing an der Seite des Waggons, bis der Zug an eine Steigung kam und langsamer wurde. Wir näherten uns einer kleinen Stadt auf einem Hügel. Hie und da waren erleuchtete Fenster zu sehen, wie die Rosinen in einem Kuchen, und als wir näherkamen, bemerkte ich, wie Hymies Anspannung wuchs, bis er sich schließlich vom Waggon fallen ließ. Er prallte hart auf, rollte ein paar Meter und stand dann auf. Aber da waren wir schon so weit weg, daß wir ihn in der Dunkelheit nicht mehr sehen konnten. Wir rollten vorbei an der kleinen Stadt, die Lokomotive pfiff ihr einsames Lied, und ich fragte mich, ob ich Hymie wohl jemals wiedersehen würde…

Später erfuhr ich, daß man Hymies Hemd auf einem Zaun gefunden hatte und daß der Bulle sein Klappmesser immer noch in der Brust hatte. Der Bulle war vom Bahndamm in die Schlingpflanzen neben den Gleisen gerollt und lag da, ganz von Blut überströmt zwischen den Blumen, die aussahen wie Tigerlilien.

Am nächsten Tag erreichten wir nach vielen Meilen Fahrt gegen Abend den Güterbahnhof von Montgomery, Alabama, und da warteten sie schon auf uns. Der Zug mußte eine Brücke überqueren, ehe er den Güterbahnhof erreichte. Er fuhr langsam, und sobald er auf der Brücke war, sprangen die ersten ab. Plötzlich hörten wir ein Gebrüll, und als wir nach vorn an die Spitze des Zuges rannten, standen da zwei Bullen, ein kleiner und ein großer, mit gezückter Pistole und wollten uns filzen. Wir mußten uns alle in einer Reihe aufstellen, damit sie uns besser sehen konnten. Der Himmel war pechschwarz, dicke Wolken waren aufgezogen. Wir wußten, daß sie Hymies Bullen gefunden hatten und daß jetzt ein Schwarzer dafür büßen mußte. Aber dieses eine Mal muß das Schicksal es gut mit uns gemeint haben, denn im selben Augenblick ging das Unwetter los, und der Güterzug setzte sich in Bewegung. Die Bullen schrien, daß keiner auf den Zug springen dürfe, und wir rannten los, zwischen den abgestellten Waggons hindurch zum anderen Ende des Rangierbahnhofs, um dort wieder aufzuspringen. Wir schafften es. In dieser Nacht saßen wir oben auf dem Dach im Regen. Es war ungemütlich, aber wir waren verdammt glücklich, und wir wußten, daß die Sonne am nächsten Tag unsere Kleider trocknen würde und daß wir einen schnellen Zug nehmen würden, der uns weit fortbrachte, fort von der Stelle, wo Hymie seinen Bullen erledigt hatte.

ICH WEISS NICHT EINMAL IHRE NAMEN

Es war kalt da oben. Wir waren mit einem Güterexpreß auf dem Weg nach St. Louis und duckten uns auf das Dach des Waggons. Es war dunkel, und die Funken flogen von der Lokomotive bis nach hinten zu uns. Manchmal wehte uns Asche ins Gesicht, und der Qualm wälzte sich in der pechschwarzen Nacht in dicken schwarzen Schwaden auf uns zu. Der Zug ruckte und holperte, und die vorüberfliegenden Funken tanzten rot im wirbelnden Dunkel. Es war verdammt kalt, und wir fuhren schnell. Der Güterzug aus Santa Fe raste bergab in die Nacht. Meilenweit entfernt zu unserer Linken stach das Signalfeuer eines Flughafens seine messerscharfen Strahlen in die Nacht. Da oben auf dem Waggon war es kalt für Anfang Herbst, und der Ruß peitschte uns ins Gesicht wie vom Wind aufgewirbelter Sand.

»Wie lange brauchen wir noch bis St. Louis?« brüllte ich zu Morrie hinüber.

»Morgen mittag sind wir da, wenn der Zug nicht noch aus den Gleisen springt. Der hat ein Mordstempo drauf«, schrie er mir ins Ohr.

Morrie war mein Kumpel. Ich hatte ihn in einem Camp zwischen Sonnenblumen am Rande einer Stadt in Oklahoma kennengelernt. Ein Güterzug hatte angehalten, und er war heruntergeklettert und hatte sich neben mich auf den

Bahndamm gesetzt. Mir war schon ziemlich komisch zumute, als ich sah, wie er das Hosenbein hochkrempelte und sein Bein abschnallte. Das künstliche Bein war käseweiß und der Stumpf rot und wund. Er hatte das Bein, bis zum Knie, unter den Rädern eines Güterzuges verloren, und die Versicherung hatte ihm eine Prothese bezahlt. Er erzählte mir, daß er seit fünf Jahren auf Achse war. Als ich am nächsten Tag beinahe zwischen zwei Waggons gestürzt und unter die Räder gekommen wäre, hatte er mich festgehalten, und es machte ihm einen Riesenspaß, daß er einen Kumpel hatte, der Neger war.

Unter uns im Waggon war ein altes Ehepaar. Bei unserem letzten Halt in der Abenddämmerung hatte ich beobachtet, wie sie lautlos in den Güterwagen gestiegen waren. Ich war hinuntergeklettert und hatte gesehen, wie der alte Mann das Packpapier, mit dem der Waggon ausgekleidet war, von den Wänden riß und daraus ein Bett für die alte Lady machte. Das war eine erstklassige Idee. Ich fragte mich, wieso noch niemand vorher darauf gekommen war. Der Boden in so einem Güterwaggon ist hart, und das Papier, mit dem die Wagen ausgekleidet sind, in denen Autos transportiert werden, ist das Weichste an dem ganzen Waggon. Wenn der Zug über ein holpriges Gleisstück rollte, stellte man sich am besten hin, bis es vorbei war. Oder man stützte sich nach hinten auf die Hände und versuchte die Stöße mit den Armen abzufedern. Diese Unannehmlichkeit hatte der alte Mann seiner Frau erspart. Es war wirklich eine lächerliche Haltung: Man hockte da, die Hände mit den Handflächen nach unten, die Füße fest auf den Boden gepreßt, und hob den Hintern gerade so weit über den Boden, daß man jedesmal eins hintendrauf bekam, wenn es einen kräftigen Ruck gab oder der Waggon einen Satz machte. Meistens lachte man dabei, aber ich konnte mir nicht vorstellen, wie die alte Lady so dahockte und lachte.

Ich hatte mich wieder zu Morrie aufs Dach gesetzt, doch als mich die Müdigkeit übermannte, weckte er mich, und ich kletterte nach unten. Es war stockfinster in dem Waggon, und ich hörte die alte Lady husten. Das ständige Rukken und die Kälte hinderten sie am Einschlafen. Ich wollte die beiden nicht stören; also stieg ich vorsichtig über sie hinweg, setzte mich in die offene Tür und ließ die Beine nach draußen baumeln. So saß ich und ließ die Lichter ferner Städte an mir vorbeiziehen, bis ich einschlief.

Ich wachte auf, als der Zug stärker holperte, und sah den schmalen roten Streifen der ersten Morgenröte am Horizont. In dem schwachen Licht konnte ich erkennen, daß der alte Mann mit dem Rücken an der Wand des Waggons eingenickt war; die alte Lady lag in seinen Armen. Dann kamen wir an einen Bahnübergang, und die Lokomotive stieß einen Pfiff aus, der im grauen Dämmerlicht ganz verloren klang; danach schlief ich wieder ein. Als ich wieder erwachte, lagen die Felder im Sonnenlicht, und ein Schwarm Spatzen flog an der Waggontür vorüber. Eigentlich hatte ich wieder nach oben klettern wollen, bevor es so hell wurde, daß die beiden Alten mich sehen konnten, doch als ich aufstand, beobachtete der alte Mann mich von der anderen Seite des Waggons aus. Die beiden waren beim Frühstück.

»Guten Morgen«, sagte ich.

Er nickte mir zu und biß in sein Butterbrot.

Ich streckte mich und wollte nach draußen zu Morrie. Es tat mir leid, daß ich nicht rechtzeitig aufgewacht war und ihnen die peinliche Situation erspart hatte. Im Dunkeln war ich nicht anders als alle anderen, die mit den Güterzügen unterwegs waren, und es spielte keine Rolle. Aber jetzt spielte es eine Rolle. Und das tat mir sehr leid. Ich habe mich damals wirklich bemüht, nicht zu hassen, und sobald ich in eine Lage geriet, in der jemand Haß hätte vermuten können, war ich unglücklich. Ich hatte immer noch meine Auseinandersetzungen mit den Tramps – und Morrie stand mir bei. Aber ich hatte gelernt, niemanden anzugreifen, der nicht mich persönlich angriff; niemanden, der einfach nur mit seinem Benehmen das zum Ausdruck brachte, was andere ihm beigebracht hatten. Und die beiden waren alte Leute. Ich hatte noch nie eine so alte Frau auf einem Güterzug gesehen; sie war viel älter als meine eigene Mutter zu Hause. Sie sahen freundlich aus, und ich hatte sie nicht in eine unangenehme Situation bringen wollen.

Manchmal benahm ich mich wirklich schlecht, denn wenn man anständig war, wirkte das auf die anderen immer, als hätte man Angst und sei einer von denen, »die wissen, wo sie hingehören«. Und da einen alle für feige hielten, wenn man anständig war, und überzeugt waren, daß man genauso war, wie ja sogar ihre Schulbücher unsere Rasse hinstellten, benahm ich mich fast nur noch schlecht. Aber dann hatte Morrie mir das Leben gerettet, und nun versuchte ich, mich zu ändern.

Als ich mich anschickte, nach oben zu klettern, rief der alte Mann mich zurück:

»Kommen Sie doch mal einen Augenblick her.«

Wahrscheinlich will er sich mit mir anlegen, weil ich hier bin, dachte ich. Glaubt wohl, der Waggon gehört ihm.

Der Zug machte eine Menge Lärm, und er gab mir mit einer Handbewegung zu verstehen, daß ich mich setzen sollte. Sie hatten ein kleines Köfferchen mit belegten Broten, und ich setzte mich daneben. Zwischen den Broten lagen zwei große rote Äpfel in Wachspapier. Die alte Lady saß im Schneidersitz auf ihrem Packpapierkissen und blickte traurig hinaus in den Morgen. Die beiden waren nicht die Art von Leuten, denen man sonst in Güterzügen begegnete, nicht einmal damals in jenen Tagen.

Der alte Mann forderte mich wortlos auf, mir ein Sandwich zu nehmen. Ich schüttelte den Kopf, aber er ließ nicht locker. Ich nahm das Sandwich. Ich hatte ein bißchen Proviant in Morries Manteltasche, oben auf dem Dach, aber der alte Mann ließ nicht locker, und ich war auch gespannt, was sich noch ergeben würde. Es war ein gutes Sandwich – kalter Braten mit Senf.

»Fahren Sie weit?« brüllte der alte Mann.

»Nach Alabama.«

Obwohl er alt war und man mir beigebracht hatte, immer schön »Sir« zu sagen, tat ich es nicht. Wenn man »Sir« sagte, gab man allzu deutlich zu erkennen, daß man wußte, wohin man gehörte. Und seit ich auf Achse war, hatte ich gelernt, daß man im Grunde nirgendwo hingehörte und daß alle gleich waren, auch wenn manche das nicht verstanden.

Die alte Lady drehte sich um und sah mich schweigend an.

»Aber Alabama ist im Süden«, sagte der alte Mann. »Und wir fahren nach *Norden*.«

»Ja, ich weiß. Aber auf diese Weise sehe ich mehr vom Land. Wer weiß, ob ich jemals wieder Gelegenheit dazu habe.«

»Das stimmt. Junge Menschen sollten reisen.«

Ich war froh, daß er das so sah. Ich war von zu Hause fortgegangen, um mir das Geld für mein Studium zu verdienen, und am Ende war ich auf den Güterzügen gelandet.

Ich war per Anhalter nach Denver gefahren und hatte im Morgennebel die Berge gespürt, hoch und geheimnisvoll und mächtig, bevor die Sonne aufging; eine Familie, die auf dem Weg nach Kalifornien war, hatte mich in ihrem alten Ford mitgenommen. Doch in Denver hatte es keine Arbeit gegeben. Ich war herumgezogen. Dann war ich eine Zeitlang nach Oklahoma zurückgekehrt und hatte mich später mit einem Güterzug wieder auf den Weg gemacht. Ich war durch die Ozark Mountains gefahren, wo orangefarbene Blüten mit roten Farbtupfen, Tigerlilien, die Gleise säumten. Durch den Westen von Kansas mit seinen kahlen Feldern und den Bussarden in der Luft und den schwarzschwänzigen Kaninchen und den wirbelnden Staubwolken auf den Feldern, wo Jungen und Männer mit Stöcken Scharen von Kaninchen vor sich hertrieben, wo das Wasser rasch durch die Bewässerungskanäle strömte, wo die Fische im Morast nach Luft schnappten, wenn die Kanäle trocken waren, und in der Sonne verfaulten, wenn der Morast ausgetrocknet war. Ich war zurückgekehrt, nach Kansas City gefahren und auf der Rock Island und der MK&T Railroad durch Topeka, Wichita und Tulsa gefahren. Oklahoma, Kansas, Colorado, und keine Arbeit, von Frühjahr bis Herbst. Jetzt war es September.

»Und was haben Sie in Alabama vor?« fragte er.

»Studieren. Arbeiten, um mein Studium zu finanzieren.«

»Und was wollen Sie studieren?«

»Musik.«

»Das ist schön. Die Neger haben die Musik im Blut. Wir wünschen Ihnen alles Gute, nicht wahr, Mutter?« Er stupste die alte Frau an.

Sie wandte den Blick von der Tür ab, doch ihre Augen blickten noch immer in die Ferne.

»Was hast du gesagt?« fragte sie.

»Er will Musik studieren. Ich habe gesagt, daß wir ihm alles Gute wünschen, oder nicht?«

»Oh, natürlich. Alles, alles Gute. Mögen Sie nicht noch ein Sandwich? Es ist genug da.«

Ich nahm das Sandwich. Es war sehr gut, und ich brach es in der Mitte durch, weil ich Morrie die Hälfte abgeben wollte.

»Und woher kommen Sie?« fragte ich.

»Von ganz unten im Süden, aus Mexia in Texas.«

»In Texas war ich noch nie«, sagte ich. »Hab mein ganzes Leben in Oklahoma verbracht, aber weiter runter bin ich nie gekommen.«

»Das ist schade. Es ist eine schöne Gegend.«

Ich lächelte. Eine schöne Gegend für Leute wie *ihn;* soviel ich gehört hatte, waren Leute wie ich da unten nicht so gern gesehen.

»Wenn alles noch so wäre wie vor ein paar Jahren, würde ich Sie zu uns nach Hause einladen. Unser Ältester war die ganzen vier Jahre, die er in Amherst auf die Schule gegangen ist, mit einem Farbigen befreundet. Ein feiner Junge.«

Die Miene der alten Lady hellte sich auf.

»Wir haben einen Jungen ungefähr in Ihrem Alter«, sagte sie.

»Ja?«

»Ja«, sagte der alte Mann. »Er ist vor fünf Jahren fortgelaufen. Bis vor sechs Monaten haben wir kein Sterbenswörtchen von ihm gehört. Jetzt sind wir auf dem Weg zu ihm, nach Joplin. Na, der wird Augen machen. Vor fünf Jahren hätten wir nicht so reisen müssen.«

»Er ist in Joplin, Missouri?«

»Genau. Morgen wird er entlassen. Wir haben ihn seit fünf Jahren nicht gesehen. Damals war er ein feiner Junge. Er ist immer noch ein feiner Junge«, fügte er hoffnungsvoll hinzu.

Ich wußte nicht, was ich sagen sollte. In Joplin war die Besserungsanstalt des Staates Missouri.

»Ich hoffe, es geht ihm gut«, sagte ich schließlich.

»Danke. Wir freuen uns so, wir können es kaum erwarten, ihn zu sehen. Als wir Geld hatten, verloren wir unseren Jungen. Jetzt ist das Geld verloren, und unser Junge kehrt zu uns zurück. Wir sind so glücklich.«

»Ich glaube, ich sollte mal nachsehen, was mein Kumpel da draußen macht«, sagte ich. »Wir müssen rüber nach Kentucky und die Louisville and Nashville in Richtung Süden erwischen.«

»Passen Sie gut auf sich auf. Wir brauchen mehr Musiker, so wie Roland Hayes. Sie singen doch auch, nicht wahr?«

»Nein«, antwortete ich. »Ich spiele Klavier.«

»Na trotzdem, passen Sie auf sich auf.«

Das Gesicht der alten Lady strahlte noch immer, seit wir über ihren Sohn gesprochen hatten.

»Auf Wiedersehen«, sagte ich

»Auf Wiedersehen, und passen Sie auf sich auf.«

Er reichte mir ein eingepacktes Sandwich. Ich steckte es in die Tasche und kletterte nach oben.

Als der Expreß vor dem Güterbahnhof von St. Louis abbremste, kletterte ich noch einmal in den Waggon und verabschiedete mich noch einmal. Es waren anständige Leute. Ein paar Tage später mußte ich an sie denken, als wir nach Decatur kamen. Die Bullen warteten schon auf dem Güterbahnhof, als wir einliefen. Sie kamen in die Waggons und suchten nach Mädchen und nahmen mich mit und warfen mich ins Gefängnis. Im Gefängnis hörte ich von Scottsboro, und ich war heilfroh, daß Morrie nach Montgomery weiterfuhr und mit den Leuten von der Schulbehörde Verbindung aufnahm, die mich dann schließlich rausgeholt haben. In den Tagen im Gefängnis, da habe ich oft an die beiden Alten gedacht, und ich war traurig, daß ich nicht einmal ihre Namen wußte.

DA SOLL NOCH EINER MITKOMMEN

Es war vier Uhr nachts, als der Zug die Stadt erreichte. Die letzten dreißig Meilen hatte es ununterbrochen geschneit, und von der warmen Luft im Speisewagen hatten sich an den Fensterscheiben Eisblumen gebildet. Auf den Fensterleisten hatte sich ein dickes Schneepolster abgesetzt.

Zum Schluß waren nur noch wenige Gäste dagewesen, und bei einem Blick aus dem Abteilfenster hatte ich fünf oder sechs Kaninchen ganz gemächlich durch das Schneegestöber hoppeln sehen. Es war gemütlich im Speisewagen. Die silbernen Bestecke und das Eis in den Wasserkrügen hatten fröhlich geklirrt. Als wir den Bahnhof erreichten, wären wir am liebsten gar nicht ausgestiegen, doch als die Rangierarbeiter kamen und den Zug neu zusammenstellen wollten, beschlossen wir, mit der Straßenbahn auf die andere Seite der Stadt ins Negerviertel zu fahren und uns dort ein Zimmer zu nehmen. Am liebsten bei Ma Brown, wenn sie noch was freihatte. Wir gingen hinüber zur Haltestelle und warteten, doch es kam keine Bahn. Über uns sausten die Züge der Hochbahn und versprühten einen feinen blauen Funkennebel über dem weißen Schnee.

Wir standen unten und sahen ihnen nach.

»Komm, wir nehmen eine von denen«, schlug ich vor. »Das geht schneller.«

»Ja, aber heut nacht fahren diese verfluchten Dinger alle in die falsche Richtung«, erwiderte Joe.

»Na, dann nehmen wir eben ein Taxi«, sagte ich.

Mir wurde allmählich kalt.

»Sind anscheinend auch alle weg«, sagte Joe. »Kein Taxi, keine Straßenbahn, die Hochbahn fährt in die falsche Richtung, und das bei tausend Grad unter Null.«

»Komm schon«, sagte ich. »Wir gehen zu Fuß.«

Joe war groß und ging ein wenig gebeugt; er hatte das bebrillte Gesicht zu einem gutmütigen Grinsen verzogen und machte Schritte wie ein Weltmeister. Ich konnte nur mit Mühe Schritt halten. Wenn Joe erst einmal richtig loslegt, da soll noch einer mitkommen! Es schneite heftig, sehr heftig, und der Wind blies mir die Flocken in den Kragen. Jetzt, wo alle sich für die Nacht in ihre Häuser zurückgezogen hatten, versank der Gehweg im tiefen Schnee.

»Mist. Laß uns auf der Straße gehen«, sagte Joe.

»Gute Idee«, sagte ich. »Da kommt man besser voran.«

Wir folgten den Spuren, die eine Straßenbahn in den Schnee gefräst hatte. Dort war der Schnee vereist, und im Schein der Straßenlaternen sah er auf den rostigen Schienen ganz braun aus, wie ein Tabakfleck. Die Spuren füllten sich rasch mit frisch gefallenem Schnee. Wenn am Morgen die erste Bahn kam, um die Leute zur Arbeit zu bringen, würde man die Gleise nicht mehr sehen.

Es war fast wie Weihnachten, denn die Straßenlaternen und Neonlichter brachten die weißen Kristalle zum Funkeln. Der Schnee machte Spaß; ein Bonbon, das ein Kind verloren hatte, war zu einem roten Rinnsal gefroren, und das erinnerte mich daran, wie ich zum ersten Mal eine Blutspur im Schnee gesehen hatte. Es war wunderschön und traurig zugleich. Wir Kinder hatten mit unseren neuen Spielsachen gespielt und zugesehen, wie sie den Mann wegtrugen. Er war verletzt und hatte die ganze Nacht in der Kälte gelegen.

Joe und ich kamen an einem Kater vorbei, der auf einer Türschwelle stand und ein Klagelied anstimmte. Seine Leute hatten vergessen, ihn für die Nacht ins Haus zu lassen, und nun jammerte er, als ob alle Welt nach Florida gefahren wäre und ihn ganz allein in der Stadt zurückgelassen hätte, allein in Eis und Schnee.

»Hör dir den an«, sagte Joe.

»Dem ist kalt«, sagte ich.

»Geschieht ihm ganz recht. Katzen bringen nichts als Unglück.«

»Erinnerst du dich an die Geschichte zu ›You Gonna Be Here When Martin Come‹?« fragte ich.

»Ja, ein Mädchen aus Topeka hat sie mir erzählt.«

»Heutzutage kennen die Weiber aber auch wirklich jede schmutzige Geschichte – die sind schlimmer als die Männer.«

»Kann man wohl sagen.«

Wir kamen an einer Straßenecke vorbei, und der Wind blies uns den Mantel zwischen die Beine. Irgendwo in der Ferne ratterte die Hochbahn, und wir hörten die Räder kreischen, als sie hielt. Joes blauer Mantel war über und über mit Schnee bestäubt. In einem Schaufenster an der Straße lagen Spielsachen, und eine Maus baute sich ein Nest mit Holzwolle, die sie aus einem Teddy zupfte. Der Teddy ließ es sich widerstandslos gefallen, und ich blieb stehen und sah zu.

»Nun trödel doch nicht so«, rief Joe.

Der Wind wehte von Norden, und wir mußten uns leicht vornüberneigen, um gegen den Sturm anzukommen. Manchmal drehten wir uns auch um und kehrten dem Wind den Rücken zu.

»Das ist ja mörderisch«, sagte ich.

»Da sagst du ein wahres Wort, Mann«, erwiderte Joe.

»Stell dir vor, du wärst jetzt in Pensacola.«

»Hör bloß auf, Mann, fang mir nicht mit sowas an.«

»Denk doch mal an die Sonne, und die Boote, wie sie

blitzsauber und weiß von Kuba und Nassau über den Golf gesegelt kommen, und an die Fische im blauen Meer, und abends die langen Spazierfahrten auf der Uferstraße, mit den Mädchen und dem Bier, und an den Dicken, der immer die kubanischen Liebeslieder gesungen hat ...«

»Übernimm du das für mich. Ich kann bei diesem verdammten Wind nicht an so was denken«, sagte Joe. »Außerdem gibt's da unten für meinen Geschmack viel zu viele weiße Niggerschinder.«

Es ging jetzt steil bergauf, und hier waren den ganzen Tag über keine Autos gefahren. Der Schnee reichte uns bis über die Knöchel, und als wir das gerade Stück oben auf dem Hügel gingen, kamen wir uns vor wie bei der Kaninchenjagd im hohen Gras. Vor uns wirbelte eine alte Zeitung durch die Luft und flatterte knisternd im Wind.

»Was zum Teufel ist denn das?« fragte Joe.

Ich lachte.

Ein alter Weißer tauchte plötzlich in einem Hauseingang auf. Er hatte keinen Mantel und sprach mit schleppender Stimme.

»Wenn einer von den Herren die Güte hätte ...«

»Was will *der* denn?« fragte Joe

»Wenn einer von den Herren vielleicht die Güte hätte ...«

»Gib ihm ein paar Münzen.«

»Ich hab kein Kleingeld.«

»Jetzt gib ihm schon was und laß uns zusehen, daß wir endlich aus diesem Wind rauskommen.«

Ich gab dem Alten die Tüte mit Sandwiches aus dem Speisewagen.

»Danke schön, die Herren«, sagte er. »Vielen Dank. Vielen herzlichen Dank.«

»Ja ja, schon gut«, sagte Joe.

Der Alte sah ihn eine Sekunde lang an und verschwand dann zwischen zwei Häusern. Wir stapften weiter durch den Schnee. Es war jetzt ganz still, und bei jedem Schritt knirschte es unter unseren Füßen.

»Paß auf, wenn der Kerl dir morgen wieder begegnet und auch nur einen Vierteldollar in der Tasche hat, nennt er dich einen dreckigen schwarzen Bastard«, sagte Joe.

»Ach, meinetwegen«, brummte ich.

Wir langten da an, wo die meisten von uns hingingen, wenn sie zwischen zwei Fahrten in der Stadt übernachteten, und wir waren froh, daß wir endlich dort waren. Die Pension gehörte Ma Brown, und die war die beste Köchin in der ganzen Stadt. Es war, als ob man nach Hause käme. Wir stellten unsere Taschen ab und gingen über die Straße in Toms Kneipe, weil wir uns vor dem Schlafengehen noch ein paar heiße Toddies genehmigen wollten. Toms Kneipe befand sich in einem alten Laden, den er zu einer Bar mit Restaurant umgebaut hatte; meistens war die Kneipe genauso dunkel wie ihr Besitzer. Drinnen stand eine Gruppe von Männern an der Bar, und das Münzgrammophon spielte »Summertime«. Zwei Burschen saßen hinten beim Würfelspiel, und die Männer an der Bar lachten über einen Witz. Ein Mädchen mit einem blau-weißen Kleid saß mit zwei Männern an einem Tisch, und sie tranken Pink Ladies. Sie hatte schöne Hände mit rotlackierten Nägeln, und an einem Finger funkelte ein Ring mit einem Stein. Die beiden Männer hatten schon ziemlich viel getrunken und waren gut gekleidet. Der eine war ein großer, kräftiger Mann, ein wahrer Hüne. Mit einer Statur wie Paul Robeson und einer Hautfarbe, die Ma Brown »richtig schwarz« genannt hätte. Er war schwarz wie die finsterste Hölle um Mitternacht.

»Na, der sorgt aber dafür, daß die Kleine hübsche rote Bäckchen bekommt«, meinte Joe.

»Sieht aus wie eine Weiße.«

»Verdammt nah an Mason und Dixon dran für solche Spielchen«, knurrte Joe.

»Mann, das ist eine von uns«, sagte ich.

»Klar; *wir* wissen das, aber wissen *die* es auch?«

»Hör mal, wir sind doch hier nicht im Süden.«

»Na und«, sagte Joe. »Hast du schon mal was von den Unruhen gehört, die es hier gegeben hat?« fragte er.

»Klar, aber das ist doch schon eine Ewigkeit her«, antwortete ich.

»Mann, wie kann man nur so naiv sein«, sagte Joe.

Er leerte sein Glas. Die Drinks waren gut.

»Ach, hör doch auf, du langbeiniger Bastard«, sagte ich. »Der alte Joe aus der Mottenkiste.«

Die junge Frau und ihre beiden Begleiter bestellten ihre nächste Runde. Sie wurden allmählich laut. Das Mädchen stand auf und ging hinüber zum Stuhl ihres hünenhaften Begleiters, beugte sich von hinten über ihn und schlang ihm die Arme um den Hals. Als sie lachte, blitzten ihre Zähne zwischen den roten Lippen.

»Tommy!« rief sie zu Tom herüber, der hinter der Bar stand und die Drinks mixte, »Tommy, das ist mein süßer Daddy Charlie! Das ist Mamas lieber kleiner Junge!«

Tom stand da, mit seiner weißen Schürze und seinen weißen Zähnen, mixte Drinks und lachte mit den Männern an der Bar. Auf seinem kahlen schwarzen Schädel spiegelte sich das Licht der Lampen hinter der Bar.

Das Mädchen massierte dem Burschen den Nacken. Er grinste und nahm noch einen Schluck. Er mochte es, wenn jemand kräftig zupackte, beim Massieren genau wie beim Umarmen. Sie duftete nach einem schweren Parfüm.

»Findest du ihn nicht auch unheimlich süß, Tommy?« rief sie.

Tommy war beschäftigt.

»Tommy! Tommy Schätzchen! Findest du nicht auch, daß mein Baby unheimlich süß ist?«

»Klar, Kleine«, lachte Tom. »Die schwärzesten Trauben geben den süßesten Saft.«

Der Riesenkerl schmiegte sich an sie wie ein großer Kater.

»Sieh dir den Kerl an«, sagte Joe und zeigte zur Tür.

»Was ist denn mit dem?« fragte ich.

Die Männer an der Bar brachen in schallendes Gelächter aus, gerade in dem Augenblick, in dem der Mann in die hell erleuchtete Gaststube torkelte. Er kniff die Augen zusammen.

»Von euch Bastarden kommt mir keiner in die Quere, und meiner Familie auch nicht«, legte er los.

Schwankend blickte er in die Runde.

»Nein, Sir«, sagte er. »Und meiner Familie verdammt noch mal auch nicht.«

An den Knien war seine Hose weiß, wo er in den Schnee gefallen war.

»Jack ist voll wie eine Haubitze, und jetzt sucht er Streit«, sagte jemand.

»Nimm dich in acht!« sagte der Mann, immer noch schwankend.

Er war tatsächlich sternhagelvoll. Als die anderen ihm keine Beachtung schenkten, ging er hinüber an die Bar.

»Mir kommt keiner in die Quere, wenn ich was getrunken habe«, sagte er. »Nicht mal mein Boss.«

Die anderen wandten sich wieder ihren Gläsern zu.

»Komm, wir gehen wieder rüber zu Ma Brown, bevor Big Ike hier reingeschneit kommt und seinen Teil von den Einnahmen holt. Wenn der und seine Leute das kleine Flittchen da sehen, denken die womöglich, das ist ne Weiße, und dann geht's hier rund.«

Big Ike herrschte über sämtliche Kneipen der Gegend.

»Ike ist das scheißegal«, sagte ich.

»Nun mach schon, du Blödian, wir sehen zu, daß wir hier verschwinden.«

»Okay. Ich hab sowieso genug.«

Als wir uns eben zum Gehen umwandten, drängten Big Ike und seine Schläger in geschlossener Formation durch die Tür. Ihre Schnapsfahnen wehten uns entgegen, als wir an ihnen vorbei auf die Tür zusteuerten.

»Lauft doch nicht weg, Jungs«, rief Tom.

»Tun wir gar nicht«, rief Joe zurück. »Wir hauen uns aufs Ohr. Das war ein anstrengender Tag.«

»Na dann gute Nacht, Jungs«, sagte Tom.

»Gute Nacht, Jungs«, rief das Mädchen.

Einige von den Männern an der Bar fingen an, »Good Night, Ladies« zu grölen, doch dann warf einer von Ikes Leuten eine Münze in das Grammophon, und sie hörten sofort auf.

Das Mädchen sah sehr schön aus, als ich von der Tür noch einmal zu ihr zurückblickte. Mit ihrem blau-weißen Kleid und dem strahlenden Lächeln sah sie immer noch toll aus, selbst jetzt, als sie betrunken war. Und als der Bursche sich neben ihr erhob, waren sie zusammen ein schönes Paar. Auch wenn er schwankte und sich mit dem Handrücken den Mund abwischte und sich dabei mit der anderen Hand an der Stuhllehne festhalten mußte, war er doch ein Prachtexemplar von einem Nigger, mit seinen schneeweißen Zähnen im schwarzen Gesicht. Unten im Süden nennen die Leute so jemanden einen »Negerbullen«, und früher haben sie Männer wie ihn als Zuchthengste gehalten. Auf dem Rückweg zu Ma Brown versuchte ich mir vor Augen zu führen, was es eigentlich war, was sie uns angetan hatten. Zum Beispiel einem Riesenkerl wie dem da; davon gab es viele im Süden, aber sie bezogen genauso ihre Prügel wie alle anderen. Irgend etwas mußten sie uns abdressiert haben in der Zeit der Sklaverei, so wie man einem Jagdhund seine Instinkte austreibt. Es gab etwas, was wir früher gehabt hatten und was wir – was immer sie mit uns angestellt haben – nun nicht mehr hatten. Eins stand jedenfalls fest: Wir waren alle Einzelgänger, jeder versuchte, sich allein durchzuschlagen – wie dieser Kerl in Birmingham, der eine ganze Polizeitruppe allein in Schach gehalten hatte. Ich hatte selbst einmal eine Begegnung mit einer Bande von weißen Jungen: Ich war auf dem Weg zur Badestelle, und da kam ich an einem weißen Jungen vorbei, der auf einem Gartenzaun saß.

»Hallo, Kaffer. Kaffer. Kaffer! Kaffer, ich wette, du heißt Rastus«, schrie er. Er war ungefähr so groß wie ich und trug die gleiche Art von Latzhose. Ich ging an ihm vorbei, aber er hörte nicht auf zu schreien: »Kaffer, Kaffer, seht euch bloß den Kaffer an.« Also sagte ich mir: »Das weiße Dreckstück sucht also Streit«, und drehte mich um und ging zurück. Der Junge schrie immer weiter, und als ich mich vor ihm aufbaute, fing er an zu lachen. Inzwischen war ich ziemlich wütend, und als ich ihm gegenüberstand, sagte ich kein Wort. Ich riß ihn vom Zaun und gab ihm eins aufs Maul, und er schrie … Joe und ich waren mittlerweile wieder in Ma Browns Pension angelangt und stiegen die Treppe hinauf zu unseren Zimmern im ersten Stock. Auf dem Treppenabsatz stand ein Tisch, und an der Wand hing ein Bild der Singing Boys. Ich hatte in der High School etwas über sie gelesen … *Also dieser weiße Junge schrie: »Auf geht's, Jungs«, und im gleichen Augenblick flogen mir aus den Bäumen Steine an den Kopf, und er streckte die Hand aus und packte mich.* All das ging mir durch den Kopf, als ich plötzlich einen Schuß hörte, dann vier weitere kurz hintereinander; sie kamen von irgendwo ganz in der Nähe.

»Wette, das war Ike«, sagte Joe.

»Komm schnell, von meinem Zimmer aus kann man Toms Bar sehen.«

»Ich hab mir gleich gedacht, daß es ihm nicht paßt, wenn er diesen großen Nigger und das Flittchen zusammen sieht.«

Wir rannten die Treppe hinauf und sahen aus dem Fenster. Unten auf der Straße standen Ike und seine Schläger vor Toms Bar. Eine Kugel pfiff die Straße entlang und holte einen Isolator von dem Laternenpfosten vor Ma Browns Haus, und ich hörte weitere Pistolenschüsse knallen. Es waren etwa sieben Männer, und sie schossen wild durch die Gegend.

Dann sahen wir den schwarzen Hünen. Er kam auf uns zu und rannte wie der Schlußmann bei einem Staffellauf, und als er durch den Lichtkegel lief, sahen wir, daß er nackt war, und etwas Rotes, Glänzendes lief ihm vorn über die Brust. Joe hatte das Fenster aufgemacht, und als der große Kerl mit langen, federnden Schritten vorbeistürmte, konnten wir erkennen, daß er die Lippen bewegte, so als ob er seine Schritte zählte. Es war kaum zu glauben, daß er nach so vielen Drinks noch dermaßen elegant laufen konnte. Vor dem Schnee wirkte sein glänzender schwarzer Körper noch massiger als der von Paul Robeson.

Ike und seine Jungs hatten das Feuer eingestellt und grölten nun, was das Zeug hielt. Ich wollte Joe etwas sagen, doch der fluchte nur und rief nach einem Maschinengewehr. Vor lauter Wut bebte er am ganzen Körper.

Im selben Augenblick hörte man Sirenen, und Ike und seine Bande sprangen in ihre Autos und sahen zu, daß sie wegkamen. Sie nahmen die nächste Ecke auf zwei Rädern. Fenster wurden geöffnet, und überall an der Straße gingen die Türen auf. Beeil dich, brüllte Joe, und im Weggehen warf ich noch einen Blick nach draußen und sah, wie der große Kerl bei Toms Bar um die Ecke kam. Er lief jetzt langsam, und als er ankam, sackte er zwischen den Männern zusammen, die in einer Gruppe an der Tür standen.

Ich beeilte mich, Joe einzuholen, denn er war fuchsteufelswild, und es hätte ihm ähnlich gesehen, wenn er versucht hätte, sich die ganze Bande allein vorzuknöpfen. Ich trat in den tiefen Schnee und in den Matsch am Rinnstein, da wo ein Heizungsrohr in das Gebäude ging. Mein Gott, dachte ich, der arme Kerl ist schwer verletzt und so betrunken, daß er nicht mehr weiß, wo er hingerannt ist. Ich holte Joe ein, bevor er die Bar erreichte, und als wir eintraten, fuhr eben ein Streifenwagen vor und stellte seine Sirene ab. Die Polizisten stürmten in die Bar, und wir folgten ihnen.

Der Riesenkerl lag auf zwei zusammengeschobenen Tischen hinten im Raum; er hatte seine Unterhosen wieder an, und das Mädchen rieb ihn mit irgendeiner Flüssigkeit aus einer Flasche ab. Sie lachte.

So ein kleines Luder, dachte ich. So ein verdammtes kleines Luder.

Dann blickte ich zu Tom hinüber, und der lachte, daß ihm der Bauch unter seiner sauberen weißen Schürze wackelte, und die Männer, die an der Tür gestanden hatten, lachten, und Sam, der Kellner, der mit einem dampfenden Topf aus der Küche trat, lachte auch. Alle lachten, nur Joe und die Polizisten und ich nicht. Wir waren einfach sprachlos; dann sah ich Joe an. Und Joe sah mich an. Ein Polizist brüllte: »Was zum Teufel geht hier vor?«, und dann brüllte Joe: »Wer hat auf diesen Mann geschossen?«

Joe sah aus, als ob ihm jeden Moment die Augen aus dem Kopf springen würden; er hatte die Stirn in Falten gelegt, und der Schweiß lief ihm in Strömen über das Gesicht. Als nun auch der Polizist wissen wollte, wer auf den großen Kerl geschossen habe, wurde das Gelächter um so lauter. Kurzerhand griff sich der Polizist den erstbesten und sorgte mit seinem Schlagstock dafür, daß der sich beruhigte. Die anderen wichen zurück, aber noch immer hörte man vereinzelte Lacher. Dann atmete Tom einmal tief durch und begann, den Polizisten alles zu erklären.

»Es ist alles in Ordnung, Jungs«, sagte er.

»Ja, alles in bester Ordnung«, wiederholte einer von den anderen.

Tom mußte sich beherrschen, daß er nicht wieder losprustete. Der Polizei kam es natürlich ganz und gar nicht so vor, als ob hier alles in Ordnung war.

»Was war denn nun eigentlich los?« fragte ich.

Das kleine Flittchen war immer noch ziemlich betrunken und hörte nicht auf zu kichern.

»Stopft dieser Nutte doch endlich das Maul«, brüllte jemand.

»Es war alles eine Wette«, lachte Tom.

Er warf ein Glas um, als er sich an die Bar lehnte und immer noch nach Luft rang.

»Was denn für eine Wette, zum Teufel?«

»Na eine Wette eben, Mann. Ha ha ha.«

»Ist er schwer verletzt?« fragte jemand, der gerade erst hereingekommen war.

»Da hast du's, Al, da siehst du's. Da hast du dein verfluchtes Chicago. Hier erschießen sie einen Mann wegen einer Wette«, schrie Joe.

Er brüllte es aus vollem Halse.

»Ha ha, nun regt euch doch nicht so auf, Jungs. Es war nur eine Wette«, lachte Tom.

Als er sich endlich beruhigt hatte, fing er an zu erzählen. Hinten im Raum atmete der große Neger wieder ruhiger, und dieses kleine Flittchen lachte noch immer und rieb ihn mit einem Handtuch ab.

»Ike ist ein Schwein«, sagte jemand.

»Ach Quatsch«, sagte ein anderer. »Dem ist doch alles egal.«

»Da hast du recht; und er macht sich immer gern mal einen Spaß.«

»Die Sache ist so«, sagte Tom: »Charlie hier, der kennt Mister Ike noch von früher, als sie Kinder waren, und als Charlie ihn eben reinkommen sah, lud er ihn zu einem Drink ein.«

Wieder fing jemand an zu lachen.

»Genau«, sagte einer von den Männern.

»Charlie wollte Mister Ike einen Singapore Sling ausgeben«, fuhr Tom fort, »aber Mister Ike fand das zu süß und überhaupt zu ungesund.«

»Weiter, Tom, mach es nicht so spannend«, drängte ein Polizist.

»Also, unser Charlie hier sagte, Mister Ike hätte unrecht, weil Zucker doch ein Energiespender ist; er als Football-Profi wüßte das ganz genau, weil er vor jedem Spiel was Süßes ißt.«

»Das war wirklich lustig«, sagte jemand.

»Ruhe dahinten«, knurrte ein Polizist.

Tom fuhr fort.

»Mister Ike schimpfte, Charlie sei ein Lügner; er sei ja betrunken, und er solle lieber aufhören mit seinem Geschwätz und sich nicht so früh am Morgen mit Frauen rumtreiben. Also hat Charlie mit Mister Ike gewettet, daß er einen Sling trinken und splitterfasernackt um den Block rennen kann, ohne sich zu erkälten. Mister Ike hat die Wette angenommen und gesagt, er soll sich gleich ausziehen und loslegen.«

»Ganz genau, und dann ist er rausgerannt, und sie haben auf ihn geschossen, stimmt's?« fragte der Polizist.

»Nee, das war doch gar kein Blut. Miss Flo hier hat ihm nur etwas Ketchup übergeschüttet, als er losrannte, und die Schüsse, das war Mister Ikes Startsignal für Charlie.«

»Ist das nicht eine Schande«, sagte jemand, der später dazugekommen war. Die Menschenmenge an der Tür verlief sich, und die Polizisten machten sich auf die Suche nach Big Ike.

»Laß uns bloß hier abhauen«, sagte Joe.

Als wir nach draußen kamen, gingen gerade die Straßenlaternen aus, und ein Milchwagen grub neue Spuren in den Schnee. Im Gehen sah ich Joe von der Seite an und grinste.

»Du Blödmann«, sagte er.

Wir waren beide erleichtert. Also *ich* war jedenfalls verdammt erleichtert.

DER SCHWARZE BALL

Ich hatte die ersten Stunden des Tages im Laufschritt verbracht, hatte das Foyer geputzt, frischen Sand in die großen grünen Kübel gefüllt, auf den Fluren gekehrt und Staub gewischt und den Müll ausgeleert, der später am Tag in den Ofen kam. Und ich hatte meine Arbeit nur ein einziges Mal unterbrochen, um rasch Milch für Mrs. Johnson zu holen, die gerade ein Baby bekommen hatte und immer nett zu meinem Jungen war. Ich hatte um sechs Uhr früh angefangen, und gegen acht lief ich hinüber zu den Dienstbotenunterkünften, zu unserer Wohnung über der Garage, denn ich mußte den Jungen anziehen und ihm sein Obst und seine Haferflocken geben. Er saß sehr nachdenklich auf seinem hohen Stuhl und beobachtete mich, wie ich meinen Toast aß, und sein Löffel blieb mehrmals auf halbem Wege zum Munde stehen.

»Was ist los, Kleiner?«

»Daddy, bin ich schwarz?«

»Nein, natürlich nicht; du bist braun. Du weißt doch, daß du nicht schwarz bist.«

»Aber Jackie hat gestern gesagt, daß ich ganz schwarz bin.«

»Der wollte dich bloß auf den Arm nehmen. Du darfst dich von denen nicht ärgern lassen, Junge.«

»Braun ist viel schöner als Weiß, stimmt's, Daddy?«

[Er war vier, ein kleiner brauner Junge in einem blauen Spielanzug, und wenn er mit seinen imaginären Spielkameraden redete und lachte, klang seine Stimme so weich und rund wie meistens die Stimmen der amerikanischen Neger.]

»Manche Leute glauben das, Kleiner. Aber noch besser ist es, wenn man Amerikaner ist.«

»Wirklich, Daddy?«

»Aber sicher. Und jetzt vergiß das ganze Gerede darüber, daß du schwarz bist; Daddy kommt zurück, sobald er mit der Arbeit fertig ist.«

Ich überließ ihn seinen Spielsachen und einem Bilderbuch, bis ich zurückkam. Er war ein ziemlich braver Junge, wie er mir selbst gern sagte, wenn er sich einen Nachmittag lang besonders ruhig verhalten hatte, während ich versuchte zu lernen; in solchen Fällen erwartete er etwas Süßes oder einen Kinobesuch zur Belohnung. Und ich ließ ihn oft allein, wenn ich meiner Arbeit im Apartmenthaus nachging.

Ich war zurückgegangen und widmete mich nun den Messingbeschlägen an den Eingangstüren, als ein Mann auf mich zukam und mich von der Straße her beobachtete. Er war hager und rot im Gesicht, mit der typischen Gesichtsfarbe eines Menschen, der sich zu einseitig ernährt. Im tiefen Süden sieht man das oft, und hier im Südwesten ist es auch nicht selten. Er stand da und sah mir zu, und ich spürte seinen Blick im Rücken, als ich das Messing polierte.

Ich gab mir immer besonders viel Mühe mit dem Messing, denn für Berry, den Verwalter, war der Glanz dieser Messingschilder und Türgriffe der Gradmesser meines Fleißes. Er mußte bald eintreffen.

»Guten Morgen, John«, würde er sagen und dabei nicht mich, sondern das Messing ansehen.

»Guten Morgen, Sir«, würde ich antworten und dabei nicht ihn ansehen, sondern das Messing. Für gewöhnlich spiegelte sich sein Gesicht darin. In seinen Augen *war* ich wirklich da, in den Messingbeschlägen. Ich glaube, außer dem Messing, seinem Geld und dem halben Dutzend Zimmerpflanzen in seinem Büro interessierte ihn nichts im Leben.

Heute morgen mußte alles makellos sein. Zwei Männer, die im Haus gegenüber gearbeitet hatten, waren schon entlassen worden, weil Weiße ihre Stellen haben wollten, und da der Junge in seinem Alter gutes Essen brauchte und ich im nächsten Semester wieder aufs College gehen wollte, konnte ich es mir nicht leisten, daß einer wie der Mann dort auf dem Bürgersteig mir meine Stelle wegnahm. Vor allem seit Berry einem meiner Freunde im Haus gesagt hatte, daß er den »verfluchten gebildeten Nigger« nicht ausstehen konnte.

Ich war so vertieft in meine Arbeit, daß ich erschrocken zusammenfuhr, als der Fremde mich ansprach.

»Tag«, sagte er. Wie erwartet in einem schleppenden Südstaatentonfall. Aber etwas fehlte, etwas, das sonst immer in diesem Tonfall mitschwingt.

»Guten Morgen.«

»Scheint, als müßtest du dich ziemlich abquälen mit dem Messing.«

»Es läuft über Nacht an.«

Das kannte ich. *Wenn* sie uns mal etwas zu sagen hatten, wurden sie immer gleich vertraulich.

»Arbeitest du schon lange hier?« fragte er und lehnte sich mit dem Ellenbogen an die Säule.

»Zwei Monate.«

Ich kehrte ihm den Rücken zu und arbeitete weiter.

»Arbeiten hier noch andere Farbige?«

»Ich bin der einzige«, log ich. Es gab noch zwei andere. Aber das ging ihn schließlich überhaupt nichts an.

»Hast du viel zu tun?«

»Es reicht«, erwiderte ich. Wieso geht er nicht rein und fragt, ob er die Stelle haben kann, dachte ich. Wieso belästigt er mich? Wieso versucht er, mich zu provozieren, bis ich ihm an die Gurgel gehe? Weiß er denn nicht, daß wir hier keine Angst vor seinesgleichen haben?

Als ich mich umdrehte und die Flasche aufhob, um noch etwas Politur auf meinen Lappen zu gießen, zog er einen Tabaksbeutel aus der Tasche seines schäbigen blauen Jacketts. Mir fiel auf, daß seine Hände voller Brandnarben waren.

»Hast du schon mal Durham geraucht?« fragte er.

»Nein danke«, erwiderte ich.

Er lachte.

»So was hast du noch nicht erlebt, was?«

»Was?«

Wenn der Kerl nicht bald damit aufhörte, würde ich noch aus der Haut fahren.

»Daß einer wie ich einem wie dir etwas anderes anbietet als einen Strick zum Aufhängen.«

Ich hielt inne und sah ihn an. Der Mann lächelte und streckte mir den Tabaksbeutel entgegen. Er hatte viele Fältchen um die Augen, und ich mußte selbst lächeln. Gegen meinen Willen mußte ich lächeln.

»Bist du sicher, daß du nichts von dem Durham willst?«

»Nein danke«, antwortete ich.

Er hatte sich von meinem Lächeln täuschen lassen. Ein Lächeln konnte das, was zwischen ihm und mir stand, nicht aus der Welt schaffen.

»Ich gebe zu, es ist nicht viel«, sagte er. »Aber es ist doch immerhin mal eine Abwechslung.«

Ich hörte wieder mit dem Polieren auf; vielleicht fand ich dann schneller heraus, was er eigentlich wollte.

»Aber«, fuhr er fort, »ich habe noch etwas anderes; etwas, das wirklich eine ganze Menge wert ist; natürlich nur, wenn es dich interessiert.«

»Na dann mal raus mit der Sprache«, sagte ich.

Aha, dachte ich, jetzt versucht er gleich, den braven Onkel Tom übers Ohr zu hauen.

»Weißt du, ich komme von der Gewerkschaft, und wir wollen alle Hausangestellten in diesem Bezirk organisieren. Vielleicht hast du schon was darüber in der Zeitung gelesen?«

»Ich habe davon gehört, aber was hat das mit mir zu tun?«

»Also zunächst einmal sorgen wir dafür, daß du nicht mehr soviel schuften mußt. Ich meine kürzere Arbeitszeiten und höheren Lohn und überhaupt bessere Bedingungen.«

»Was Sie wirklich meinen, ist, daß Sie sich hier reindrängen und mich raushaben wollen. Seit wann wollen die Gewerkschaften Neger als Mitglieder?«

»*Manche* Gewerkschaften wollen das nicht. So war es früher einmal, aber die Zeiten ändern sich.«

»Hören Sie, Mann. Sie vergeuden Ihre Zeit, und meine auch. Ihre verdammten Gewerkschaften sind keinen Deut besser als alles andere in diesem Land – reserviert für Weiße. Wieso kümmern *Sie* sich denn überhaupt um einen Neger? Wie kommt einer wie *Sie* dazu, Neger zu organisieren?«

Sein Gesicht war ein bißchen blaß geworden.

»Siehst du diese Hände?«

Er streckte mir die Hände entgegen.

»Ja«, sagte ich, aber ich sah die Hände nicht an, sondern beobachtete, wie die Farbe aus seinem Gesicht wich.

»Die Narben hier habe ich mir in Macon County in Alabama eingehandelt, als ich ausgesagt habe, daß ein farbiger Freund von mir an dem Tag, an dem er angeblich eine Frau vergewaltigt haben sollte, ganz woanders gewesen war. Das war die reine Wahrheit, denn wir waren zusammen fortgewesen. Als es passierte – sofern es denn überhaupt passiert ist –, waren wir beide fünfzig Meilen entfernt und haben versucht, ein bißchen Saatgut zu borgen. Die Narben stammen von einer Benzinfackel, und sie haben mich aus dem County gejagt, weil ich einem Nigger geholfen hätte, eine weiße Frau als Lügnerin hinzustellen. In der gleichen Nacht haben sie ihn gelyncht und sein Haus niedergebrannt. Ihn haben sie umgebracht, und mir haben sie das hier angetan, und das, obwohl wir beide fünfzig Meilen weit entfernt waren.«

Zum ersten Mal sah ich mir seine ausgestreckten Hände genauer an.

»Mein Gott« war alles, was ich sagen konnte. Mir war furchtbar zumute, als ich die Hände sah. Es mußte die Hölle gewesen sein. Die Haut war gespannt und narbig; sie sah aus wie gebraten. Gebratene Hände.

»Seitdem habe ich viel dazugelernt«, fuhr er fort. »Damals habe ich mit dieser Art von Arbeit angefangen. Erst waren es die Pächter auf dem Land, und als sie mir da auf die Schliche kamen und mir der Boden zu heiß wurde, ging ich in die Stadt. Erst nach Arkansas, jetzt hierher. Und je weiter ich herumkomme, desto mehr sehe ich, und je mehr ich sehe, desto mehr arbeite ich.«

Er sah mich an, mit seinen blauen Augen in dem roten Gesicht. Es war ein ernster Blick. Ich sagte nichts. Ich wußte nicht, was ich antworten sollte. Vielleicht sagte er die Wahrheit. Ich wußte es nicht. Er lächelte wieder.

»Hör mir zu«, sagte er, »du brauchst dich jetzt nicht gleich zu entscheiden. Wir werden unter dieser Adresse eine Reihe von Zusammenkünften abhalten. Das erste Treffen ist heute abend, und ich würde mich sehr freuen, wenn du kämst. Und wenn du willst, bring deine Freunde mit.«

Er gab mir eine Karte mit einer Hausnummer und der Uhrzeit: Punkt 8 Uhr. Er lächelte, als ich die Karte einsteckte, und machte Anstalten, mir die Hand zu schütteln, aber dann drehte er sich um und ging die Treppenstufen hinunter zur Straße. Als er sich entfernte, bemerkte ich, daß er hinkte.

»Guten Morgen, John«, sagte Mr. Berry. Ich drehte mich um, und da stand er vor mir, mit seinem steifen Hut, seinem langen schwarzen Rock, Spazierstock und Brille. Er starrte auf das Messing wie in der Geschichte, die der Junge so sehr mochte, die böse Stiefmutter in ihren Spiegel.

»Guten Morgen, Sir«, sagte ich.

Ich hätte eigentlich längst fertig sein müssen.

»Wollte der Mann, der gerade weggegangen ist, zu mir, John?«

»O nein, Sir. Er wollte nur alte Kleider kaufen.«

Nachdem er sich für diesen Tag von der Qualität meiner Arbeit überzeugt hatte, trat er ein, und ich ging hinüber zu den Dienstbotenunterkünften, um nach dem Jungen zu sehen. Es war kurz vor zwölf.

Als ich hereinkam, hockte der Junge unter einem Stuhl in der kleinen Kammer, die mir als Arbeitszimmer diente, und schob ein Spielzeugauto hin und her.

»Hallo, Daddy«, rief er.

»Hallo, Kleiner«, erwiderte ich. »Na, was machst du denn heute?«

»Oh, ich hab 'n Laster.«

»Bist du für so was nicht noch viel zu klein?«

»Ist ja auch ein kleiner Laster.«

Er hielt sein Spielzeug in die Höhe.

»Ach so«, sagte ich. »Das ist natürlich was anderes.«

»Oh, Daddy, du nimmst mich auf den Arm. Du nimmst mich immer auf den Arm, stimmt's, Daddy?«

»Nein. Wenn du unartig warst, nehme ich dich nicht auf den Arm, oder?«

»Stimmt.«

Genaugenommen war er so gut wie nie unartig – nur gerade so oft, daß ich mir keine Sorgen machen mußte, weil er zu artig war.

Das Lastwagenfahren nahm ihn schon bald wieder ganz gefangen, und ich ging in die Küche, um das Essen zu machen und mir selbst etwas Kaffee aufzuwärmen.

Der Junge hatte einen gesunden Appetit, und ich mußte ihn nicht groß überreden. Ich stellte ihm sein Essen hin und setzte mich in einen Sessel und wollte ein wenig lesen, aber meine Gedanken schweiften ab, und so stand ich auf und stopfte mir eine Pfeife, in der Hoffnung, daß das helfen würde. Als die Wirkung ausblieb, warf ich das Buch beiseite, griff zu Malraux' *So lebt der Mensch,* das Mrs. Johnson mir geliehen hatte, versuchte, darin zu lesen, und trank dazu meinen Kaffee. Aber auch das mußte ich aufgeben. Diese Hände gingen mir nicht aus dem Sinn, und den Mann konnte ich auch nicht vergessen.

»Daddy«, rief der Junge leise; er ist immer ganz leise, wenn ich beschäftigt bin.

»Ja, Kleiner?«

»Ich glaube, wenn ich groß bin, werde ich Lastwagenfahrer.«

»Wirklich?«

»Ja, und dann hab ich ganz ganz viele Knöpfe an der Mütze, wie die Männer, die das Fleisch in den Laden bringen. Heute hab ich einen Farbigen mit solchen Knöpfen gesehen, Daddy. Ich hab aus dem Fenster geguckt, und heute hat ein Farbiger den Lastwagen gefahren, und der hatte zwei Knöpfe an der Mütze, Daddy. Ich hab's ganz genau gesehen.«

Er hatte sein Spiel unterbrochen und kniete noch immer in seinem blauen Spielanzug neben dem Stuhl. Ich schlug das Buch zu und sah den Jungen lange an. Ich muß ziemlich merkwürdig ausgesehen haben.

»Was ist los, Daddy?« fragte er. Ich erklärte ihm, daß ich über etwas nachdachte; dann stand ich auf und ging hinüber zum Fenster. Eine Zeitlang war er ganz still; dann widmete er sich wieder seinem Lastwagen.

Das einzig Schöne an unserer Wohnung war, daß sie hoch oben lag, so daß man nach allen Seiten freie Sicht hatte. Es war ein strahlend sonniger Nachmittag. Drüben an der Seite spielten ein Junge und ein Mädchen Tennis in einer Einfahrt. Auf der anderen Straßenseite tummelte sich eine Gruppe von kleinen Jungs in bunten Spielanzügen auf einer weiten Rasenfläche vor einem weißen Steinhaus. Ihr Kindermädchen war ganz in Weiß, bis auf ihre dunkle Sonnenbrille, die ich sah, als sie den Kopf hob. Sie saß ganz still, wie eine Statue, und beugte sich über ein Buch, das auf ihren Knien lag. Der Wind wehte das Juchzen der spielenden Kinder zu mir herauf, und als ich hinübersah, landete ein Taubenschwarm in der Einfahrt, gleich am Rasen, erhob sich aber sofort wieder in die Lüfte, als ein kleiner Junge mit einem Spielzeug die Einfahrt hinaufgesprungen kam. Die Kinder sahen den Neuankömmling und liefen ihm allesamt entgegen, doch das Kindermädchen blickte auf und rief sie zurück. Sie rief dem kleinen Jungen etwas zu und zeigte zurück zu den Garagen, wo er gerade hergekommen war. Ich sah, wie er sich langsam umdrehte und sein Spielzeug, eine Art Vogel, der mit den Flügeln schlug wie ein Adler, hinter sich herzog. Er blieb stehen und riß eine Blüte von einem der Büsche, die die Einfahrt säumten, sah sich rasch nach dem Kindermädchen um und rannte dann die Einfahrt hinunter. Es war Jackie, der kleine Sohn des weißen Gärtners, der auf der anderen Straßenseite arbeitete.

Als ich mich abwandte, sah ich, daß mein Sohn neben mir stand.

»Was guckst du da, Daddy?« wollte er wissen.

»Ach, Daddy sieht einfach nur raus in die Weltgeschichte.«

Dann fragte er, ob er hinausgehen und Ball spielen durfte, und da ich bald selbst hinuntergehen mußte, um den Rasen zu sprengen, erlaubte ich es ihm. Aber er konnte seinen Ball nicht finden; ich mußte ihn erst für ihn suchen.

»Also dann«, sagte ich. »Bleib schön hinten, wo du keinen störst; und daß du mir ja niemandem ein Loch in den Bauch fragst!«

Das schärfte ich ihm jedesmal ein, wenn auch nur mit mäßigem Erfolg. Er flitzte die Treppe hinunter, und wenig später hörte ich, wie er seinen Ball unten gegen die Garagentore warf. Aber da es nicht allzu laut war, ließ ich ihn gewähren.

Ich griff erneut zu meinem Buch, doch ich muß auf der Stelle eingeschlafen sein, denn als ich wieder aufwachte, war es fast Zeit zum Rasensprengen. Als ich nach unten kam, war der Junge nirgendwo zu sehen. Ich rief, doch er antwortete nicht. Ich trat hinaus in den Durchgang hinter den Garagen und sah nach, ob er dort spielte, doch ich sah nur drei ältere weiße Jungen, die auf einem Stapel alter Kartons hockten und sich unterhielten. Sie blickten mißtrauisch auf, als ich näherkam. Ich fragte sie, ob sie einen kleinen Negerjungen gesehen hätten, und sie verneinten. Dann ging ich weiter bis zu der Stelle hinter dem Laden, wo immer die Lastwagen hielten, und fragte einen der Arbeiter, ob er meinen Jungen gesehen hätte. Er sei schon den ganzen Nachmittag an der Laderampe, sagte er, und der Junge sei ganz sicher nicht dagewesen. Auf dem Rückweg hörte ich die Vier-Uhr-Sirene, und ich mußte mich beeilen und den Rasen sprengen. Ich fragte mich, wo der Junge stecken konnte. Ich kehrte durch den schmalen Durchgang zurück und machte mir allmählich ernste Sorgen um ihn. Dann fiel mir ein, daß er vielleicht trotz meines Verbots nach vorn gegangen war. Natürlich, er war sicher nach vorn gegangen und saß auf dem Rasen. Ich amüsierte mich über meine Ängstlichkeit und beschloß, ihn nicht zu bestrafen, obwohl Berry strikte Anweisung gegeben hatte, daß er sich nicht ohne meine Begleitung vorn blicken lassen durfte. Aber mit so einem kleinen Kerl kann man einfach nicht streng sein.

Als ich bei den neugepflanzten immergrünen Büschen um die Ecke bog, hörte ich den Jungen weinen; sein Ton war unverwechselbar. Gleich darauf sah ich ihn; er blickte zu einem Fenster hinauf, und die Tränen kullerten ihm über die Wangen.

»Was ist los, Kleiner?« fragte ich. »Was ist passiert?«

»Mein Ball, mein Ball, Daddy. Mein Ball«, weinte er und sah zu dem Fenster hinauf.

»Was ist denn mit deinem Ball, Kleiner?«

»Er hat ihn da oben durchs Fenster geschmissen.«

»Wer? Wer hat das gemacht, Junge? Jetzt hör erst mal auf zu weinen und erzähl Daddy, was passiert ist.«

Er unterdrückte ein Schluchzen und wischte sich mit dem Handrücken die Tränen vom Gesicht.

»Ein großer weißer Junge hat gesagt, ich soll ihm meinen Ball zuwerfen, und dann hat er ihn genommen und da oben durch das Fenster geschmissen, und dann ist er weggelaufen«, berichtete er und wies mit dem Finger nach oben.

Ich sah hinauf, und just in dem Augenblick streckte Berry den Kopf aus dem Fenster. Der Ball war in seinem Privatbüro gelandet.

»Ist das Ihr Junge, John?« schnauzte er mich an.

Sein Gesicht war puterrot.

»Ja, Sir, aber –«

»Sein verfluchter Ball hat eine von meinen Pflanzen heruntergerissen.«

»Ja, Sir.«

»Sie wissen ganz genau, daß er hier vorn nichts zu suchen hat.«

»Jawohl!«

»Also, wenn ich ihn noch einmal hier erwische, können Sie sehen, wo Sie bleiben mit Ihrem schwarzen Ball. Und jetzt schaffen Sie ihn nach hinten und kommen Sie herauf und machen Sie den Dreck weg.«

Ich warf ihm einen langen harten Blick zu und tastete dann nach der Hand des Jungen, um ihn zurück in unsere Wohnung zu bringen. Ich sah gar nicht richtig, wohin ich ging, und stieß mir die Hand, als ich auf dem Weg ums Haus in die immergrünen Büsche stolperte.

Der Junge hatte aufgehört zu weinen, und als ich zu ihm hinuntersah, wurde ich durch den Schmerz in meiner Hand auf einen blutenden Kratzer aufmerksam. Oben in der Wohnung setzte ich den Jungen auf einen Stuhl und suchte Jod für meine Wunde.

»Wenn du mich fragst, junger Mann, könnte dein Gesicht eine kräftige Portion Wasser und Seife vertragen.«

Er antwortete nicht, doch als ich aus dem Badezimmer zurückkam, war er wieder gesprächiger.

»Daddy, was hat der Mann gemeint?«

»Womit gemeint, Kleiner?«

»Mit dem schwarzen Ball. Na, du weißt schon, Daddy.«

»Ach – das.«

»Du weißt schon, Daddy. Was hat er gemeint?«

»Er hat gemeint, wenn dein Ball noch einmal in seinem Büro landet, dann muß dein Daddy ihn rausholen, den alten schwarzen Ball.«

»Oh«, sagte er und klang wieder sehr nachdenklich. Nach einer Weile meinte er: »Daddy, der weiße Mann sieht nicht besonders gut, oder?«

»Wie kommst du denn darauf, Junge?«

»Hör mal, Daddy«, erwiderte er ungeduldig. »Das sieht schließlich jeder, daß mein Ball weiß ist.«

Zum zweiten Mal an diesem Tag sah ich ihn lange an.

»Ja, Junge«, sagte sich. »Dein Ball ist weiß.« Jedenfalls ziemlich weiß, dachte ich.

»Spiel ich dann auch mit dem schwarzen Ball, Daddy?«

»Später«, antwortete ich. »Wenn du groß bist.«

Er hatte längst mit dem Ball gespielt; das würde er schon noch merken. Er war längst dabei und lernte die Spielregeln, nur wußte er es noch nicht. Er würde mit dem Ball spielen. Darauf konnte er sich verlassen, der arme kleine Kerl, er würde spielen, bis er das Spiel leid war. Das alte Spiel. Aber die Regeln würde ich ihm erst später erklären.

Meine Hand schmerzte noch von dem Kratzer, als ich den Gartenschlauch zum Rasensprengen herauszog, und als mein Blick auf den Jodflecken fiel, mußte ich wieder an die gebratenen Hände des Fremden denken, und ich tastete in meiner Tasche nach der Karte, die er mir gegeben hatte. Wer weiß, vielleicht hatte der alte Ball ja doch noch eine andere Farbe als Weiß.

DER KÖNIG DES BINGOSPIELS

Die Frau vor ihm knabberte geröstete Erdnüsse, und die dufteten so gut, daß er seinen Hunger kaum im Zaum halten konnte. Und schlafen konnte er auch nicht; er wünschte nur, das Bingo ginge endlich los. Rechts von ihm tranken zwei Männer Wein aus einer Flasche, die sie in einer Papiertüte hatten, und er hörte ein leises Gluckern in der Dunkelheit. Sein Magen antwortete mit einem tiefen, hungrigen Knurren. Ja, wenn wir jetzt unten im Süden wären, dachte er, dann müßte ich mich nur vorbeugen und sagen: »He, Lady, kann ich auch ein paar von den Erdnüssen haben?«, und sie würde mir die Tüte reichen und sich überhaupt nichts dabei denken. Und die Männer könnte er um einen Schluck Wein bitten. Da unten im Süden hielten die Leute zusammen; auch wenn sie einen überhaupt nicht kannten. Aber hier, hier war das anders. Wenn man hier um etwas bat, hielten die einen gleich für verrückt. Aber ich bin nicht verrückt. Ich bin bloß pleite, weil ich keine Geburtsurkunde habe, und ohne Geburtsurkunde kriege ich keine Arbeit, und Laura wird sterben, weil wir kein Geld für einen Arzt haben. Aber verrückt bin ich nicht. Und doch spürte er einen winzigen Zweifel. Er blickte zur Leinwand hinauf und sah, wie der Held verstohlen in einen dunklen Raum trat und den Lichtstrahl seiner Taschenlampe über eine Wand mit Bücherregalen gleiten ließ. Gleich entdeckt er die Geheimtür, erinnerte er sich. Der Mann würde plötzlich durch die Wand gehen und das Mädchen finden; sie war an ein Bett gefesselt, die Arme und Beine weit gespreizt, und ihre Kleider waren zerfetzt. Er lachte leise in sich hinein. Den Film hatte er schon dreimal gesehen, und das war eine der besten Szenen.

Zu seiner Rechten flüsterte einer der beiden Männer mit weitaufgerissenen Augen: »Mann, sieh dir das an!«

»Verdammt!«

»Das könnt mir gefallen, wenn die so vor mir läge ...«

»He, der macht sie los, der Trottel!«

»Na, der liebt sie eben, Mann.«

»Ach, Liebe hin, Liebe her!«

Der Mann neben ihm machte eine ungeduldige Bewegung, und er versuchte, sich wieder auf das Geschehen auf der Leinwand zu konzentrieren. Aber er mußte immer an Laura denken. Der Film war ihm bald langweilig, und er sah sich um zu der Stelle, wo der weiße Lichtstrahl aus dem Projektionsraum über dem Balkon kam. Zuerst war er ganz dünn, doch dann wurde er immer breiter, bis er schließlich die Leinwand erreichte; Staubkörnchen tanzten im weißen Licht. Merkwürdig, daß der Strahl immer genau auf die Leinwand traf, daß er niemals aus der Bahn geriet und irgendwo anders hinfiel. Aber die hatten das alles genau eingestellt. Hatten alles im Griff. Nur mal angenommen, sie würden das Mädchen mit dem zerfetzten Kleid zeigen, und die finge auf einmal an, sich weiter auszuziehen, und wenn der Mann hereinkäme, würde er sie nicht losbinden, sondern ließe sie liegen und zöge sich selbst auch aus? Das wäre doch mal was! Wenn ein Film so außer Kontrolle geriete, da würden die Jungs da oben ganz schön ins Schwitzen kommen. Und hier unten wäre es so voll, daß man neun Monate lang keinen Platz mehr bekäme! Er spürte ein seltsames Kitzeln auf der Haut. Er schauderte. Gestern, als er auf die hell erleuchtete Straße gekommen war, hatte er am Hals einer Frau eine Wanze gesehen. Doch als er jetzt seinen Oberschenkel durch ein Loch in der Hosentasche betastete, fühlte er nichts als Gänsehaut und alte Narben.

Wieder gluckerte die Flasche. Er schloß die Augen. Jetzt untermalte eine verträumte Melodie das Geschehen auf der Leinwand, und in der Ferne hörte man das Pfeifen einer Lokomotive; er war wieder ein Junge und spazierte über eine Eisenbahnbrücke unten im Süden, und als er den Zug kommen sah, machte er kehrt und rannte zurück, so schnell er nur konnte, und er hörte die Lokomotive pfeifen und kam gerade noch rechtzeitig von der Brücke herunter auf festen Boden, und die Erde bebte unter seinen Füßen, als er erleichtert über den geschotterten Abhang lief, hinunter zur Straße, doch als er sich umsah, bemerkte er entsetzt, daß der Zug aus den Gleisen gesprungen war und hinter ihm herraste, mitten auf der Straße, und all die Weißen lachten, und er rannte und schrie und schrie …

»Wach auf, Junge! Was zum Teufel fällt dir ein, hier so herumzubrüllen? Wir wollen in Ruhe den Film ansehen.«

Er starrte den Mann dankbar an.

»Tut mir leid«, sagte er. »Ich muß wohl geträumt haben.«

»Schon gut, hier, trink nen Schluck. Und mach nicht soviel Krach, verdammt noch mal!«

Mit zitternden Händen nahm er die Flasche und trank. Es war gar kein Wein, es war Whiskey. Kühler Roggenwhiskey. Er nahm einen großen Schluck, überlegte, ob er noch einen nehmen durfte, entschied sich dagegen und gab die Flasche zurück:

»Danke, Mann«, sagte er.

Er spürte, wie der kalte Whiskey sich einen warmen Weg durch seine Gurgel bahnte und immer heißer brannte, je weiter er vordrang. Er hatte den ganzen Tag nichts gegessen, und er fühlte sich ganz benommen. Der Duft der Erdnüsse quälte ihn dermaßen, daß er aufstand und sich einen Platz in der Mitte suchte. Aber kaum hatte er sich hingesetzt, da sah er neben sich eine Reihe von verzückt dreinblickenden jungen Mädchen; er stand wieder auf und dachte: Ihr Mädels habt wohl zuviel Jitterbug getanzt. Er ließ sich einige Reihen weiter vorn nieder, und als das Licht anging, sah er, wie die Leinwand hinter einem schweren, rotgoldenen Vorhang verschwand; dann hob sich der Vorhang wieder, und der Mann mit dem Mikrophon und seine uniformierte Assistentin betraten die Bühne.

Lächelnd tastete er nach seinen Bingokarten. Der Kerl an der Tür wäre nicht gerade begeistert, wenn er wüßte, daß er *fünf* Karten hatte. Na ja, es machten eben nicht alle mit beim Bingo; und selbst mit fünf Karten hatte er keine allzu große Chance. Aber Laura zuliebe mußte er sein Glück versuchen. Er studierte die Karten mit ihren verschiedenen Zahlenreihen, drückte bei jeder Karte das Loch in der Mitte heraus und breitete sie fein säuberlich auf seinem Schoß aus; und als das Licht ausging, hockte er zusammengekauert auf seinem Platz, so daß er nur kurz den Blick heben mußte, wenn er von seinen Karten zu dem Glücksrad sehen wollte.

Vorn, da wo die Dunkelheit endete, drückte der Mann mit dem Mikrophon einen Schalter am Ende einer langen Schnur und setzte das Rad in Bewegung, und jedesmal, wenn es wieder zum Stillstand kam, rief er die Nummer aus. Und jedesmal, wenn die Stimme erklang, huschte der Finger in fieberhafter Eile über die Karten und suchte die Zahl. Bei fünf Karten mußte er sehr schnell sein. Er wurde nervös; es waren zu viele Karten, und der Mann war zu schnell mit seiner heiseren Stimme. Vielleicht sollte er eine Karte auswählen und die anderen wegwerfen. Aber er hatte Angst. Er begann zu schwitzen. Wieviel der Arzt für Laura wohl kosten würde? Verdammt, paß auf die Karten auf! Verzweifelt hörte er, wie der Mann drei Zahlen auf einmal ausrief, die er auf keiner der fünf Karten fand. So würde er niemals gewinnen …

Als er die Lochreihe auf der dritten Karte entdeckte, saß er zuerst wie gelähmt und hörte den Mann noch drei weitere Zahlen ausrufen, ehe er nach vorne taumelte und schrie: »Bingo! Bingo!!«

»Laßt den Mann da mal nach oben«, rief jemand.

»Nun geh schon rauf, Mann!«

Er stolperte nach vorn und die Stufen zur Bühne hinauf in ein Scheinwerferlicht, das ihm so hart und grell entgegenstrahlte, daß er einen Augenblick lang überhaupt nichts sehen konnte, und ihm war, als habe eine fremde, geheimnisvolle Macht von ihm Besitz ergriffen. Und doch war das alles so vertraut wie die Sonne, und er wußte, daß es nichts weiter war als Bingo.

Der Mann mit dem Mikrophon sagte etwas ins Publikum, und er streckte ihm die Karte hin. Etwas Kaltes an der Hand des Mannes glitzerte, als er sie ihm aus den Fingern nahm. Die Knie zitterten ihm. Der Mann kam näher und verglich die Karte mit den Kreidezahlen an der Tafel. Wenn er nun einen Fehler gemacht hatte? Bei dem Pomadegeruch, den die Haare des Mannes ausströmten, wurde ihm noch schwindliger, und er trat einen Schritt zurück. Aber der Mann sprach jetzt schon die Zahlen ins Mikrophon, und er mußte bleiben. Er stand wie gebannt und lauschte.

»Unter dem O die Vierundvierzig«, skandierte der Mann. »Unter dem I die Sieben. Unter dem G die Drei. Unter dem B die Sechsundneunzig. Und unter dem N die Dreizehn!«

Er atmete auf, als der Mann ins Publikum lächelte.

»Jawohl, meine Damen und Herren. Vor uns steht einer vom erwählten Volke!«

Das Publikum lachte und applaudierte.

»Kommen Sie doch hier nach vorn.«

Er trat vorsichtig an den Bühnenrand und wünschte, das Licht wäre nicht ganz so grell.

»Wenn Sie den Jackpot des heutigen Abends in Höhe von 36 Dollar 90 Cents gewinnen wollen, muß das Rad zwischen den beiden Nullen stehenbleiben, verstanden?«

Er nickte, denn er kannte das Ritual von den unzähligen Tagen und Nächten, an denen er zugesehen hatte, wie die Gewinner über die Bühne stolzierten, den Schalter betätigten, der das Glücksrad steuerte, und ihre Preise entgegennahmen. Und jetzt lauschte er den Anweisungen, als hätte er schon tausendmal auf den glatten Bohlen gestanden und seinen Preis überreicht bekommen.

Der Mann riß einen Witz, und er nickte geistesabwesend. Er war jetzt plötzlich so aufgeregt, daß ihm fast die Tränen kamen, aber er kämpfte dagegen an. Irgendwie hatte er das Gefühl, daß sein ganzes Leben im Zeichen dieses Glücksrads stand; nicht nur das, was jetzt gleich geschehen würde, jetzt wo er endlich hier vorn stand; nein, das Rad hatte auch über alles entschieden, was vorher geschehen war, von seiner Geburt und der Geburt seiner Mutter und der Geburt seines Vaters an. Es war von Anfang an dagewesen, auch wenn er es nicht gewußt hatte, und hatte dafür gesorgt, daß er in seinem Leben immer die schlechten Karten und immer die falschen Zahlen hatte. Dieses Gefühl ließ sich nicht abschütteln, und er trat rasch einen Schritt zurück. Ich sollte zusehen, daß ich hier wegkomme, bevor ich mich zum Narren mache, dachte er.

»He, Sie«, rief der Mann. »Sie wollen sich doch nicht verdrücken, bevor Sie anfangen?«

Jemand lachte, als er zögernd wieder vortrat.

»Alles in Butter, Mann?«

Er grinste über den Ansager, wie er über die Bühne tänzelte, doch die Worte blieben ihm im Halse stecken, und er wußte, daß sein Grinsen nicht überzeugend wirkte, denn plötzlich wußte er, daß er sich gleich fürchterlich blamieren würde.

»Woher kommst du, Junge?« fragte der Mann.

»Aus dem Süden.«

»Er kommt aus dem Süden, meine Damen und Herren«, sagte der Mann. »Und von wo genau? Du mußt direkt hier ins Mikrophon sprechen.«

»Aus Rocky Mont«, antwortete er. »Rock' Mont in North Car'lina.«

»Und dann bist du also von deinem Berg herabgestiegen und zu uns in die Vereinigten Staaten von Amerika gekommen«, lachte der Mann. Er spürte, daß er sich über ihn lustig machte, aber dann drückte der Mann ihm etwas Kaltes in die Hand, und der Scheinwerfer schwenkte zum Glücksrad.

Er stand vor dem Rad und fühlte sich verloren, doch das war nicht weiter schlimm; ihm fiel wieder ein, was er sich vorgenommen hatte. Er würde dem Rad nur einen kleinen Schubs geben. Den Knopf nur einmal antippen. Er hatte das schon oft beobachtet: Wenn sich das Rad kurz und schnell drehte, hielt es immer in der Nähe der beiden Nullen. Er war bereit; die Angst war verflogen, und er spürte eine große Verheißung, so als stünde der Augenblick, in dem er für all das Leid in seinem Leben entschädigt werden sollte, nun unmittelbar bevor. Zitternd drückte er den Knopf. Ein Wirbel von Lichtern setzte sich in Bewegung, und schon in der ersten Sekunde war ihm klar, daß er das Rad nicht anhalten konnte, sosehr er auch wollte. Es war, als halte er eine Hochspannungsleitung in der bloßen Hand. Seine Nerven waren zum Zerreißen gespannt. Je schneller das Rad sich drehte, desto tiefer schien es ihn in den Bann zu ziehen, als sei sein Schicksal unauflöslich damit verbunden; und er wünschte sich nichts sehnlicher, als sich hineinziehen zu lassen, sich mitzudrehen und ganz in dem bunten Wirbel der Farben aufzugehen. Er wußte, daß er es jetzt nicht anhalten konnte. Und so ließ er dem Rad seinen Lauf.

Er hielt den Schalter fest in der Hand, noch immer genau so, wie der Mann ihn ihm gegeben hatte. Erst jetzt bemerkte er, daß der Ansager neben ihm stand und ihm über das Mikrophon Ratschläge erteilte, und aus der Dunkelheit des Zuschauerraums kam schon ein lautes, ungeduldiges Murren. Er trat von einem Fuß auf den anderen. Immer noch fühlte er sich hilflos und ausgeliefert, wäre noch immer am liebsten weggelaufen, selbst jetzt, wo der Jackpot hier in seiner Hand lag. Er drückte den Knopf, bis die zusammengeballte Hand schmerzte. Und dann durchfuhr ihn ein jäher Zweifel wie das schrille Pfeifen einer Untergrundbahn. Wenn er das Rad nun nicht lang genug drehte? Was konnte er tun, und woher sollte er es wissen? Und dann wurde ihm klar, daß er den Jackpot in der Hand hatte, solange er den Knopf gedrückt hielt. Er allein konnte entscheiden, ob der Jackpot ihm gehörte oder nicht. Nicht einmal der Mann mit dem Mikrophon konnte daran jetzt etwas ändern. Er fühlte sich wie betrunken. Und dann hörte er die Leute schreien, als sei er von einem hohen Berg hinab in ein Tal voller Menschen gestiegen.

»Mach, daß du da runterkommst, du Idiot!«

»Andere Leute wollen auch ihre Chance haben ...«

»Onkel Tom glaubt wohl, er hätte den Pott am Ende des Regenbogens gefunden ...«

Die letzte Stimme klang gar nicht unfreundlich, und er wandte sich um und lächelte gedankenverloren zu den Schreihälsen hinunter. Dann kehrte er ihnen wieder den Rücken zu.

»Laß dir nicht zu viel Zeit, Junge«, sagte eine Stimme.

Er nickte. Der Lärm hinter ihm wurde immer größer. Die Leute da unten konnten einfach nicht verstehen, was mit ihm passiert war. Sie spielten seit Jahren Bingo und versuchten tagein, tagaus, das Geld für die Miete oder nur ein paar Cents für einen Hamburger zu gewinnen. Aber keiner von all den Besserwissern hatte je die wunderbare Entdeckung gemacht, die er gemacht hatte. Er sah die Zahlen auf dem Rad vorüberwirbeln und war erfüllt von einem plötzlichen Gefühl des Glücks: Das ist Gott! Das ist der wahre, lebendige Gott! Und er sagte es laut: »Das ist Gott!«

Die Erkenntnis überwältigte ihn dermaßen, daß er sich schon ausmalte, wie er gleich ohnmächtig im Rampenlicht zusammenbrechen würde. Doch die Menge brüllte so laut, daß keiner ihn hören konnte. Diese Narren, dachte er. Ich stehe hier und will ihnen das großartigste Geheimnis der ganzen Welt verraten, und die brüllen nur alle wie durchgedreht. Eine Hand legte sich ihm auf die Schulter.

»Du mußt dich jetzt entscheiden, Junge. Wir haben nicht ewig Zeit.«

Er stieß die Hand heftig beiseite.

»Lassen Sie mich in Ruhe, Mann. Ich weiß, was ich tue!«

Der Mann sah ihn verblüfft an und suchte Halt an seinem Mikrophon. Und weil er die Gefühle des Mannes nicht verletzen wollte, lächelte er, auch wenn der Gedanke ihm durch den Kopf schoß, daß er dem Mann niemals würde erklären können, warum er von nun an für immer hier stehen und den Knopf gedrückt halten mußte.

»Kommen Sie her«, rief er erschöpft.

Der Mann kam näher; er rollte den schweren Mikrophonständer über die Bühne.

»Hier kann jeder Bingo spielen, nicht wahr?« fragte er.

»Ja, aber …«

Er lächelte; er konnte mit diesem geschniegelten Weißen in seinem blauen Sporthemd und dem schicken Gabardineanzug Geduld haben.

»Das habe ich mir gedacht«, sagte er. »Jeder kann den

Jackpot gewinnen, vorausgesetzt, er hat die richtige Zahl, stimmt's?«

»So sind die Regeln, aber ...«

»Das habe ich mir gedacht«, sagte er. »Und der große Preis geht an denjenigen, der weiß, wie man ihn gewinnt?«

Der Mann nickte sprachlos.

»Gut, dann gehen Sie da rüber und sehen Sie gut zu, wie ich auf meine Weise gewinne. Ich tue niemandem etwas zuleide, und ich zeige Ihnen, wie man gewinnt. Der ganzen Welt werde ich zeigen, wie man das macht.«

Und weil er so genau verstand, was vorging, lächelte er noch einmal, damit der Mann wußte, daß er nichts gegen ihn hatte, nur weil er weiß war und ungeduldig. Danach nahm er den Mann gar nicht mehr weiter zur Kenntnis. Er stand da und drückte den Knopf, und die Stimmen aus der Menge schallten zu ihm herauf wie ferner Straßenlärm. Sollten sie ruhig schreien. Die Neger da unten schämten sich ja nur, weil er genauso schwarz war wie sie. Er lächelte vor sich hin, denn das Gefühl kannte er gut. Meistens schämte er sich selbst über das, was andere Neger taten. Na, diesmal sollten sie wenigstens einen Grund haben, sich zu schämen. Und er selbst auch. Er war wie ein langer, dünner schwarzer Draht, der länger und länger gezogen und auf das Glücksrad gewickelt wurde; immer weiter aufgewickelt, bis er es fast nicht mehr aushielt; immer weiter aufgewickelt, nur daß er diesmal das Aufwickeln und die Trauer und die Scham selbst in der Hand hatte, und weil das so war, würde es Laura bald bessergehen. Plötzlich fingen die Lichter an zu flackern. Er trat einen Schritt zurück. Was war passiert? Was war das für ein Lärm? Wußten sie denn nicht, daß er zwar das Rad steuerte, daß aber auch er seinerseits von diesem gesteuert wurde und daß es stehenbleiben würde, wenn er den Knopf nicht für immer und alle Zeit gedrückt hielte? Und dann würde er dasitzen, ohne jede Hoffnung auf der Welt, dasitzen auf seinem harten, hohen, abschüssigen Berg, und seine Laura wäre tot. Er hatte nur eine einzige Chance; er mußte tun, was immer das Rad von ihm verlangte. Und als er in seiner Verzweiflung den Schalter umklammerte, da spürte er plötzlich, daß davon eine Energie, eine Art elektrischer Spannung ausging. Sein Rückgrat kribbelte. Er spürte eine Kraft, die ihn erfüllte.

Jetzt blickte er trotzig in die tobende Menge; ihre Schreie durchbohrten sein Trommelfell wie Trompeten, die ihm aus einer Musikbox entgegenschmetterten. Er sah die verschwommenen Gesichter im Schein des Glücksrads, und ein Stolz erfüllte ihn, wie er ihn noch nie gekannt hatte. Gott im Himmel, er *leitete* diese Show! Alle mußten sich nach *ihm* richten, denn ihr Glück lag in seiner Hand. Das bin *ich,* dachte er. Sollen die Dummköpfe da unten doch schreien. Dann vernahm er ein Lachen in seinem Inneren, und ihm ging auf, daß er seinen eigenen Namen vergessen hatte. Es war ein unglückliches, verlorenes Gefühl, wenn man seinen Namen vergaß; verrückt, daß einem so etwas passieren konnte. Den Namen hatte er von dem Weißen bekommen, dem sein Großvater vor langer, langer Zeit unten im Süden gehört hatte. Aber vielleicht wußten die Besserwisser unten, wer er war.

»Wer bin ich?« rief er hinunter.

»Jetzt mach schon und hol dir deinen Gewinn, du Spinner!«

Nein, die kannten ihn auch nicht, dachte er traurig. Die kannten nicht einmal ihren eigenen Namen; alles nur arme, namenlose Dummköpfe. Na wenn schon, er brauchte den alten Namen nicht mehr; er war ein neuer Mensch. Solange er den Knopf gedrückt hielt, war er Der-Mann-mit-dem-Schalter-der-über-den-Preis-entschied, der König des Bingospiels. Ja, so war es, und er mußte den Knopf drücken, auch wenn keiner das verstand – wenn nicht einmal Laura es verstand.

»Du sollst leben!« rief er.

Der Lärm im Publikum erstarb, wie ein riesiger Ventilator, der zum Stehen kommt.

»Du sollst leben, Laura, Liebes. Ich hab es geschafft, mein Schatz. Du sollst leben!«

Er schrie es aus vollem Halse, und die Tränen strömten ihm über das Gesicht. »Ich habe doch niemanden außer DIR!«

Die Schreie kamen aus seinem tiefsten Inneren. Ihm war, als ob das Blut, das ihm in den Kopf schoß, in kleinen roten Tröpfchen herausquellen müsse, wie aus den Nähten eines Baseballs, wie bei jemandem, den die Polizei mit Gummiknüppeln prügelt. Als er sich vorbeugte, sah er Blut auf seine Schuhspitze tropfen. Mit der freien Hand befühlte er seinen Kopf. Es kam aus der Nase. Lieber Himmel, nur jetzt keinen Fehler machen! Ihm war, als sei das ganze Publikum irgendwie in ihn hineingefahren und als trampele es mit den Füßen in seinem Bauch, und er konnte es nicht wieder hinausbekommen. Sie wollten den Preis, das war es. Sie wollten ihm sein Geheimnis entreißen. Aber das würden sie niemals bekommen; er würde das Glücksrad laufen und laufen lassen in alle Ewigkeit, und Laura wäre gerettet, gerettet in der Drehung des Rades. Aber stimmte das wirklich? Es mußte stimmen, denn wenn sie nicht gerettet wäre, würde das Rad stehenbleiben; es konnte sich nicht weiterdrehen. Er mußte fort von hier, alles *ausspeien,* und vor seinem inneren Auge sah er sich, wie er Laura im Arm hielt und davonrannte, über die Gleise der Untergrundbahn, vor dem Zug der Linie A her, wie er verzweifelt rannte *alles ausspeien* und wie die Leute brüllten, er solle herauskommen, aber er wußte nicht, wie er von den Gleisen kommen sollte, denn wenn er stehenblieb, würde der Zug ihn zermalmen, und wenn er versuchte, über das Gegengleis zu entkommen, würde er gegen die taillenhohe dritte Schiene laufen, und die stand unter Strom und sprühte blaue Funken, die ihn blendeten, so daß er kaum noch sehen konnte.

Er hörte Singen, und das Publikum klatschte den Rhythmus dazu.

Immer raus mit dem Whiskey, mein Junge!
Klatsch-klatsch-klatsch!
Holt die Bullen mal rüber,
Das Faß läuft gleich über,
Immer raus mit dem Whiskey, mein Kind!

Der Gesang machte ihn bitter und zornig. Die halten mich für verrückt. Meinetwegen, sollen sie ruhig lachen. Ich weiß, was ich zu tun habe.

Er stand da wie jemand, der angestrengt lauscht, und bemerkte, daß sie etwas beobachteten, was hinter ihm auf der Bühne vor sich ging. Er fühlte sich schwach. Aber als er sich umdrehte, sah er niemanden. Wenn sein Daumen bloß nicht so weh täte. Jetzt applaudierten sie. Und einen Augenblick lang dachte er, das Rad sei stehengeblieben. Doch das war unmöglich, denn sein Daumen drückte noch immer den Knopf. Und dann sah er sie. Zwei Uniformierte standen am Ende der Bühne und winkten ihn zu sich herüber. Jetzt kamen sie auf ihn zu, im Gleichschritt, ganz langsam, wie ein Stepptanz-Duo vor der dritten Zugabe. Doch sie hatten die Schultern vorgebeugt, und er wich zurück und sah sich verzweifelt um. Er hatte nichts, womit er sich wehren konnte. Nur die lange schwarze Schnur, die zu einer Steckdose irgendwo hinter der Bühne führte, und die konnte er nicht nehmen, weil daran das Glücksrad hing. Er wich langsam zurück, ohne die Männer aus den Augen zu lassen; seine Lippen spannten sich über den Zähnen zu einem starren, verzerrten Grinsen. Er bewegte sich bis zum Ende der Bühne, und dann merkte er, daß er nicht mehr viel weiter gehen konnte, weil die Schnur schon ganz straff gespannt war und er nicht riskieren durfte, sie herauszureißen. Aber er mußte etwas tun. Das Publikum johlte. Plötzlich blieb er stehen, sah die Männer innehalten, die Füße noch halb in der Luft, als ob jemand die Zeitlupenaufnahme ihres Tanzes mitten in der Bewegung angehalten hätte. Ihm blieb nichts anderes übrig, als in die andere Richtung zu laufen, und er rannte los, rutschte und strauchelte. Die Männer wichen überrascht zurück. Als er an ihnen vorbeistürmte, schlug er mit aller Kraft um sich.

»Pack ihn!«

Er rannte weiter, doch allzuschnell spannte sich wieder die Schnur und hemmte seinen Lauf; er machte kehrt um und rannte wieder zurück. Diesmal entwischte er ihnen, und er erkannte, daß die Schnur sich nicht spannte, solange er vor dem Rad im Kreis lief. Aber wenn er das tat, mußte er mit den Armen um sich schlagen, um die Männer fernzuhalten. Warum konnten sie ihn nicht in Ruhe lassen? Er rannte, immer im Kreis herum.

»Laßt den Vorhang runter«, rief jemand. Aber das konnten sie doch nicht tun. Wenn sie das taten, würde der Lichtstrahl aus dem Projektionsraum, der Lichtstrahl, der das Rad beleuchtete, abgeschnitten. Aber noch ehe er ihnen das sagen konnte, packten sie ihn und wollten ihm die Faust öffnen, und er versuchte sich mit den Knien zu wehren, und er hielt den Knopf umklammert, denn der Knopf war sein Leben. Und jetzt ging er zu Boden, sah einen Fuß auf sich zukommen und brutal auf sein Handgelenk treten, lag am Boden und sah, wie das Rad da oben sich unbeirrt weiterdrehte.

»Ich kann nicht loslassen«, brüllte er. Und dann noch einmal, ganz ruhig und in vertraulichem Ton: »Ehrlich, Jungs, ich kann das wirklich nicht loslassen.«

Der Schlag traf ihn mit voller Wucht am Kopf. Und noch im Augenblick, in dem ihm schwarz vor Augen wurde, nahmen sie es ihm fort, und diesmal für immer. Er wehrte sich verzweifelt, als sie versuchten, ihn von der Bühne zu zerren, und ließ zugleich das Rad nicht aus den Augen, das nun langsam zum Stillstand kam. Es überraschte ihn nicht, als er sah, daß es zwischen den beiden Nullen stehenblieb.

»Da«, sagte er bitter, »da, seht ihr.«

»Ja, Junge, ist ja schon gut«, sagte einer der Männer und lächelte.

Und als er sah, wie der Mann jemandem zunickte, der hinter ihm stehen mußte, wurde ihm wohl ums Herz, und er war sehr, sehr glücklich; er würde bekommen, was alle Gewinner bekamen.

Doch vor lauter Glück über die Gerechtigkeit dieses grimmig lächelnden Mannes bemerkte er nicht, wie dieser zwinkerte, bemerkte nicht, wie der krummbeinige Mann hinter ihm einen Schritt hinter den nun rasch fallenden Vorhang trat und zum Schlag ausholte. Er spürte nur, wie der dumpfe Schmerz in seinem Schädel explodierte, und wußte schon im Augenblick, in dem es ihm entschlüpfte, daß er dort auf der Bühne sein Glück verloren hatte.

IN EINEM FREMDEN LAND

Im Pub schwoll ihm das Auge allmählich zu. Er sah weiße Flecken tanzen und mußte sich das Auge mit der Hand zuhalten, damit er Mr. Catti noch erkennen konnte. Mr. Catti hatte sein Glas erhoben, trank und stellte es schwungvoll auf die Tischplatte zurück. Er blickte Mr. Catti in das helle, spitznasige Gesicht und lächelte. Mr. Catti war sehr freundlich gewesen, und er bemühte sich nach Kräften, nett zu ihm zu sein.

»So etwas kriegt man nicht auf einem Schiff«, sagte er und leerte sein Glas.

»Schmeckt Ihnen unser walisisches Ale?«

»Ja, sehr.«

»Es ist nicht mehr so gut wie vor dem Krieg«, sagte Mr. Catti traurig.

»Da muß es ja wirklich exzellent gewesen sein«, erwiderte er.

Er blickte verstohlen hinüber zu der hübschen Barfrau mit der blauen Schürze, sah, wie ihr dunkles Haar langsam nach vorn rutschte, als sie mit einer Pumpe, wie er sie nur aus englischen Filmen kannte, das Bier zapfte. Mit zugehaltenem Auge konnte er viel besser sehen. Auf der anderen Seite des Raums, nicht weit vom Kamin mit den glühenden Kohlen, kegelten zwei Männer. Einer von ihnen stimmte ein Lied an und sang »Treat Me Like an Irish Soldier«, und Mr. Catti fragte:

»Sind Sie schon lange in Wales?«

»Etwa eine Dreiviertelstunde«, antwortete er.

»Dann gibt es ja noch viel zu sehen für Sie«, sagte Mr. Catti, erhob sich, ging an die Bar und ließ sich die Gläser neu füllen.

Nein, dachte er und studierte dabei die Reklametafeln mit der Aufschrift GUINNESS IS GOOD FOR YOU, ich habe genug gesehen. Als er von Bord gegangen war, war er voller Erwartungen und freudiger Erregung gewesen, wie immer, wenn man in ein fremdes Land kommt. Als er in der Dunkelheit die Straße entlanggegangen war, hatte er noch die ganze Nacht an Land bleiben und dann am Morgen alles mit neuen Augen sehen wollen, so wie die Pilgerväter einst die Neue Welt gesehen hatten. Das war ihm da noch als ganz vernünftiger Gedanke vorgekommen – bis zu dem Augenblick, in dem der Trupp Soldaten in der Dunkelheit wie aus dem Nichts am Bordstein aufgetaucht war. Jemand hatte »Gottverdammich« gebrummt, und er hatte gedacht, das ist einer aus der Heimat, und hatte gegrinst und sich entschuldigt, geblendet von dem grellen Licht der Lampe, die sie auf ihn richteten. Er hatte den Hieb schon gespürt, als sie »Das ist 'n Scheißnigger« brüllten, aber der Schlag hatte ihn trotzdem mit voller Wucht getroffen. Sie schlugen weiter auf ihn ein, bis ein paar von Mr. Cattis Landsleuten schließlich eingriffen und Mr. Catti ihn mit ins Pub nahm. Jetzt, nach mehreren Runden Ale, kannten sie sich schon ein wenig, keiner sprach ein Wort über das Auge, und er lauschte, wenn auch mit Mühe, den Erzählungen von der Geschichte des walisischen Volkes und machte sich seine Gedanken über die Männer mit den Tweedkappen und den schmalkrempigen Hüten, die sich so gedämpft über ihren Gläsern unterhielten.

Anfangs hatte sich sein blinder Zorn auch gegen sie gerichtet. Doch ihre echte, so gar nicht herablassende Höflichkeit hatte ihn ganz und gar entwaffnet. Nun waren seine Wut und sein Groll allmählich verebbt, und er spürte nur noch einen schwelenden Selbsthaß und ein Gefühl der Wehrlosigkeit. Was sollte er ihnen vorwerfen, wo sie ihm doch nur zu Hilfe gekommen waren? Schließlich war *er* es gewesen, der sich gefreut hatte, als er eine amerikanische Stimme hörte. Dafür kannst du sie nicht büßen lassen, das ist ein ganz anderer Menschenschlag; sogar anders als die Engländer. Das predigt er dir schließlich schon die ganze Zeit, dachte er, als er Mr. Catti zurückkommen sah, den Kopf zur Seite geneigt, damit er den Rauch von seiner Zigarette nicht in die Augen bekam, die schaumgekrönten Gläser fest im Griff.

»Es ist eine Schande für unser Land, Mr. Parker!« schimpfte Mr. Catti. »Was macht Ihr Auge?«

»Es geht besser, danke«, erwiderte er freundlich. »Und machen Sie sich keine Sorgen deswegen. Es war ja nur so eine Art Familienstreit. Gibt es hier in Wales viele wie mich?«

»O ja, hier wimmelt es nur so von Yankees. Schwarze Yankees und weiße.«

»Schwarze *Yankees*?« Er wollte lächeln.

»Ja. Und viele davon sind wirklich prächtige Burschen.« Mr. Catti warf einen Blick auf seine Armbanduhr.

»Ach du liebe Güte! Tut mir leid, aber es wird höchste Zeit für mein Konzert. Wollen Sie nicht mitkommen? Die Jungs in meinem Club singen – alles keine ausgebildeten Sänger wohlgemerkt, aber einige haben sehr gute Stimmen.«

»Nein ... nein, lieber nicht«, sagte er. Aber Musik war seine Leidenschaft, und sein Interesse war erwacht.

»Es ist ein privater Club«, machte Mr. Catti ihm Mut. »Nur für Mitglieder – und für unsere Gäste selbstverständlich. Wir würden uns sehr freuen, wenn Sie kommen. Vielleicht singen die Jungs ja sogar ein paar von Ihren Spirituals.«

»Oh! Sie kennen unsere Musik?«

»Sehr gut sogar«, erwiderte Mr. Catti. »Und seit eure Jungs hier bei uns sind, haben wir gelernt, daß ihr die Musik liebt, genau wie wir.«

»Ich glaube, ich würde doch sehr gern mitkommen«, sagte er; er stand auf und schlüpfte in seine Seemannsjacke. »Aber ich fürchte, Sie müssen mich führen.«

»Das macht nichts. Es ist ganz in der Nähe. Nur ein kleines Stückchen die Straight Street hinauf.«

Draußen erhellte ihnen der bleiche Lichtstrahl einer Taschenlampe den gepflasterten Gehweg. Irgendwo in der feuchten Dunkelheit sangen ein paar halbwüchsige Mädchen einen alten amerikanischen Schlager. Da geht es schon wieder los. Geh lieber zurück zum Schiff; wer weiß, was als nächstes aus der Dunkelheit auftaucht; vielleicht die Hochbahn von der Second Avenue. Und was passiert, wenn einer von den anderen einen Yankee mitbringt? Warum willst du ihnen den Spaß verderben? Ach verdammt, dann soll *der* doch abhauen …

Mr. Catti führte ihn zu einem Hauseingang, aus dem leises Stimmengemurmel drang. Vielleicht, dachte er, vielleicht hörst du ja den alten »Spiritual«-Klassiker *Der Massa ist – der Massa ist 'n alter Masochist!*

Als sein verletztes Auge ins Helle kam, da war es, als würde eine unsichtbare Hand es ihm mit Gewalt aufreißen. Er wußte nicht, ob er sich das Auge zuhalten sollte oder ob er weniger auffiel, wenn er es nicht tat. Als ob *das* ihm noch etwas nützen würde!

Mr. Catti begrüßte die Männer, die an der Bar zusammenrückten und ihnen Platz machten. Als er sich im Raum umschaute, wo Klappstühle fein säuberlich um Reihen von kleinen Tischen aufgestellt waren, hörte er einen Mann im blauen Anzug glockenhelle Arpeggien auf dem Klavier spielen. Es war ein heiterer, fröhlicher Raum.

»Zwei Whisky, Alf«, sagte Mr. Catti zu dem Mann hinter der Theke.

»Geht in Ordnung! Und guten Abend auch, Twm«, sagte der Mann.

»Das ist Mr. Parker, Alf«, stellte Catti ihn vor. »Mr. Parker, Mr. Triffit, unser Clubmanager.«

»Sehr erfreut«, sagte er und schüttelte die Hand, die Mr. Triffit ihm entgegenstreckte.

»Herzlich willkommen in unserem Club, Sir«, erwiderte Mr. Triffit. »Sie sind Amerikaner, nehme ich an?«

»Ja«, antwortete er und fügte leicht amüsiert hinzu: »Ein schwarzer Yankee.«

»Ich habe gedacht, unser Konzert macht Mr. Parker vielleicht Freude, Alf. Deswegen habe ich ihn mitgebracht.«

»Wir freuen uns, Sie hier bei uns begrüßen zu dürfen, Sir«, sagte Mr. Triffit. »Ich bin sicher, es wird Ihnen gefallen, Mr. Parker. Wenn Sie mir die Bemerkung gestatten, unsere Jungs sind … die sind … ach, verdammt, die sind ganz einfach große Klasse!«

»Daran habe ich nicht den geringsten Zweifel«, sagte er und dachte: So stolz, wie der ist, der würde sich deswegen sogar prügeln.

»Na dann, zum Wohl«, sagte Mr. Catti.

»Auf Ihr Wohl, Sir«, sagte Mr. Triffit.

»Auf Wales«, sagte Mr. Parker, »und auf Sie beide.«

»Und auf Amerika, Gott segne es«, sagte Mr. Triffit.

»Ja«, sagte Mr. Parker, »und auf Amerika.«

Es konnte nicht mehr lange dauern, bis Mr. Triffit ihn auf sein Auge ansprach, und der war erleichtert, als Mr. Catti weiterging.

»Kommen Sie, Mr. Parker. Wir suchen uns einen Platz.«

Sie setzten sich ziemlich weit vorn hin, wo die Sänger Aufstellung nahmen. Die wohlige Wärme des Alkohols erfüllte jetzt seinen ganzen Körper, und als das erste Stück angesagt wurde, ein walisisches Volkslied, das a cappella vorgetragen werden sollte, hörte er die Ankündigung wie aus weiter Ferne, genau wie den leisen Stimmakkord. Er sah, wie die Männer sich in Positur stellten und wie der Dirigent die Hand erhob, hörte beim ersten Taktschlag das rasche, vernehmliche Atemholen, und dann kam der präzise Einsatz.

Mit einer solchen Harmonie der Chorstimmen hatte er nicht gerechnet. Er staunte über den warmen, vollen Klang der Musik, und hinter den fremden walisischen Worten hörte er das ferne Echo einfacher Volksweisen, wie den Klang russischer Volkslieder.

»Das ist wundervoll«, flüsterte er, und ein stolzes Lächeln huschte über Mr. Cattis Gesicht.

Er blickte sich um und sah das Einvernehmen auf den gebannten Mienen der Zuhörer, die alle an ihren Gläsern nippten oder an ihren Pfeifen oder Zigaretten zogen. Der Raum füllte sich nach und nach mit wohligen Rauchwölkchen. Sie sangen ein weiteres walisisches Volkslied, und auch wenn er den Text nicht verstand, zog es ihn doch wie magisch an, umspannte ihn ganz mit seiner Kraft. Doch dann schnürte ihm wieder das vertraute und verhaßte Gefühl, daß alles fremd war, die Kehle zu.

»War das ein Lied über Wales?« fragte er und befühlte sein Auge.

»Genau!« rief Mr. Catti aus. »Und das erste handelte von einer Schlacht, in der wir die Engländer besiegt haben. Die Musik, die verrät uns, wie's in den Herzen aussieht. Eigentlich braucht man die Verse gar nicht.«

Mr. Cattis Gesicht war gerötet vor guter Laune. Er freut

sich, daß ich es verstanden habe, dachte er. Und als die Männer mit leiser Stimme weitersangen, spürte er, wie das Gefühl der Leere und Hilflosigkeit immer größer wurde. Er hätte mehr über die Waliser wissen müssen, über ihre Geschichte und ihre Kunst. Wenn wir doch nur ein bißchen von dem hätten, was sie haben, dachte er. Dabei sind sie ein viel kleineres Volk, als wir es wären; und doch kenne ich unter all unseren Liedern kein einziges, das von der Liebe zur Erde oder zu unserem Land erzählt. Und wir haben auch keine Lieder über Schlachten, höchstens über Schlachten aus biblischer Zeit. Und vor seinem inneren Auge sah er einen russischen Bauern niederknien und die Erde küssen, sah ihn mit tränenfeuchten Augen aufstehen und mit einem wilden Kampfesruf aufs Schlachtfeld stürmen. Und hier, inmitten dieser Männer und beim Klang ihrer Stimmen, spürte er auf einmal eine tiefe Sehnsucht, eine Sehnsucht nach dem Schmerz und dem Triumph einer solchen Liebe.

»Sehen Sie den Mann mit dem roten Gesicht?« fragte Mr. Catti.

»Ja?«

»Dem gehört das größte Bergwerk hier am Ort.«

»Und was machen die anderen?«

»Alles mögliche. Der Tenor an der Seite ist Bergmann. Mr. Jones hier in der Mitte ist Metzger. Und der Dunkelhaarige neben ihm ist Gewerkschaftsfunktionär.«

»So harmonisch, wie sie zusammen singen, kann man sich das gar nicht vorstellen«, sagte er lächelnd.

»Wenn wir singen, sind wir Waliser«, sagte Mr. Catti, als das nächste Lied begann.

Parker lächelte. Ein solches Gefühl der Zusammengehörigkeit hatte er bislang nur bei gemischten Jam Sessions erlebt. In der Jam Session, da sind wir Jamokraten, Sir! Er mochte diese Waliser. Nicht einmal auf dem Schiff, wo die gemeinsame Gefahr und das Leben in einer Kampfgemeinschaft ein gewisses Maß an Verständnis füreinander geweckt hatten, hatte er sich den Weißen so nahe gefühlt wie hier.

Auf dem Schiff sind wir nur zusammen, weil es nicht anders geht, überlegte er. Und die Leute hier, die bringt die Musik zusammen, eine Gemeinschaft, die von innen kommt, »der Liebe Nahrung«. Nur weiter so, Dummkopf. Mit deinem blauen Auge kannst du es dir ja leisten. Schlag dich selbst k.o. *Also gut, wie du willst: Geliebtes Wales, ich grüße dich. Ich küsse die Lippen deines stolzen Geistes im lieblichen Klang deiner Lieder. Na, wie klingt das?* Schön. Die Bilder sind ein wenig schief, aber sonst nicht schlecht. Wie wär's mit einer Zugabe, Othello? *Othello? Ja natürlich; wer hätte das gedacht? Andererseits – warum nicht? O mein Volk stolzer Krieger, das du mir noch einmal die Wirrnis der Gefühle vertreibst für kurze Zeit –* Noch einmal? Parker, mach dir nichts vor. Und vergiß nicht, was sie mit Othello gemacht haben. *Unsinn, der war selbst schuld. Nur weil er weder an seine Frau geglaubt hat noch an sich selbst.* Dann war Jago also von der Fünften Kolonne. Und woran glaubst *du*? *Ach, laß mich doch – an die Musik glaube ich.* Also ehrlich! *Und an das, was heute abend hier geschieht. Ich glaube an … ich will an diese Menschen glauben.* Allmählich wurde es zuviel. Er mußte auf der Hut sein. Zu Hause konnte er seine menschlichen Regungen in einer Flut aus Zynismus ertränken, und die Weißen würden sie nie bemerken. Aber den Männern hier, denen würde es nicht verborgen bleiben. Vielleicht, dachte er, und ihm schauderte ein wenig dabei, vielleicht hatten sie ihn, geblendet wie er war von dem strahlenden Licht ihrer tieferen Menschlichkeit, schon den ganzen Abend lang durchschaut, und sie hatten ihn gesehen, wie er wirklich war und wie er eigentlich sein sollte. Er war ernüchtert. Er hörte zu, aber er dachte dabei: Vergiß nicht, du lebst auf dem Schiff. Die Straight Street hinunter, da unten in der Dunkelheit. Und zu Hause wohnst du in Harlem. Laß dich von ihrem Ale nicht einlullen, und auch nicht von ihrer Gastfreundschaft. Tu dem Staat einen Gefallen, Parker. Drüben merkt es keiner. Und wenn diese Männer hier es merken, wird es kein anderer je erfahren. Lösch die Lampe, Othello – oder gefällt es dir etwa, wenn man dich damit schlägt?

»Wie geht es Ihrem Auge?« fragte Mr. Catti.

»Es ist fast ganz zu.«

»Wirklich eine Schande!«

»Es war trotzdem ein wunderbarer Abend«, sagte er. »Ich habe kaum einmal einen so schönen Abend erlebt.«

»Ich bin froh, daß Sie mitgekommen sind«, sagte Mr. Catti. »Und die Jungs auch. Man merkt Ihnen gleich an, daß Sie die Musik lieben, und das freut sie.«

»Auf den Gesang«, sagte er und erhob sein Glas.

»Auf den Gesang«, erwiderte Mr. Catti.

»Übrigens, Sie können nachher meine Taschenlampe haben, damit Sie den Rückweg finden. Geben Sie sie einfach in Heath's Buchladen ab. Den kennt hier jeder.«

»Aber Sie brauchen die Lampe doch selbst.«

Mr. Catti stellte die Lampe auf den Tisch. »Machen Sie sich keine Sorgen«, sagte er. »Ich bin hier zu Hause. Ich kenne die Stadt wie meine Westentasche.«

»Danke«, sagte er gerührt. »Das ist sehr freundlich von Ihnen.«

Als die ersten Akkorde erklangen, sah er, wie die anderen Zuhörer aufstanden und ihre Stühle zurückschoben, und erhob sich ebenfalls, denn er verstand, noch ehe Mr. Catti »Unsere Nationalhymne« flüsterte.

Die Musik und die Art, wie sie die Köpfe hielten, hatte etwas seltsam Bewegendes. Er summte leise mit. Er nahm sich vor, später nach dem Text zu fragen.

Aber der triumphale Schlußakkord war noch nicht verklungen, da spielte der Pianist schon die ersten Noten von

»God Save the King«. Das fand er längst nicht so anrührend. Dann wechselte rasch die Tonart, und sie stimmten die »Internationale« an, mit einem Text über eine internationale Armee. Er fühlte sich zurückversetzt in die Zeit, als er ein kleiner Junge war und hinter den Bands hermarschierte, die in seine Heimatstadt im Süden kamen ...

Mr. Catti hatte ihn angestoßen. Er blickte auf und sah, daß der Dirigent ihn direkt ansah und lächelte. Sie sahen ihn alle an. Wieso? War es wegen seines Auges? Wollten sie sich einen Scherz mit ihm machen? Und plötzlich erkannte er die Melodie und spürte, wie ihm die Knie weich wurden. Es war, als hätten sie ihn in das schreckliche Reich seiner schlimmsten Alpträume gestoßen, als verführten sie ihn zu einem ungewollten, entwürdigenden Auftritt, vor dem höchstens noch der Umstand, daß er den Text vergessen hatte, ihn retten konnte. Es war so unwirklich, und doch war ihm, als habe er das alles schon einmal erlebt. Nur daß die Melodie nun erfüllt schien mit einer überwältigend neuen Bedeutung, einer Bedeutung, die jener Teil von ihm, der in das Lied einstimmen wollte, nicht mit den altvertrauten Worten in Einklang bringen konnte. Und durch die Musik hindurch hörte er noch immer die Stimmen der Soldaten, ihr Gebrüll, als die Lampe ihn am Auge traf. Er sah die Erwartung, mit der die Sänger ihn ansahen, und dann hörte er, als ob sie ihn verraten wolle, den Gesang seiner eigenen Stimme – wie ein Radio, das man plötzlich lauter dreht:

»... Gave proof through the night
That our flag was still there ...«

Es war wie die Stimme eines Fremden, über die er keinerlei Macht hatte. Sein Auge pochte vor Schmerz. Eine Welle des Schuldgefühls packte ihn, dann folgte ein Gefühl großer Erleichterung. Zum ersten Mal in deinem ganzen Leben, dachte er erstaunt – und ihm war dabei, als ob er träumte –, zum ersten Mal in deinem Leben meinst du das wirklich ernst. Er blieb verdattert stehen, als das Lied zu Ende war, starrte in die walisischen Gesichter und wußte nicht, ob er sie verfluchen oder ihr freundliches Lächeln erwidern sollte. Dann stand der Dirigent vor ihm, und Mr. Catti sagte: »Sie singen aber auch nicht schlecht, Mr. Parker. Oder was meinen Sie, Mr. Morcan?«

»Das kann man wohl sagen; wenn er in Wales bliebe, würde ich nicht eher Ruhe geben, bis wir ihn in unserem Club hätten«, sagte Mr. Morcan. »Wie würde Ihnen das gefallen, Mr. Parker?«

Aber Mr. Parker konnte nicht antworten. Er hielt Mr. Cattis Taschenlampe in der Hand wie eine Waffe und hoffte nur, daß sein blaues Auge die Tränen zurückhalten würde.

FLYING HOME

Als Todd zu sich kam, sah er zwei Gesichter über sich am Himmel, und die Sonne blendete ihn dermaßen, daß er nicht sagen konnte, ob sie schwarz oder weiß waren. Er wollte sich rühren, doch es brannte, als ob sein ganzer Körper in der Glut der Sonne glühe, die ihm in die Augen stach. Einen Augenblick lang packte ihn die alte Furcht, daß weiße Hände ihn berühren könnten. Doch das schiere Stechen des Schmerzes brachte ihn zur Besinnung. Wie aus der Ferne hörte er Stimmen. *Er ist wieder wach.* Wer sind die Leute? dachte er. *Nein, noch nicht ganz. Ich hätte geschworen, der ist weiß.* Und dann hörte er deutlich:

»Tut es sehr weh?«

Die Spannung in seinem Inneren löste sich. Das war eine schwarze Stimme.

»Der ist noch bewußtlos«, hörte er.

»Laß ihm doch mal Zeit. ... Tut es sehr weh, Junge?«

War er schwer verletzt? Der Schmerz war entsetzlich. Er lag ganz still; er hörte sie atmen und versuchte zu verstehen, was da zwischen den beiden und seinem Körper vorging, der so voller Schmerzen am Boden lag. Er beobachtete sie mißtrauisch, und in Gedanken verfolgte er den qualvollen Weg zurück. Bruchstücke der Erinnerung kamen in rascher Folge wie die Filmvorschau im Kino, und er sah sich am Steuerknüppel eines trudelnden Flugzeugs, er sah sich landen, sah, wie er aus dem Cockpit stürzte, wie er versuchte aufzustehen. Aus tiefer Stille kam das Knirschen des berstenden Knochens zu ihm, und nun, wo er vom Boden des Feldes, auf dem er gelandet war, in die besorgten Gesichter eines alten Negers und eines kleinen Jungen blickte, war ihm jede Erinnerung eine Qual, und er wollte an nichts mehr denken.

»Wie geht's Ihnen, Junge?«

Todd zögerte, als wäre schon das Antworten ein unverzeihliches Eingeständnis der Schwäche. »Mein Knöchel«, sagte er dann.

»Welcher?«

»Der linke.«

Wie aus weiter Ferne sah er zu, als der Alte sich niederbeugte und ihm den Stiefel auszog, und er spürte, wie der Druck nachließ.

»Ist das besser?«

»Viel besser. Danke.«

Immer noch kam es ihm vor, als spreche er über jemand ganz anderen, als ginge es ihm um etwas weitaus Wichtigeres, das ihm nur, so unglaublich das war, entfallen war.

»Sieht schlimm aus«, sagte der Alte. »Wir müssen Sie zum Doktor bringen.«

Wieder schien er zu trudeln. Er sah auf die Uhr; wie lange lag er schon hier? Er wußte, daß es nur eins auf der Welt gab, was zählte, und das war, rechtzeitig mit dem Flugzeug zurück zu sein, bevor die Vorgesetzten unzufrieden mit ihm wurden.

»Helfen Sie mir hoch«, sagte er. »In die Maschine.«

»Aber das Bein ist schwer verletzt …«

»Stützen Sie mich!«

»Aber, Junge …«

Er packte den Alten am Arm und zog sich hoch, ohne dabei das linke Bein zu belasten. Der wird das nie verstehen, dachte er, als er auf einer Höhe mit dem ledrigen Gesicht war.

»So, jetzt!«

Er stieß sich ab und hörte im selben Moment den schrillen Schrei eines Vogels. Er schwankte, ihm schwindelte. Schwärze umfing ihn wie die Unendlichkeit.

»Setzen Sie sich lieber wieder.«

»Nein, es geht schon.«

»Aber Junge, Sie machen alles nur noch schlimmer ...«

Alles in ihm schrie danach, sich zu widersetzen, selbst gegen den flammenden Schmerz in seinem Knöchel. Er mußte es noch einmal versuchen.

»Wenn Sie den Knöchel nicht in Ruhe lassen, schneiden die Ihnen noch den Fuß ab«, hörte er den Alten sagen.

Er hielt die Luft an und versuchte es ein zweites Mal. Es tat so weh, daß er die Zähne zusammenbeißen mußte, um nicht laut zu schreien, und die Verzweiflung packte ihn, als er den beiden gestatten mußte, ihm zurück auf den Erdboden zu helfen.

»Das geht nicht, sehen Sie's ein. Wir holen Ihnen einen Arzt.«

So ein Pech, dachte er, so ein verfluchtes Pech. Jetzt hat es mich doch noch erwischt. Das Aroma des Flugbenzins hing wie eine Wolke über ihnen, als wollte es ihn verspotten.

»Wie wär's, wenn wir ihn auf den alten Ned setzen?« schlug der Junge vor. »Dann können wir ihn in die Stadt bringen.«

Ned? Er blickte sich um und sah, daß der Junge auf ein Ochsengespann wies, das geduldig wartete, wo der Pflug noch in der begonnenen Furche steckte. Er malte sich aus, wie er auf dem Rücken eines Ochsen in die Stadt einziehen würde, durch Straßen voller weißer Gesichter, an den Startbahnen des Flugplatzes vorüber, und er sah es vor sich, wie er sich schämen würde. Er mußte an den letzten Brief seines Mädchens denken, und es war wie ein Stich ins Herz. »Todd«, hatte sie geschrieben, »ich brauche keine Zeitung, damit ich weiß, daß Du klug genug zum Fliegen bist. Und ich habe immer gewußt, daß Du nicht weniger Mut hast als jeder andere. Die Zeitungen ärgern mich. Laß Dich nicht damit abspeisen, daß Du nur immer wieder beweisen mußt, daß Du tapfer bist und etwas kannst, Todd, nur weil Du schwarz bist. Ich glaube, darauf hacken sie nur herum, weil sie sonst sagen müßten, warum ihr immer noch nicht im Einsatz seid. Das macht mich wütend, Todd. Jeder, der ein bißchen Grips im Kopf hat, kann fliegen lernen, aber was dann? Was kannst Du nun mit Deiner Kunst anfangen, und für wen willst Du fliegen? Ich wünschte, darüber würdest Du schreiben; ich habe oft das Gefühl, daß sie uns alle übers Ohr hauen. Das ist so demütigend. ...« Er wischte sich den kalten Schweiß von der Stirn und dachte: Was weiß die schon von Demütigung? Die ist doch nie im Süden gewesen. Hier fing die Demütigung ja erst an. Wenn man ertragen mußte, daß sie über einen urteilten, und genau wußte, daß sie jeden Fehler niemals einem selbst, sondern immer der ganzen Rasse anlasteten – das war Demütigung. Demütigung war, daß man niemals man selbst sein konnte, sondern immer zugleich auch der dumme alte Schwarze war, der da neben ihm stand. Sicher, der ist in Ordnung. Freundlich und hilfsbereit. Aber das bist nicht du. Na, wenigstens die eine Demütigung kann ich mir ersparen.

»Nein«, sagte er. »Ich darf die Maschine nicht verlassen. ...«

»Klar«, sagte der Alte. Dann wandte er sich an den Jungen: »Teddy, dann läufst du besser zu Mister Graves und sagst, er soll herkommen ...«

»Nein, warten Sie«, wandte er ein, bevor er noch recht wußte, was er tat. Womöglich war Graves ein Weißer. »Er soll nur auf dem Flugplatz anrufen. Die kümmern sich dann um alles.«

Er sah dem Jungen nach, wie er davonlief.

»Wie weit ist es?«

»Na, ne knappe Meile wird's sein.«

Er ließ sich zurücksinken, blickte noch einmal auf das staubige Zifferblatt seiner Uhr. Inzwischen wissen sie, daß etwas passiert ist, dachte er. Er hatte ein bestens funktionierendes Funkgerät an Bord, aber das würde ihm nichts nützen. Der Alte würde nie damit zurechtkommen. Dieser Bussard hat mich um hundert Jahre zurückgeworfen, dachte er. Der Spott tanzte in seinem Inneren wie die Mücken, die den Kopf des Alten umschwirrten. Was habe ich nicht alles gelernt, und nun liege ich hier und bin dem Begriff von Raum und Zeit dieses »einfachen Bauern« ausgeliefert. Sein Bein pochte vor Schmerz. Im Flugzeug hätte er nicht den Rhythmus des Schmerzes und die Beine eines Kindes zum Maßstab nehmen müssen, dort hätten ihm die Instrumente auf einen Blick alles gesagt. Er wandte sich um, auf die Ellbogen gestützt, und warf einen Blick zu dem staubigen Flugzeugrumpf. Er spürte den Kloß im Hals, der immer kam, wenn er ans Fliegen dachte. Da liegt es, dachte er, wie der abgestreifte Panzer einer Heuschrecke. Ich bin nackt ohne das Flugzeug. Das ist keine Maschine, das ist eine Montur, in die man schlüpft. Und plötzlich, verlegen und verblüfft, flüsterte er: »Das ist alles, was ich an Würde besitze ...«

Er betrachtete den Alten, wie er das Flugzeug ansah, in seiner zerrissenen Latzhose, die in der Hitze schlaff an ihm herunterhing. Er hätte ihm gern erklärt, wie ihm zumute war. Doch er hätte es nicht verstanden. Wenn ich ihm erklären wollte, warum ich zurückfliegen muß, würde er nur denken, ich hätte Angst vor meinen weißen Vorgesetzten. Aber es ist mehr als das ... ein Gefühl der Beklommenheit klebte an ihm wie der Schweiß, der ihm auf dem Gesicht stand. Er schaute dem Alten zu, wie er das Flugzeug bewunderte, er hörte ihm zu, wie er dabei ein Liedchen vor sich hinsummte. Ein wenig ärgerte er sich über ihn. Solche alten

Männer kamen oft zum Flugfeld und sahen den Fliegern mit Kinderaugen zu. Anfangs war er stolz; alles war neu gewesen, und auch die alten Männer hatten dabei ihren Sinn gehabt. Doch bald begriff er, daß sie nicht verstanden, was er leistete, und ihn nur beschämten und ihm peinlich waren, so als ob ein Schwachsinniger einem Komplimente macht. Damals hatte das Fliegen einen Teil seines Sinnes verloren, und er hatte diesen Sinn nicht wieder zurückerobern können. Wenn ich ein Preisboxer wäre, wäre ich eher ein Mensch, dachte er. Ein Mensch und kein Affe, der Kunststücke vollführt. Die alten Männer waren einfach zufrieden, daß da ein Neger war, der fliegen konnte, und das war nicht genug. Sein Alter, sein Wissen, die Technik, sein Bedürfnis, sich an der Wertschätzung anderer zu messen, bauten eine Barriere zwischen ihm und ihnen auf. Irgendwie fühlte er sich betrogen, wie damals als Kind, als er erfuhr, daß sein Vater tot war. Die einzige Anerkennung, die für ihn nun [noch] galt, war die Anerkennung seiner weißen Vorgesetzten; und bei denen konnte er sich nie sicher sein. Zwischen schwarzen Dummköpfen und weißen Verächtern schien seine Flugbahn von der Natur der Dinge bestimmt, fernab von den natürlichen Orientierungspunkten, die er doch brauchte. In geheimer Mission, gefaßt in immer technischere, immer unverständlichere Begriffe, entfernte sich seine Bahn immer weiter von der Beschämung, für die der Alte stand, und dem Nebel, der die Anerkennung der Weißen verbarg. Er flog blind, er wußte nur, wo er landen mußte, und dort wartete sein Pilotenschein auf ihn. Dann würde der Feind seine Künste zu schmecken bekommen, und dann, dachte er traurig, würde er seine höchste Anerkennung nicht von denen bekommen, die ihn mit Herablassung behandelten, noch von denen, die ihn lobten, ohne zu verstehen, was er tat, sondern von dem Feind, der sein Geschick und seine Männlichkeit mit Haß belohnen würde …

Er seufzte und betrachtete die Ochsen, die seltsame prähistorische Schatten auf die trockene braune Erde warfen.

»Machen Sie sich mal keine Gedanken, Junge«, sagte der Alte aufmunternd. »Der Kleine ist im Handumdrehen wieder da. So verrückt, wie der nach Flugzeugen ist.«

»Ich habe Zeit«, sagte er.

»Was ist denn das für ein Modell hier?«

»Eine Ausbildungsmaschine für Fortgeschrittene«, antwortete er, und der Alte lächelte. Seine Finger waren wie alte Baumwurzeln, als er damit über das Metall der tief angesetzten Tragflächen fuhr.

»Und wie schnell fliegt sie?«

»Über zweihundert Meilen die Stunde.«

»Lieber Himmel! Bei dem Tempo merkt man wahrscheinlich gar nicht mehr, daß man fliegt!«

Todd richtete sich auf und öffnete seine Montur. Der Schatten war weitergewandert, und er lag am Boden in der glutheißen Sonne.

»Darf ich mal reinsehen? Ich hab' schon immer wissen wollen, wie so was von innen ...«

»Sicher. Aber nichts anfassen.«

Er hörte, wie er mit einem Schnaufen hinaufkletterte. Jetzt würden die Fragen kommen. Na, wenigstens brauchte er nicht zu überlegen, was er antwortete ...

Er sah den Alten, wie er ins Cockpit hineinschaute, mit strahlenden Augen wie ein Kind.

»Da müssen Sie ja eine Menge gelernt haben, daß Sie mit den ganzen Sachen hier umgehen können.«

Todd schwieg, und der Alte kletterte herunter und kniete sich neben ihn.

»Sagen Sie mal, Junge, wieso wollen Sie unbedingt fliegen?«

Weil es nichts auf der Welt gibt, was mehr Sinn hat als das, dachte er. Weil ich dann anders bin als du.

Doch er antwortete: »Ach, es macht mir einfach Spaß. Es ist die beste Art, zu kämpfen und zu sterben.«

»Wirklich? Na, wahrscheinlich haben Sie recht«, erwiderte der Alte. »Was meinen Sie, wie lange dauert es noch, bis sie euch an die Front schicken?«

Er spürte die Anspannung. Das war die Frage, die alle Schwarzen stellten, immer mit derselben zaghaften Hoffnung und Sehnsucht, und jedesmal machte sich dann eine Leere in ihm breit, größer als damals bei seinem ersten Flug das Nichts, das er unter der Maschine gespürt hatte. Ihm schwindelte. Nun erst ging ihm auf, daß dieses Gespräch nicht ungefährlich war; daß er, ohne es zu wollen, in unsichere, unbekannte Regionen flog. Wenn er es doch nur fertigbrächte, unfreundlich zu sein und diesem Alten, der ihm helfen wollte, zu sagen, daß er den Mund halten sollte!

»Auf eins würde ich wetten ...«

»Ja?«

»Sie haben ganz schön Bammel gehabt, als Sie da runterkamen.«

Er sagte nichts. Wie ein Hund auf der Fährte schien dieser Alte seine Ängste zu erschnüffeln, und er spürte Wut in sich aufwallen.

»Also *mir* haben Sie auf alle Fälle einen Mordsschrecken eingejagt. Als ich Sie da hab runterkommen sehen, in dem Ding, das stampfte und schlingerte wie ein Gaul, der durchgeht, da hab ich gedacht, um den ist's geschehen. Mich hätt beinahe der Schlag getroffen!«

Der Alte grinste. »War heute morgen schon allerhand los hier, wenn man sich das so überlegt.«

»Was denn noch?« fragte er.

»Also zuerst tauchen hier plötzlich zwei Weiße auf und suchen nach Mister Rudolph, das ist der Vetter von Mister Graves. Da war ich schon ganz schön aufgeregt ...«

»Wieso das?«

»Wieso? Weil der aus der Klapsmühle ausgebrochen ist, deswegen. Der bringt glatt jemanden um«, erklärte er. »Aber inzwischen werden sie ihn wohl wieder eingefangen haben. Und dann *Sie.* Zuerst denk ich, es ist einer von den weißen Jungs. Und dann, Teufel noch mal, purzeln Sie da raus. Himmel, ich hatte zwar schon von euch Jungs gehört, aber gesehen hatte ich noch nie einen. Kann Ihnen gar nicht sagen, was das für ein Gefühl war, daß da plötzlich einer, der aussieht wie ich, aus einem Flugzeug kommt!«

Der Alte redete und redete; seine Worte flossen an Todds Gedanken entlang wie der Luftstrom am Rumpf einer Maschine im Flug. Du bist ein Dummkopf gewesen, sagte er sich, als er wieder vor sich sah, wie, bevor er ins Trudeln geraten war, die Sonne am Himmel gebrannt hatte, wie die Reklameschilder der Stadt in der Sonne glitzerten, wie ein Junge einen blauen Drachen steigen ließ, der sich sanft unter ihm im Wind wiegte wie eine unbekannte, seltsam geformte Blume. Früher hatte er selbst solche Drachen gehabt, und er versuchte den Jungen am Ende der unsichtbaren Schnur ausfindig zu machen, doch der Junge war zu weit fort, und er flog zu schnell. Er war so begeistert gewesen, daß er die Maschine steil nach oben gezogen hatte. Zu steil offenbar. Und daß die Maschine ins Trudeln kommt, wenn der Winkel, in dem man aufsteigt, zu steil ist, ist eine der ersten Lektionen, die man lernt. Und statt daß du in Sturzflug gehst und sie abfängst, läßt du dich von einem Bussard ablenken. Einem blödsinnigen Bussard!

»Wo kommt denn das ganze Blut hier auf dem Fenster her, Junge?«

»Ein Bussard«, sagte er und sah wieder vor sich, wie das Blut und die Federn auf die Kanzel gespritzt waren. Es war, als flöge er in ein schwarzes Unwetter aus Blut.

»Das sieht ja schlimm aus! Aber davon gibt's viele hier. Die haben's auf Aas abgesehen. Was Lebendes fressen die nie.«

»Hätte nicht viel gefehlt, und er hätte ein schönes Stück Aas aus mir gemacht«, brummte Todd grimmig.

»Da hätten die nicht gefackelt. Teddy hat seinen eigenen Namen für sie«, lachte der Alte. »Er nennt sie Bastarde.«

»Verdammt guter Name.«

»Mistvögel sind das. Einmal hab ich 'n Pferd am Weg liegen sehen und hab gedacht, dem fehlt was. ›Hü, du alter Klepper!‹ ruf ich, ›auf die Beine!‹ Und Teufel noch mal, Junge, da fliegen zwei von diesen Bastarden auf, direkt aus dem Gaul raus! Ehrlich! Die Sonne brannte nur so runter, und sie waren verschmiert, als kämen sie gerade vom Barbecue!«

Todd drehte sich der Magen um; er würde sich jeden Moment übergeben müssen.

»Das haben Sie erfunden«, sagte er.

»Von wegen! Die hab ich gesehen, so wie ich Sie hier sehe.«

»Na, ich bin nur froh, daß ich's nicht gesehen habe.«

»Man sieht allerhand komische Sachen hier unten, Junge.«

»Ich will sie lieber nicht sehen«, sagte er.

»Übrigens, die Weißen hier, die sehen's nicht gern, daß ihr Jungs im Flugzeug sitzt. Habt ihr schon mal Ärger mit denen gehabt?«

»Nein.«

»Na, die *würden* euch jedenfalls gern Ärger machen.«

»Einen gibt's doch immer, der den anderen Ärger machen will«, sagte Todd. »Wo haben Sie davon gehört?«

»Ich hab's einfach gehört.«

»Also bisher«, sagte er abwehrend, »haben sie uns in Ruhe gelassen.«

Er sah etwas in der Ferne, und das Blut begann in seinen Ohren zu pochen. Sein ganzer Körper spannte sich, als er den schwarzen Fleck am Himmel sah, doch noch konnte er nicht erkennen, was es war.

»Was ist das dahinten, für was halten Sie das?« fragte er aufgeregt.

»Nur noch so ein Bastard, Junge.«

Dann sah er die Flügel schlagen und war unendlich enttäuscht. Der Vogel glitt sanft herab, die Flügel nun reglos, die Schwanzfedern faßten die Luft im steilen Flug – dann war er hinter der grünen Baumreihe verschwunden. Es war, als hätte es den Vogel nur in seiner Phantasie gegeben, und nur die schlanken Äste der Kiefern blieben, klar vor dem gleißenden Himmel. Er lag da, atmete nur flach und starrte auf den Punkt, an dem der Vogel verschwunden war, und Bewunderung und Verachtung mischten sich in seinen Gefühlen. Warum schuf die Natur etwas so Abscheuliches und ließ es trotzdem so gut fliegen? *Wie damals, als ich im Himmel war,* hörte er und fuhr zusammen.

Der Alte gluckste und rieb sich sein stoppliges Kinn.

»Was war das?«

»Sicher, ich war gestorben und war im Himmel … vielleicht sollte ich davon erzählen; das vertreibt Ihnen die Zeit, und bis dahin sind die anderen hier und kümmern sich um Sie.«

»Hoffentlich«, sagte er matt.

»Erzählt ihr Jungs euch eigentlich manchmal Lügengeschichten?«

»Nicht oft. Bekomme ich jetzt eine zu hören?«

»Tja, ich bin mir nicht sicher, weil ich es ja erlebt habe, als ich tot war.«

Der Alte stutzte. »Aber was ich von den Bussarden erzählt habe, das war nicht gelogen.«

»Schon gut«, sagte er.

»Sicher, daß Sie vom Himmel hören wollen?«

»Gern«, sagte er und stützte den Kopf auf den Arm.

»Also, ich kam in den Himmel, und sofort wuchsen mir die Flügel. Sechs Fuß lang waren die. Genau die gleichen

Flügel wie bei den weißen Engeln. Ich hab's kaum glauben können. Ich war so froh, daß ich erst einmal auf ein paar Wolken gehüpft bin und sie ausprobiert habe. Ich wollte mich ja nicht gleich blamieren ...«

Eine alte Geschichte, dachte Todd. Schon vor Jahren gehört. Hatte ich nur vergessen. Aber wenigstens erzählt er dann nichts mehr von Bussarden.

Er schloß die Augen und hörte zu.

»Zuerst hab ich mir eine niedrige Wolke gesucht und bin von da abgesprungen. Und ich kann Ihnen sagen, Junge, die Dinger funktionierten prima! Zuerst hab ich den linken probiert, dann den rechten, und dann beide zusammen. Und dann, liebe Güte, dann bin ich losgeflogen und hab's ihnen gezeigt, wie ich fliegen kann ...«

Der Alte machte mit den Armen die Flügelbewegungen nach, sein Gesicht mimte den Stolz darüber, wie sein Publikum staunte. *Es wird in die Zeitung kommen,* dachte er, und der Alte sagte gerade: »... und dann hab ich mich nach farbigen Engeln umgesehen. Ich hab ja gar nicht glauben wollen, daß ich ein Engel war, bevor ich den ersten schwarzen gesehen hab! Dann war ich mir sicher – aber sie riefen, ich solle runterkommen, wir Schwarzen dürften nur an der Leine fliegen. Deshalb war von den anderen keiner in der Luft. Und man mußte schon sehr, sehr stark sein, selbst für einen Schwarzen, wenn man mit dem schweren Halsband noch fliegen wollte ...«

Das ist neu, dachte Todd. Worauf will er hinaus?

»Und ich sagte zu mir: Ich laß mir kein Halsband umlegen! Ich nicht! Denn wenn Gott einem Flügel wachsen läßt, dann wird doch keiner so unvernünftig sein und sich was umlegen lassen, was ihn am Fliegen hindert. Teufel noch mal, Junge«, erzählte er mit einem Glucksen, und seine Augen funkelten dabei, »ich hab's denen gezeigt, daß der alte Jefferson genauso gut fliegen kann wie jeder andere. Und ich bin geflogen, so leicht wie ein Vogel! Sogar Loopings konnte ich fliegen – ich mußte nur aufpassen, daß mir mein wallendes weißes Gewand dabei nicht hochrutschte ...«

Todd fühlte sich unwohl. Er hätte gern über den Scherz gelacht, aber sein Körper weigerte sich, als hätte er seinen eigenen Willen. Ihm war wie damals als Kind, als ihm seine Mutter eine Zuckerpille gab und er sie kaute, statt zu schlucken, und sie hatte gelacht, als er den bitteren Geschmack nicht mehr von der Zunge bekam.

»... Tja«, hörte er den Alten sagen. »Alles ging gut, bis ich dann auch noch an Tempo zulegte. Hab gemerkt, daß ich ganz schön Wind mit den Flügeln machen konnte, und dann ging's ziemlich flott. Ich konnte auch alle möglichen Kunststücke. Ich bin zu den Sternen hochgeflogen und dann im Sturzflug zurückgekommen, und hab mal eben eine Runde um den Mond gedreht. Mann, ich hab da 'n paar klapprigen weißen Engeln ordentlich Dampf gemacht. Da war was los, oben im Himmel! Natürlich hab ich's überhaupt nicht böse gemeint, Junge. Ich hatte einfach nur gute Laune. Es war so schön, endlich frei zu sein. Ich hab aus Versehen von ein paar Sternen die Spitzen abgebrochen, und angeblich war ich an einem Unwetter schuld und daran, daß hier unten im Macon County ein paar Leute gelyncht wurden – aber ich glaube, die Jungs, die mir das erzählt haben, haben mir einen Bären aufgebunden ...«

Er macht sich über mich lustig, durchzuckte es Todd. Er hält das alles für einen Witz. Grinst mich an, wie ich hier liege ... Seine Kehle war trocken. Er sah noch einmal auf die Uhr; warum zum Teufel dauerte das so lange? Sie mußten doch kommen; wieso kamen sie nicht schneller? *Einmal bin ich eine von den Himmelsstraßen langgeflogen.* Du bist selbst schuld, daß du da reingeraten bist, sagte Todd sich. Genau wie Jonas mit seinem Wal.

»Ich hab denen die Flügel nur so um die Ohren gehauen.

Und da kommt der alte Petrus und ruft mich zu sich. ›Jefferson‹, sagt er zu mir, ›zwei Dinge will ich wissen: Wieso fliegst du ohne Leine, und wieso fliegst du so schnell?‹ Also hab ich ihm geantwortet, daß ich die Leine weglasse, weil sie mich beim Fliegen stört; aber so schnell könnt ich doch gar nicht geflogen sein, weil ich ja nur mit dem einen Flügel geschlagen hätte. ›Du bist mit nur *einem* Flügel geflogen?‹ fragt Petrus. ›Ja, Sir‹, sag ich und krieg's mit der Angst zu tun. ›Also gut‹, sagt Petrus, ›wo du so schöne Flügel hast, kannst du die Leine fürs erste weglassen. Aber keine Experimente mit nur einem Flügel mehr, verstanden? Da wirst du uns ja viel zu schnell!‹«

Und du mit deinen schlechten Zähnen redest mir viel zuviel, dachte Todd. Warum schicke ich ihn nicht los, nachsehen, wo der Junge bleibt? Der ganze Körper tat ihm von dem harten Erdboden weh, und bei dem Versuch, sich anders zu legen, stieß er an den Knöchel und haßte sich dafür, daß er laut aufschrie.

»Ist es schlimmer geworden?«

»Ich … ich bin dagegen gestoßen«, stöhnte er.

»Sie müssen versuchen, gar nicht daran zu denken, Junge. So mache ich das auch immer.«

Er biß sich auf die Lippe, um mit dem einen Schmerz den anderen zu vertreiben, und die Stimme nahm ihren rhythmischen Singsang wieder auf. Jefferson schien ganz von seiner eigenen Geschichte gefangengenommen.

»… Danach bin ich dann nur noch im Zeitlupentempo überall durch den Himmel geschwebt. Aber wie wir Farbigen nun mal sind: Nach ner Weile hab ich's vergessen und bin doch wieder mit nur einem Flügel geflogen. Diesmal hab ich den Arm ausgeruht, den ich mir mal gebrochen habe, und hab ein Tempo vorgelegt, da wär der Teufel nicht mitgekommen. Ich flog so schnell, daß sie mich zum zweiten Mal vor den alten Petrus zitiert haben. ›Jeff‹, sagte er, ›hab ich dir nicht gesagt, daß du nicht so schnell fliegen sollst?‹ ›Doch, Sir‹, antwortete ich, ›es war ein Versehen.‹ Er blickte mich mit trauriger Miene an und schüttelte den Kopf, und da wußte ich, daß es um mich geschehen war. ›Jeff‹, sagte er, ›deine Fliegerei ist eine Gefahr für die ganze himmlische Gesellschaft. Wenn ich dich weiterfliegen lasse, dann haben wir hier oben bald nur noch Aufruhr. Jeff, du mußt zurück!‹ Glauben Sie mir, Junge, ich habe gebettelt und gefleht bei diesem alten Weißen, aber es hat alles nichts genützt. Sie haben mich an die Himmelspforte gebracht, und ich bekam einen Fallschirm und eine Landkarte von Alabama ...«

Todd hörte, wie der Alte lachte; er lachte dermaßen, daß er kaum weitersprechen konnte, und sein Lachen war wie ein Schirm zwischen ihnen, auf dem er die Flammen seiner Demütigung auflodern sah.

»Ich glaube, Sie sollten erst einmal aufhören«, sagte er mit einer Stimme, die ihm fremd vorkam.

»Viel mehr gibt's ja auch nicht zu erzählen«, meinte Jefferson und lachte. »Als ich den Fallschirm bekam, hat der alte Petrus mich gefragt, ob ich noch ein paar Worte sprechen will, bevor ich springe. Mir war so elend, ich hab's kaum fertiggebracht, ihn anzusehen, gerade wo so viele weiße Engel drumrum standen. Dann lachte einer, und ich wurde wütend. ›Nun, meine Herren‹, sagte ich. ›Ihr habt mir meine Flügel genommen. Und ihr verstoßt mich. Ihr habt hier oben nun mal das Sagen, da kann ich nichts machen. Aber eines steht fest: Solange ich hier oben war, da hat's in eurem ganzen blöden Himmel keinen gegeben, der so fliegen konnte wie ich!‹«

Er lachte schallend, und das Gefühl der Demütigung, das Todd packte, war so ungeheuer, daß nur Gewalt ihn noch davon befreien konnte. Bei dem Lachen, das den Alten schüttelte wie ein Krampf, packte ihn die Beschämung dermaßen, daß nicht einmal die perfekte Technik eines Flugzeugs ausgereicht hätte, das aufzufangen, und er hörte sich schreien: »Warum müssen Sie mich so auslachen?«

Er hatte die Beherrschung verloren, und er hätte sich dafür ohrfeigen können. Er sah, wie Jefferson der Mund offenstand. »Was –?«

»Antworten Sie!«

Das Blut pochte ihm in den Schläfen, als würden sie jeden Moment zerplatzen; er wollte näher an den Alten heran, kippte um und brüllte: »Was kann ich denn dafür, daß sie uns nicht fliegen lassen? Vielleicht sind wir ja wirklich nur ein Haufen Bussarde, die sich am Aas toter Pferde vollfressen, aber wir können doch trotzdem davon träumen, daß wir Adler sind, oder etwa nicht? *Oder etwa nicht?*«

Erschöpft ließ er sich zurückfallen; sein Knöchel pochte vor Schmerz, und sein Mund war trocken wie Stroh. Er hätte den Alten erwürgt, hätte er die Kraft dazu gehabt. Dieser grinsende grauhaarige Clown, bei dem ihm zumute war wie bei den weißen Offizieren, die ihm auf dem Flugplatz zusahen. Dabei hatte dieser Alte keine Macht, kein Ansehen, keinen Rang, keine Ahnung. Er hatte nichts, was ihn von diesem entsetzlichen Gefühl erlöst hätte. Er sah ihn an; er sah in seinem Gesicht, wie er sich mühte, den Ansturm der Gefühle in Worte zu fassen.

»Was soll das heißen, Junge? Was reden Sie da?«

»Lassen Sie mich in Ruhe. Gehen Sie und erzählen Sie Ihre Geschichten den Weißen.«

»Aber so habe ich das doch gar nicht gemeint … ich … ich habe Ihnen doch nicht weh tun wollen …«

»Bitte. Lassen Sie mich in Frieden!«

»Wirklich, Junge. An so was hab ich nicht im Traum gedacht.«

Ein Schaudern überlief Todd, als sei ihm plötzlich kalt; er blickte dem Alten ins Gesicht und suchte nach Zeichen des Spotts, den er dort gesehen hatte. Doch nun war das Gesicht ernst und müde und alt. Er war verwirrt. Nun war er sich nicht mehr sicher, ob er wirklich Lachen dort gesehen hatte; ob Jefferson in seinem ganzen Leben je gelacht hatte. Er sah, wie Jefferson die Hand ausstreckte, um ihn zu berühren, und schreckte zurück; er fragte sich, ob überhaupt außer dem Schmerz, von dem ihm vor Augen flimmerte, etwas Wirklichkeit war. Vielleicht hatte er sich alles nur eingebildet.

»Nehmen Sie es sich doch nicht so zu Herzen, Junge«, sagte die Stimme unglücklich.

Er hörte, wie Jefferson melancholisch seufzte, als wisse er mehr, als er mit Worten sagen könne. Sein Ärger verflog, und nur der Schmerz blieb.

»Es tut mir leid«, murmelte er.

»Der Schmerz macht Ihnen zu schaffen, das ist alles ...«

Er sah nur noch verschwommen, wie er lächelte. Und für eine Sekunde spürte er zwischen sich und ihm ein stilles, verlegenes Einverständnis.

»Was haben Sie eigentlich hier in der Gegend gewollt, Junge? Hatten Sie keine Angst, daß die Sie für eine Krähe halten und abschießen?«

Todd spürte, wie die Anspannung zurückkehrte. Machte er sich schon wieder über ihn lustig? Doch bevor er das entscheiden konnte, schüttelte ihn von neuem der Schmerz, und ein Teil von ihm lag still hinter dem Wandschirm aus Schmerzen, der sich zwischen sie gesenkt hatte, und ihm kam in den Sinn, wie er zum ersten Mal ein Flugzeug gesehen hatte. Es war, als ob auf dem Flugfeld seiner Erinnerung eine unendliche Folge von Hangars durcheinandergeraten sei, und aus jedem, wie eine junge Wespe aus ihrer Zelle, schlüpfte die Erinnerung an ein Flugzeug.

Das erste Mal, daß ich ein echtes Flugzeug sah, war ich noch ganz klein, und Flugzeuge gab es erst seit kurzem. Ich war viereinhalb, und das einzige Mal, daß ich bis dahin überhaupt ein Flugzeug gesehen hatte, war auf der Landwirtschaftsausstellung gewesen, wo auf dem Stand einer Automobilfirma ein Flugzeugmodell von der Decke hing. Damals habe ich gar nicht begriffen, daß es nur ein Modell war. Ich hatte ja keine Vorstellung, wie groß ein richtiges Flugzeug ist oder wieviel es kostet. Für mich war es ein faszinierendes Spielzeug, so wie es da war, und meine Mutter erklärte mir, so etwas sei nur für reiche weiße Jungs. Ich stand starr vor Bewunderung und sah dem kleinen grauen Flugzeug zu, wie es über den Autodächern seine Kreise zog. Und ich schwor mir, daß ich, ob nun reich oder arm, eines Tages auch so ein Spielzeug haben würde. Meine Mutter mußte mich aus dem Ausstellungsraum zerren, und nicht einmal das Kettenkarussell, das Riesenrad und die Rennpferde konnten mich für den Rest des Tages auf andere Gedanken bringen. Ich war viel zu beschäftigt, mit meinen Lippen das leise Brummen des Flugzeugs nachzumachen und mit meinen Händen die betörenden Kreise, die es geflogen war.

Danach machte ich aus den Holzresten, die ich hinter dem Haus fand, keine Pferdewagen oder Autos mehr … jetzt baute ich daraus Flugzeuge. Ich baute Doppeldecker mit Tragflächen aus Pappe, einer kleinen Schachtel als Rumpf und einem Stück Holz als Leitwerk. Der Ausflug zur Landwirtschaftsausstellung hatte etwas ganz Neues in meine kleine Welt gebracht. Immer wieder fragte ich meine Mutter, wann die Ausstellung denn wiederkommen würde. Ich lag im Gras und sah hinauf in den Himmel, und aus jedem Vogel, der vorüberflog, wurde in meiner Phantasie ein Flugzeug in den Lüften. Ich wäre ein ganzes Jahr lang brav gewesen, wenn ich dafür nur noch einmal ein Flugzeug hätte sehen dürfen. Mit meinen Fragen nach Flugzeugen fiel ich allen auf die Nerven. Aber auch für die Alten waren sie ja etwas ganz Neues, und keiner konnte mir Genaueres darüber sagen. Nur mein Onkel wußte wenigstens ein paar

Antworten. Und besser noch, er konnte aus Holzstücken Propeller schnitzen, die sich eifrig im Winde drehten, mit großem Lärm, wenn sie ungleichmäßig auf ihren Achsen aus geölten Nägeln hüpften.

Nach einem Flugzeug sehnte ich mich mehr als nach allem anderen; mehr als nach dem roten Pferdewagen mit den Gummirädern, mehr als nach einer Modelleisenbahn. Immer wieder fragte ich meine Mutter:

»Mama?«

»Was ist, Junge?« fragte sie.

»Mama, bist du böse, wenn ich dich was frage?«

»Was ist es denn jetzt schon wieder? Ich habe keine Zeit, dir auf deine ganzen dummen Fragen zu antworten. Was willst du wissen?«

»Mama, wann kaufst du mir ein ...« fragte ich.

»Was soll ich dir kaufen?«

»Du weißt schon, Mama, ich hab schon mal gefragt ...«

»Junge«, sagte sie dann immer, »du kriegst eins hinter die Löffel, wenn du mir jetzt nicht sagst, was du willst, und mich weiter von der Arbeit abhältst.«

»Ach, Mama, weißt du ...«

»Was habe ich dir gerade gesagt?«

»Ich meine ja nur, wann kaufst du mir ein Flugzeug?«

»Ein FLUGZEUG. Junge, bist du übergeschnappt? Wie oft soll ich dir denn noch sagen, hör mit diesen Verrücktheiten auf. Ich hab dir schon mal gesagt, daß die Dinger viel zuviel kosten. Wenn du so weitermachst, dann werde ich dir noch den Hintern versohlen wegen diesen blöden Dingern!«

Aber das konnte mich nicht aufhalten, und ein paar Tage später versuchte ich es wieder neu.

Und eines Tages geschah etwas ganz Merkwürdiges. Es war Frühjahr, und mir war schon den ganzen Vormittag heiß und unwohl gewesen. Ich spielte barfuß draußen im Garten, und es war ein wunderschöner Frühlingstag. Blüten hingen von den dornigen schwarzen Robinien wie duftende weiße Trauben. Schmetterlinge schillerten im Sonnenlicht über dem frischgemähten taufeuchten Gras. Ich war ins Haus gegangen, um mir ein Butterbrot zu holen, und als ich herauskam, hörte ich ein seltsames, gleichmäßiges Dröhnen. Ein Dröhnen, wie ich es nie zuvor gehört hatte. Ich überlegte, was es sein konnte, aber mir fiel nichts ein. Ähnlich war mir zumute, wenn ich nach der Uhr meines Vaters suchte, die ich im Zimmer ticken hörte und die doch nicht zu sehen war. Mir war zumute, als hätte meine Mutter mir etwas aufgetragen, und ich wüßte nicht mehr, was es war … dann sah ich es über mir. Oben am Himmel, ganz niedrig und vielleicht hundert Meter weg, war ein Flugzeug! Es kam so langsam, daß es sich kaum zu bewegen schien. Ich stand da mit offenem Mund; das Butterbrot fiel zu Boden. Am liebsten wäre ich in die Luft gesprungen und hätte gejubelt. Und als mir aufging, was das war, da zitterte ich vor Aufregung: Das war ein Flugzeug, das einem weißen Jungen weggeflogen war, und ich brauchte nur die Hand auszustrecken und es zu fangen, und dann gehörte es mir! Es war ein kleines Flugzeug, wie das auf der Ausstellung, und es flog nicht höher als unsere Dachtraufe. Gleichmäßig kam es auf mich zu, und die ganze Welt schien eine einzige Verheißung. Ich kletterte auf die Fliegentür und wartete. Wenn das Flugzeug kam, würde ich es mir schnappen und dann so schnell damit ins Haus laufen, daß es überhaupt niemand merken würde. Dann würde auch keiner kommen und es wiederhaben wollen. Es kam immer näher. Und dann, als es wie ein silbernes Kreuz am blauen Himmel direkt über mir hing, streckte ich die Hand aus und griff zu. Es war, als hätte ich nach einer Seifenblase gegriffen. Das Flugzeug flog weiter, als hätte ich nur eben nach ihm gepustet. Ich faßte ein zweites Mal, gierig, versuchte es noch am Leitwerk zu erwischen. Wieder griff ich in die Luft, und die Enttäuschung schnürte mir die Kehle zu. Ich lehnte mich vor und machte einen letzten verzweifelten Versuch. Ich konnte mich nicht mehr an der Tür halten. Ich stürzte. Der Erdboden traf mich mit einem schweren Schlag. Ich trommelte mit den Füßen auf den Boden, als ich wieder Luft bekam, und dann lag ich da und heulte.

Meine Mutter kam herausgestürmt.

»Was ist los, Kind? Was ist passiert?«

»Es ist weg! Es ist weg!«

»Was ist weg?«

»Das Flugzeug …«

»Flugzeug?«

»Ja, Mam, genau wie das auf der Ausstellung … ich … ich wollte es fangen, und es ist einfach weitergeflogen …«

»Wann, Junge?«

»Gerade eben«, rief ich unter Tränen.

»Wo ist es denn hin, Junge, welche Richtung?«

»Da drüben …«

Sie suchte den Himmel ab, die Arme in die Seiten gestemmt, und ihre karierte Schürze flatterte im Wind. Ich wies auf das in der Ferne verschwindende Flugzeug. Sie blickte zu mir herunter und schüttelte nur langsam den Kopf.

»Es ist weg!« rief ich. »Es ist weg!«

»Junge, bist du denn blöd?« sagte sie. »Siehst du denn nicht, daß das ein echtes Flugzeug ist und kein Spielzeug?«

»Ein echtes …?« Ich dachte gar nicht mehr ans Weinen. »Ein echtes?«

»Ja sicher. Weißt du denn nicht, daß das Ding, was du da fangen wolltest, größer ist als ein Auto? Du willst es fangen, und dabei fliegt es womöglich zweihundert Meilen über unserem Dach!« Sie sah mich angewidert an. »Komm ins Haus, bevor noch einer sieht, was du für ein Dummkopf bist. Du mußt ja deine kleinen Ärmchen für ziemlich lang halten …«

Sie trug mich ins Haus, zog mich aus und steckte mich ins Bett. Sie holte den Arzt. Ich weinte bitterlich, nicht nur vor

Enttäuschung, daß das Flugzeug so unerreichbar gewesen war, sondern auch vor Schmerz.

Der Doktor kam, und ich hörte, wie meine Mutter ihm von dem Flugzeug erzählte und ihn fragte, ob ich vielleicht nicht ganz richtig im Kopf war. Ich hätte wohl schon vorher Fieber gehabt, erklärte er ihr. Ich mußte eine ganze Woche im Bett bleiben, und immer sah ich im Traum das Flugzeug, immer gerade jenseits meiner Fingerspitzen, so langsam, daß es sich kaum zu bewegen schien. Jedesmal, wenn ich danach faßte, griff ich daneben, und jedesmal hörte ich, wie meine Großmutter mich ermahnte:

»Junger Mann, junger Mann,
Mit Ärmchen wie deinen
Kommst an Gott du nicht ran. …«

»He, Junge!«

Zunächst wußte er nicht, wo er war, und sah nur verschwommen den Alten, der mit dem Finger auf etwas zeigte.

»Ist das nicht eins von euren Flugzeugen? Die suchen Sie schon.«

Das Bild wurde klarer, und er sah einen kleinen schwarzen Flecken in der Ferne über den Feldern, hoch oben in der flirrenden Hitze. Doch er konnte nicht sehen, was es wirklich war, und der Schmerz war inzwischen so groß, daß sein ewiger Tagtraum, daß er von dem wirbelnden Propeller in zwei Stücke geschnitten würde, Wirklichkeit geworden schien.

»Meinen Sie, der sieht uns?« hörte er den Alten sagen.

»Ich kann's nur hoffen.«

»Als ob der Teufel hinter ihm her wäre.«

Er richtete sich halb auf, hörte das ferne Dröhnen eines Motors, hoffte, daß er es nun bald überstanden hätte.

»Wie geht es Ihnen?«

»Der reinste Alptraum«, antwortete er.

»He, jetzt hat er gewendet und fliegt zurück!«

»Vielleicht hat er uns gesehen«, sagte er. »Vielleicht fliegt er zurück und schickt den Krankenwagen und die Bergungsmannschaft her.« Und vielleicht hat er auch überhaupt nichts bemerkt, dachte er bei sich, voller Verzweiflung.

»Wo haben Sie den Jungen eigentlich hingeschickt?«

»Zu Mister Graves«, erklärte Jefferson. »Dem Mann, dem das Land gehört.«

»Meinen Sie, der hat den Flugplatz verständigt?«

Jefferson sah ihn mißtrauisch an.

»Aber sicher. Dabney Graves hat ja einen schlechten Ruf, weil er schon so viele umgebracht hat, aber der sagt schon Bescheid ...«

»Umgebracht?«

»Die fünf Männer ... haben Sie denn nicht davon gehört?« fragte er überrascht.

»Nein.«

»Aber jeder hat von Dabney Graves gehört, gerade die Farbigen. Schließlich hat er genug von uns umgebracht.«

Todd war zumute wie jemandem, der sich nach Einbruch der Dunkelheit in ein weißes Viertel verirrt.

»Weswegen?« fragte er.

»Haben sich für Menschen gehalten«, antwortete Jefferson. »Manchen hat er auch Geld geschuldet, so wie mir ...«

»Warum bleiben Sie denn dann hier?«

»Sie sind doch auch schwarz, Junge.«

»Ja schon, aber ...«

»Sie müssen doch auch mit den Weißen zurechtkommen.«

Er wandte sich ab, um Jeffersons Blick zu entgehen, fühlte sich angeschuldigt und getröstet zugleich. Und die kommen jetzt gleich hierher, dachte er voller Verzweiflung. Er schloß die Augen und lauschte Jeffersons Stimme, und die Sonne leuchtete blutrot durch die geschlossenen Lider.

»Ich kann nirgendwo hin«, sagte Jefferson, »und sie würden

mich verfolgen, wenn ich wegginge. Aber Dabney Graves ist ein merkwürdiger Bursche. Macht immer seine Witze. Der kann gemein sein wie der Teufel, und im nächsten Moment verteidigt er die Schwarzen gegen die anderen Weißen. Hab ich alles schon erlebt. Aber wenn Sie mich fragen, für mich ist das das Schlimmste an ihm. Denn wenn er plötzlich keine Lust mehr hat, jemandem zu helfen, dann ist ihm egal, was aus dem wird. Dann läßt er ihn einfach fallen. Und die anderen Weißen sind doppelt gemein zu jedem, dem er mal geholfen hat. Für ihn ist das nur ein Witz. Dem sind wir scheißegal – jeder ist ihm scheißegal, außer ihm selbst …«

Todd fiel die Art auf, wie der Alte sich von allem distanzierte. Es war, als hielte er seine Worte auf Armeslänge, damit er von ihrer zerstörerischen Kraft verschont blieb.

»Der tut einem einen Gefallen, und im nächsten Moment überlegt er sich's anders und läßt einen aufhängen. Ich gehe ihm aus dem Weg; das muß man hier unten.«

Wenn doch nur der Schmerz im Knöchel einen Moment lang nachließe, dachte er. Je näher ich dem Erdboden komme, desto schwärzer werde ich, ging ihm durch den Kopf. Schweiß rann ihm in die Augen, und er wußte, daß er nie das rettende Flugzeug sehen würde, wenn er den Wirbel in seinem Kopf nicht bezwang. Er mühte sich, Jefferson klarer zu sehen, er wollte sehen, was Jefferson da in der Hand hatte. Es war ein kleiner schwarzer Mann, ein zweiter Jefferson! Ein kleiner schwarzer Jefferson, der sich vor Lachen den Bauch hielt, und der andere Jefferson hielt sich zurück und sah ihm zu. Dann blickte Jefferson von dem Ding in seiner Hand auf, wandte sich um und wollte etwas sagen, doch Todd war weit fort, in einem heißen, trockenen Land suchte er den Himmel nach einem Flugzeug ab, an einem Tag, in einem Jahr, die er beide längst vergessen hatte. Er ging an der Hand seiner Mutter durch geheimnisvolle leere Straßen, wo zwischen den geschlossenen Vorhängen schwarze Gesichter herauslugten und jemand an eine Fensterscheibe klopfte, und als er sich umblickte, blickt er in ein angstverzerrtes Gesicht und sah eine Hand, die aus einer spaltbreit geöffneten Tür hastig Zeichen gab, sie sollten hinüberkommen, und seine Mutter blickte die leere Straßenflucht hinunter und schüttelte den Kopf und zerrte ihn weiter, und anfangs sah er nur einen Blitz und hörte einen Motor dröhnen, doch dann sah er es silbern glitzern, als käme es hinter der Sonne hervor, und dann sah er, wie es eine Schleife flog und wie eine weiße Wolke zur Erde schwebte, und er hörte, wie seine Mutter rief, »Komm, Junge, ich habe keine Zeit für deine dummen Flugzeuge, ich habe keine Zeit«, und er sah es zum zweiten Mal, das Flugzeug hoch oben in den Lüften, und wieder stieß es eine weiße Wolke aus, die herabsegelte, in Kaskaden fiel und in der Sonne glitzerte wie Feuerwerk, und sosehr seine Mutter ihn auch voranzerrte, blickte er doch hinauf und sah die weißen Pappkärtchen tanzen, wie sie vom Wind gepackt und über die Dächer verteilt wurden und im Rinnstein landeten, und eine Frau kam heraus und fing eine Karte auf und las, was daraufstand, und schrie laut auf, und er lief hinein in den Regen aus Karten, faßte danach, wie er im Winter nach Schneeflocken faßte, und sprang weiter, als seine Mutter »Komm her, Junge!« und »Willst du wohl hören!« rief. Und er sah sie an, als sie ihm die Karte aus der Hand nahm, sah ihr Gesicht, als sie zuerst verblüfft, dann wütend mit zitternder Stimme vorlas: »Nigger, laßt euch ja nicht bei den Wahlen blicken«, hörte die Angst, mit der sie aufstöhnte, sah die leeren Augenhöhlen in der weißen Kapuze, die ihn von der Karte anstarrten, und über sich das Flugzeug, das elegant seine Kreise zog und in der Sonne funkelte wie ein flammendes Schwert. Er sah es dort oben und war gefangen, er saß fest zwischen dem entsetzlichen Schrecken und der schrecklichen Faszination.

Die Sonne stand nun schon tiefer, Jefferson rief etwas,

und er konnte drei Gestalten ausmachen, die hinter der Krümmung des Feldes erschienen.

»Sehen aus wie Sanitäter«, sagte Jefferson, »alle in Weiß.«

Endlich kommen sie, dachte Todd. Das Nachlassen der Anspannung war so groß, daß ihm beinahe die Sinne schwanden. Doch er hatte kaum die Augen geschlossen, da spürte er, wie Hände ihn packten, und er rang mit drei weißen Männern, die seine Arme in eine Art Sack zwängten. Es war zuviel für ihn; die Arme wurden an der Seite festgesteckt, der Schmerz stach ihm in den Augen, und er begriff, daß er in einer Zwangsjacke steckte. Was war das für ein übler Scherz?

»Da kommt er nicht wieder raus, Mister Graves«, hörte er.

All seine Energie schien sich in den Augen zu bündeln, als er versuchte, ihre Gesichter zu erkennen. Der eine war Graves, die beiden anderen trugen Arztkittel. Er war wie gefangen zwischen Furcht und Haß, und dann hörte er Graves sagen:

»Sieht doch hübsch aus in seiner Jacke, Jungs. Ich bin froh, daß ihr kommen konntet.«

»Der Junge hier ist nicht verrückt, Mister Graves«, sagte einer der beiden anderen. »Der braucht einen Arzt und nicht uns. Ich weiß gar nicht, wie Sie auf die Idee kommen, uns hier herauszuschleppen. Für Sie mag das ein Scherz sein, aber Ihr Vetter Rudolph, der bringt inzwischen womöglich jemanden um. Ob Weißer oder Nigger, das ist dem egal ...«

Todd sah, daß der Mann rot vor Wut war. Graves blickte hinunter zu ihm und lachte.

»Der Nigger hier, der hat die Zwangsjacke genauso nötig, Jungs. Das hab ich sofort gewußt, als der Kleine von Jeff kam und mir was von einem Nigger im Flugzeug erzählt hat. Das weiß doch jeder, daß die durchdrehen, wenn man sie so hoch nach oben läßt. So ein Niggerhirn, das verträgt die Höhe nicht ...«

Todd blickte in das rote Südstaatengesicht, hörte den

schleppenden Tonfall, und er sah all den namenlosen Schrecken, alle Gemeinheiten, die er sich jemals vorgestellt hatte, in Menschengestalt vor sich.

»Laßt uns sehen, daß wir wegkommen«, sagte einer der beiden Wärter.

Todd sah, daß der Mann die Hand nach ihm ausstreckte, und erst jetzt bemerkte er, daß er auf einer Trage lag.

»Fassen Sie mich nicht an!« brüllte er.

Die beiden traten überrascht zurück.

»Was soll das heißen, Nigger?« fragte Graves.

Er antwortete nicht und rechnete schon damit, daß Graves' Tritt für seinen Kopf bestimmt war. Er traf ihn in die Brust, daß er kaum noch Luft bekam. Er hustete hilflos und sah, wie sich Graves' Lippen über den gelben Zähnen spannten. Er versuchte den Kopf abzuwenden. Es fühlte sich an, als ob eine halbtote Fliege ihm ganz langsam über das Gesicht kröche, und ihm war, als platze eine Bombe in seinem Inneren. In heftigen Stößen kam das laute, hysterische Lachen aus seiner Brust, die Augen quollen ihm hervor, und er war sicher, daß jeden Moment die Adern in seinem Hals bersten mußten. Und dann stand er plötzlich neben sich, sah Graves' verdutztes rotes Gesicht, hörte sein eigenes hysterisches Lachen. Er konnte sich nicht vorstellen, daß er je wieder aufhören würde; er würde sich tatsächlich zu Tode lachen. Es dröhnte ihm in den Ohren wie Jeffersons Lachen zuvor, und er blickte sich um, wo Jefferson geblieben war, klammerte sich verzweifelt an dies eine Gesicht, als sei es die eine Rettung, die ihm in dieser wahnsinnigen Welt der Wut und der Demütigung noch bliebe. Das war eine Erleichterung, immerhin. Er spürte zwar, daß sein Körper sich noch wand, doch das Echo dröhnte ihm nicht mehr in den Ohren. Er war dankbar, als er Jeffersons Stimme hörte.

»Mister Graves, die Army hat ihm verboten, sein Flugzeug zu verlassen.«

»Army hin oder her, der Nigger verschwindet von meinem Land! Das Flugzeug kann bleiben, das ist von unseren Steuergeldern bezahlt. Aber du, Nigger, du verschwindest hier. Und ob tot oder lebendig, das ist mir egal.«

Todd versank nun ganz in einer Welt des Schmerzes.

»Jeff«, sagte Graves. »Du und Teddy, ihr tragt ihn. Ihr tragt unseren schwarzen Adler rüber zum Niggerflugplatz, und da laßt ihr ihn.«

Jefferson und der Junge traten wortlos heran. Er sah sie nicht an, doch er begriff und bezweifelte es im selben Augenblick, daß nur die beiden ihn aus diesem erdrückenden Gefühl der Einsamkeit befreien konnten.

Sie bückten sich, um die Trage zu fassen. Einer der Wärter ging hinüber zu Teddy.

»Meinst du, du schaffst das, Junge?«

»Ich glaub schon, Sir«, antwortete Teddy.

»Dann gehst du besser nach hinten, und dein Pa faßt vorne an, damit das Bein hoch liegt.«

Die Weißen gingen voraus, und Jefferson und sein Junge trugen ihn schweigend. Sie hielten inne, er spürte, wie eine Hand ihm den Schweiß von der Stirn wischte, und dann ging es weiter. Und es war, als hätten sie ihn aus seiner Einsamkeit gehoben, zurück in die Welt der Menschen. Ein neues Einvernehmen bestand zwischen ihm und dem Jungen und dem alten Mann. Sie trugen ihn sanft. Weit in der Ferne hörte er den munteren Ruf einer Spottdrossel. Er hob den Blick und sah einen Bussard, der reglos am Himmel stand. Einen Moment lang schien der ganze Nachmittag in der Schwebe, und er wartete, daß das Entsetzen ihn von neuem packte. Dann, als sei es ein Lied in seinem eigenen Kopf, hörte er, wie der Junge leise vor sich hinsummte, und sah den dunklen Vogel in die Sonne fliegen, wo er strahlte wie ein Vogel aus flammendem Gold.

INHALT

»Ein Feuerwerk in der Stadt«, »Hymies Bulle«, »Da soll noch einer mitkommen« und »Der schwarze Ball« werden erstmals in diesem Band veröffentlicht.

»Der Junge im Zug« erschien erstmals am 29. April & 6. Mai 1996 in *The New Yorker,* »Mister Toussan« am 4. November 1941 in *New Masses,* »Nachmittag« 1940 in *American Writing,* »O daß ich Schwingen hätte« im Sommer 1943 in *Common Ground,* »Zwei skalpierte Indianer« 1956 in *New World Writing,* »Ich weiß nicht einmal ihre Namen« am 29. April & 6. Mai 1996 in *The New Yorker,* »Der König des Bingospiels« im November 1944 in *Tomorrow,* »In einem fremden Land« im Juli 1944 in *Tomorrow* und »Flying Home« 1944 in *Cross Section.*